고산자

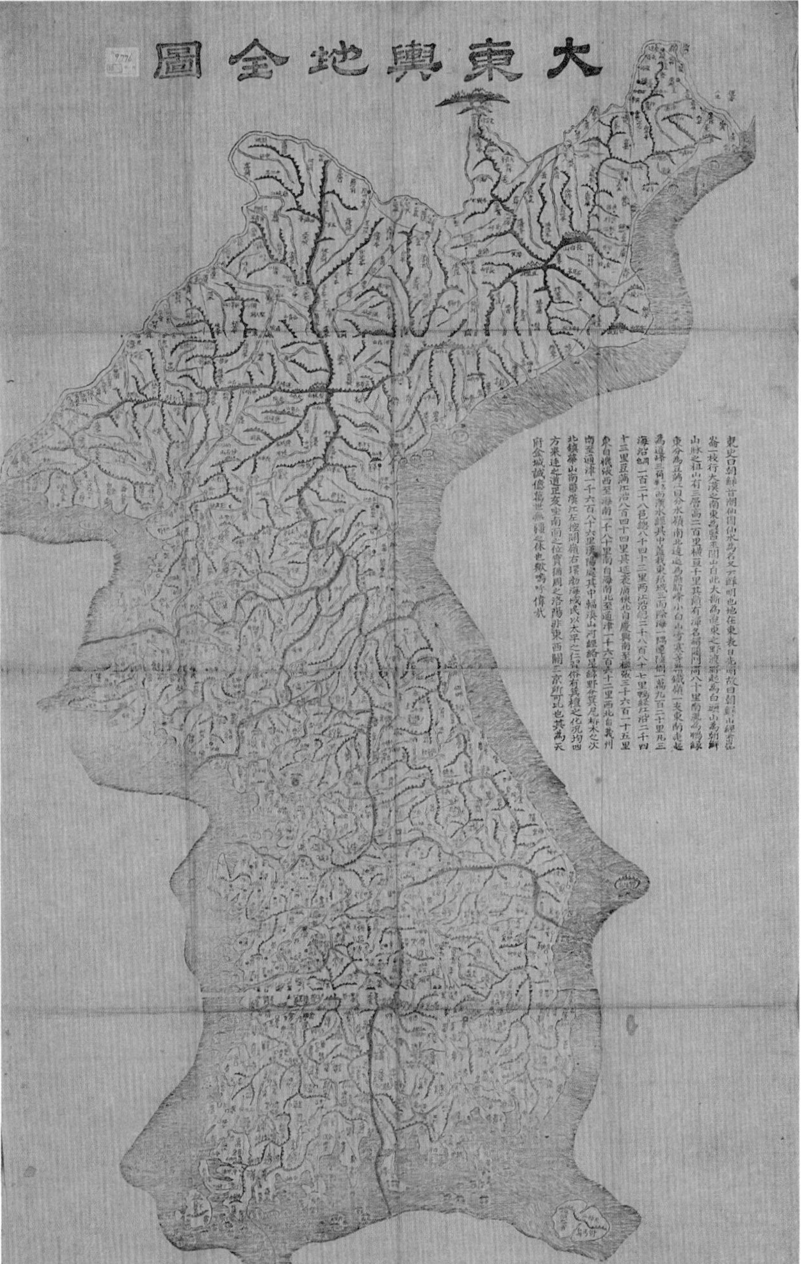

大東輿地全圖

고산자

박범신

장편소설

문학동네

이 책을
평생 그 뜻이 높았고(高山子)
그래서 외로웠고(孤山子)
그러나 옛산에 기대어 바람처럼 살고 싶었던(古山子)
고산자 김정호 선생과
조국의 강토를 사랑하여 지도 그리기에 평생을 바쳤던
조선의 모든 지도꾼들에게 바칩니다.

차례

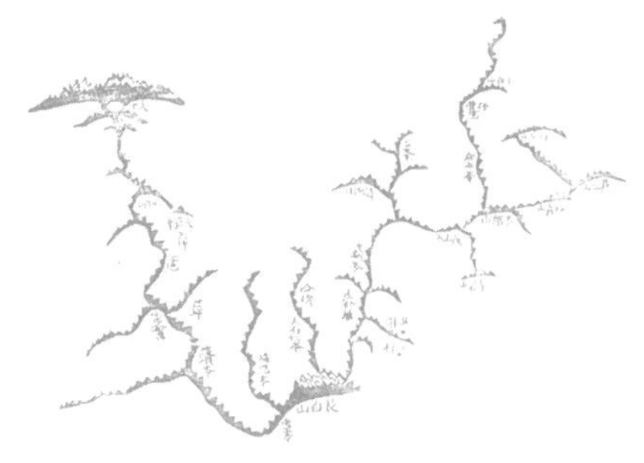

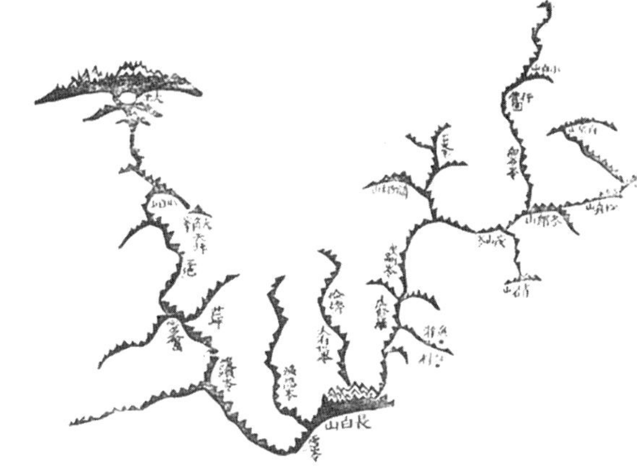

제1장 지도의 기원

일찍이 제 나라 강토를 깊이깊이 사랑한 나머지, 그것의 시작과 끝, 그것의 지난날과 앞날, 그것의 형상과 효용, 그것의 요긴한 곳과 위태로운 곳을 그리는 데 오로지 생애를 바쳐 마침내 그 모든 걸 품어안은 이가 있었던바, 그가 바로 고산자라 했다. 평생 산을 그리워했으되 그 산 중에서도 옛산을 닮고, 옛산에 기대어 살고 싶은 꿈이 있어 스스로 고산자라 불렀다고 했다.

흰 그림자

땅 위의 높은 형상은 단정한 선비가 서 있는 것 같고
물결 속 움직이는 그림자는 늙은 용이 나는 것 같네.

정신은 강산의 빛을 빼어나게 하고
기세는 우주의 형상을 높이 세웠구나.
_이중환, 『택리지』

이윽고 그는 붓을 든다.

'地圖類說 지도유설'이라는 네 글자를 겨우 썼는데, 손끝이 부르르 떨린다. 어린 새가 새끼손가락 끝을 날갯짓만으로 가볍게 건들고 지나가는 느낌이다.

허장실지虛掌實指라고 했거늘.

붓을 잡을 때는 실팍하게 잡되 늘어지거나 떨려서는 안 된다는 것이고 손바닥 안은 허공처럼 텅 비워야 운필이 자유롭다는 것이다. 허, 내 마음자리에 힘이 들어간 게야. 그는 붓을 잡은 채 잠시 눈을 지그시 감아본다. 동창에 희끄무레 흰물이 들기 시작한 걸로 보아 벌써 어둑새벽이다.

향리鄕里를 떠나온 게 언제였던가.

가산란嘉山亂이 평정되고 스스로 평서대원수라고 일렀던 홍경래洪景來가 평안도 정주에서 죽은 그해 봄이었으니까, 햇수로 쳐서 어느덧 반백 년이다. 아버지의 주검을 확인하고 봇짐 하나 달랑 둘러멘 채 떠나던 꼭두새벽의 토산兎山골 산천초목이 까무레하게 눈앞을 흘러간다. 그 동안 청구도와 동여도를 그리고 『동여도지』와 『여도비지』를 세상에 내놨다고 하지만, 그 모든 것이 이번에 완성한 대동여지도大東輿地圖를 그리기 위한 준비단계에 지나지 않았다고 그는 생각한다.

지난 반백 년이 전신역도全身力到로서 한달음에 달려온 것도 같고, 또한 그 세월이 한 오백 년은 되는 것도 같다. 걸어온 길이 그러할진대, 이제 짝맞춰 대미를 거두기 직전의 대동여지도 서문격인 이것의 초草 잡는 일 앞에서, 떨림이 없다면 그 또한 사람의 본연本然은 아닐 것이다.

그는 한동안 숨을 고른다.

문장이야 이미 준비되어 있다. 반백 년을 흐르면서 한 땀 한 땀 꿰매어온 문장이다. 들숨과 날숨이 가지런하게 저울추를 맞추자 이윽고 무명지無名指 손톱 끝이 떨림 없이 올곧게 붓대에 닿는다. 손바닥 안에 허공이 고요히 들어차는 느낌도 좋다. 그는 마침내 번쩍 눈을 뜬다. 그리고 그와 거의 동시에 붓 끝이 곧 활공滑空으로 한지 한가운데를 향해 곧바로 나아간다.

說者曰 風后受圖 九州始布 此光圖之始也

첫 문장을 쓴다.

예감대로 운필은 힘있고 부드러워 삐침과 파임이 날아갈 듯하고 종과 횡이 알맞은 데에서 머문다. 어떤 사람이 이르기를, 풍후風后가 지도를 받아서 구주九州를 비로소 세상 가운데 포진시켰으니 이것이 곧 지도의 시초라는 말이다. 풍후는 상고시대 황제黃帝 사람으로서 일찍이 풍후병법風后兵法 13편과 도圖 13권을 그렸다고 했다. 물론 구주를 그렸다는 풍후의 지도는 전해지지 않아 본 적이 없다. 문풍지가 때맞추어 휘리리릭 운다. 섣달그믐께의 모진 삭풍朔風이다.

그는 숨을 고르고 나서 내처 준비된 두번째 문장을 쓴다.

山海有經 爲篇十三 此地志之始也

『산해경』에 산과 바다를 설명한 13편의 주석註釋이 있으니, 이
것이 곧 지지地志의 시작이라는 뜻이다. 지지는 지도에 다 토달 수
없는, 이를테면 각 고을의 연혁沿革 관원官員 고읍古邑 풍속風俗 호구
戶口 봉산封山 진보鎭堡 영진營鎭 등 수많은 정보들을 편목별編目別로
구분해 기록한 책이다. 지도가 있으면 그에 따른 지지가 있어야
산하山河와 사람살이가 입체성을 갖추는 것이니, 지도와 지지는
언제나 한통속으로 맺어져야만 피차 제 구실을 할 수 있다. 이번
대동여지도의 판각이 끝나고 나면 당연지사 대동지지 편찬에 곧
착수할 터이다.

周禮 大司徒以下職方 司書司險之官
俱以地圖 周知險阻 辨正名物

거기까지 쓰고 나서 그는 그만 붓을 놓는다.
쓸 말이 없어서가 아니라 쓸 수가 없었기 때문이다. 어느새 볼
을 넘어온 눈물이 입술을 적시고 턱밑샘을 뿌리쳐나와 툭, 투두
둑 하고 바짓자락에 떨어진다. 슬프다는 걸 알아차려 생각한 것
도 아닌 어느 틈에 이 지경이 되고 만 것이다.

『주례周禮』는 주나라 때의 관제를 기록한 책이다.

삼천 년이 넘은 그 시절에, 이미 대사도大司徒 이하 높고 낮은 벼슬아치들이 지도로써 땅의 험난함과 조악함을 알았을 뿐 아니라, 고을 따라 다르게 나는 물건의 좋은 것과 그른 것을 판별했다는 뜻을 지닌 문장이, 첩첩이 쌓여진 풍진의 세월을 가르고, 그의 심중에 갇힌 기억들을 건드리고 지나간 것이다. 한번 터지고 나니 눈물은 비오듯 흐른다. 아니, 눈물만 나는 것이 아니라 귓속으로는 죽어가는 자의 신음소리가 들어온다.

아, 아버님……

그는 입을 쩍 벌리고 소리없이 부른다.

아버지의 비명소리인가 하면 수돌 형의 신음소리이고, 수돌 형 신음소리인가 하면 바우 애비의 비명소리고, 바우 애비의 비명소리인가 하면 또 아버지의 신음소리다. 한꺼번에 얼어 죽고 굶어 죽은 원혼들의 단말마 때문에 그는 자신도 모르게 벽채까지 쭉 물러앉는다. 삼천여 년 전의 저들이, 이미 지도를 보아 험한 곳 조악한 곳을 피해 살았는데, 상학과 공학이 나오고, 직관으로 실물의 가치를 좇는 실사구시實事求是와 이용후생利用厚生이 앞서는 대명천지 밝은 세상에서, 관아가 내준 지도를 믿고 따라 산길로 들었다가 끝끝내 길을 찾아나오지 못하고 떼죽음을 당한 이들의 울부짖음 앞에 어찌 본연을 지킬 수 있으랴.

문풍지가 계속 가파르게 울부짖고 있다.

그는 무릎을 바투 세우고 그 위에 이마를 박는다.

한동안 꼼짝도 하지 않고 기억의 골짜기에서 돌개바람이 빠져나가기를 기다린다. 돌이켜보면, 모든 것이 아버지의 죽음으로부터 비롯된 셈이다. 이제 대동여지도의 판각이 끝나면 그런 원통한 죽음은 더이상 없을 것이다. 펼쳐놓으면 천지분간이 한눈에 들오고, 스물두 첩 하나하나 접어 개면 품 안에 쏙 들어와 휴대가 간편한 지도이다. 비변사備邊司나 규장각 서고에 갇힌 도별도道別圖, 군현도郡縣圖가 다 무슨 소용인가. 무릇 지도란 판별이 쉽고 품기가 간명해야 한다는 게 그의 생각이다. 쓰임에서 가치가 없다면 모든 작업이 다 도로徒勞에 지나지 않는다. 그가 젊을 때 만든 청구도와 달리, 대동여지도를 스물두 첩으로 제작해 접어 지닐 수 있는 분첩절첩分帖折疊식으로 고안한 것은 오로지 그 때문이다.

그에게 있어 지도란 저울과 같다.

사람살이의 저울이요 세상살이의 균형추요 생사갈림의 나침반이다. 손쉽게 땅의 요긴함과 해로움을 알아보게 하고, 완만한 것과 급한 것, 너른 것과 좁은 것, 먼 것과 가까운 것을 미리 분별하게 할 뿐 아니라, 시기를 살펴 위급할 때엔 가히 생사를 손바닥처럼 뒤집을 수 있으니 어찌 이것을 만민의 저울이라 하지 않겠는가.

　돌아보면, 바람 찬 벼랑길을 걸어왔지만 후회는 없다.

　아버지의 고혼孤魂이 등 떠밀어 향리를 떠났고 산맥과 물길과 바람을 쫓아 예까지 왔다. 마음 같아선 한달음에 달려가 판각을 끝내기 전의 저 뜨거운 필사본 대동여지도를 아버지 영전에 먼저 바치고 싶다.

　그는 눈물을 훔치고 이내 단정히 앉는다.

　한달음에 서문을 쓸 것이 아니라 고향 토산골을 한번 다녀오는 게 어떨까 하고 그는 잠깐 생각한다. 마음자리는 어느새 차분히 가라앉아 있다. 그는 가부좌를 튼 채 산맥처럼 준엄하게 앉아 아침해의 첫 촉수가 문살에 떨어지길 숨죽이고 기다린다. 겨울 텃새 몇 마리가 푸드드푸드드득 날아가며 문창에 흰 그림자를 그리고 있다. 어떤 새의 날갯짓은 백두대간 어깨가 꿈틀거리는 것 같고, 또 어떤 새의 날갯짓은 압록강 2,034리 물길이 또아리를 트는 것도 같다.

　그는 참지 못하고 빙긋 웃는다.

피나무

고산자는 두루 찾아보고 널리 수집하여
일찍이 지구도를 제작하고 또 대동여지도를 만들었는데
자신이 그림을 그리고 새겨 인쇄해 세상에 펴냈다.
그 상세하고 정밀한 것은 고금에서 그 짝을 찾을 수가 없다.
내가 한 질을 구해 보았더니 진실로 보배로 삼을 만한 것이었다.
_유재건, 『이향견문록』

"웬 거냐?"

아침상을 받고 그는 묻는다.

윗목으로 물러앉아 어제 그가 혜민서惠民署 부근의 묵동까지 나가 구해온 송연묵松燃墨을 들여다보던 바우가 쪽귀 떨어진 사각상 앞으로 바투 앉으며 입을 헤벌쭉 벌린다. 상을 내려놓은 순실이는 허리도 곧추세우지 못한 채 그냥 볼만 붉히고 있다.

"아따, 형님. 오늘 형님 귀빠진 날인걸요."

제법 어여번듯한 오첩반상이다. 미역국이 올라앉았고 된장찌개에다 썰어 무친 황새기젓과 조기구이까지 보탰으니 이만하면 당상관의 밥상이 부럽지 않다.

"어찌 장만했단 말이냐, 이것을?"

"어제 형님이 문안에 들었을 때 내가 좀 나갔다가 왔어요. 형
님이 그 동안 집에서 생신 밥 드신 게 몇번이나 되느냐고 쟤가
눈물바람을 하기에 그만."

"내 말은……"

"판목은 충분해요, 형님. 연판鍊版해둔 판목 몇몇, 등짐지고 나
가 팔았지요. 지난가을 내가 베어다가 웅덩이에 담가놓은 판목
들도 곧 쓰게 될 것이구요. 너무 아끼면 똥 돼요."

"뭐야!"

그가 상 귀퉁이를 탁 하고 내려치며 벌떡 일어선다.

판목을 내다팔다니, 어불성설이다. 그게 어떻게 구하고 연판
한 판목인데 먹성을 채우자고 남의 수중에 넘긴단 말인가. 가세
가 좋았다면 혜강惠崗 崔漢綺의 만국경위지구도萬國經緯地球圖처럼
목질이 보다 단단한 대추나무를 구했을 것이다. 박달나무나 후
박나무나 자작나무도 있다. 피나무를 구한 것은 오로지 값싸고
연판하는 과정도 비교적 용이하기 때문이다. 만리재 너머 효창
묘孝昌墓 쪽으로 가다보면 오른편으로 마포나루터가 내려다뵈는
곳에 피나무들이 오보록이 모여 있다. 봉산封山이 아닌데다가 임
자의 손길이 간 흔적도 없는 피나무떼여서 솎아주는 셈치고 살
팍한 놈 몇 개를 처음 베온 게 벌써 이태 전의 일이다.

얼마 전엔 바우를 시켜 몇 그루를 더 베어온 일도 있다.

소금물에 담그면 좋겠으나 꿩이 아니면 닭이라고, 이곳 약현藥峴마을과 한림동翰林洞 사이의 웅덩이에, 필요한 부피대로 켜서 담가 즙액을 빼고 결을 삭히는 데만 일 년이 필요하다. 바우가 베어온 놈이 쓸 만한 판목이 되려면 또 한 해를 기다려야 할 것이다. 뒤틀리지 않게 말려서 대패로 마름질하는 과정만 해도 만만하지 않다. 생각하면 미운 정 고운 정 다 들이면서 불면 날아갈까 쥐면 꺼질까 키운 자식 같은 판목이다.

저것들, 철딱서니가 아무리 없더라도 그렇지.

그는 화를 삭이지 못해 방을 뛰쳐나와 헛간 옆의 대추나무에 등을 쿵 하고 부딪쳐댄다. 잔설이 얼어붙어 있었던지, 대추나무에서 설편들이 푸실푸실 떨어진다. 바우보다, 연판하는 고된 과정을 함께해준 딸 순실이한테 더 화가 난다. 애비에게 판목이 무엇인지를 그애는 몰랐을 리 없다.

방 안에선 잠시 아무 기척도 들리지 않는다.

마음 같아서는 당장 쫓아 달려나와 무릎 꿇고 손이 발 되게 빌어야 할 일인데, 저도 제 깜냥에 잘못의 깊이를 알았는지 그저 잠잠할 뿐이다. 아현마루 쪽에서 불어오는 바람끝이 섬뜩할 만큼 차다. 구름이 잔뜩 낀 것이 기어코 눈이라도 쏟아질 모양이다. 그는 얼굴에 붙은 설편들을 쓱 문질러 닦고 대추나무 꼭대기를 바라본다. 『여도비지』를 만들기 전 편목별로 현장을 확인하기 위해 전라도로 길을 떠나던 날 아침 순실이와 함께 심은 대추나무다. 아현동 고갯마루 어느 집 대문 밖에 저 스스로 터 잡고 자란 두 자나 됨 직한 대추나무를 캐온 것이다.

애비를 보듯이 이 나무를 보거라.

그의 말에 대답 없이 고개만 끄덕거리던 열네댓 살 순실이의 모습이 상기도 환히 떠오른다. 처음 데려왔을 때부터 다리 한쪽을 저는데다가 병약하고 눈만 떼꾼해서 소리만 질러도 눈물부터 흘리던 순실이다. 애비 없는 집을 어린것이 어찌 간수할 것이며 먹성과 입성은 또 어찌 마련할 것인가. 멀지 않은 마포나루에 바우가 살고 심성 무던한 여주댁이 이웃이라고 하지만, 길 떠나는 아비를 울며불며 붙잡고 싶은 거야 인지상정이다. 그래도 순실이는 끝내 암말도 하지 않았다.

동여도를 그리기 전이니 벌써 십여 년 전의 일이다.

가을에 돌아오마, 하고 떠난 길은 항용 그렇듯이 일 년이 되고 이 년이 되고 삼 년이 되었다. 내륙과 해안을 고루 살피면서 충청도 전라도를 돌아 남해에 이르니 한 해가 저물었고, 백두대간의 끄트머리에서부터 경상도 안팎을 골골이 더듬고 태백 너머 오대산에 이르니 이듬해가 저물었고, 설악과 금강산을 지나 한강의 갈라짐과 그 합수를 살피며 금성 철원 평강 신천을 짚고 내친김에 개경까지 올라갔다 무학재로 넘어드니, 또 한 해 반이 저물었다.

집으로 돌아왔을 땐 가을이 한창 저물고 있었다.

처녀꼴이 다 박인 순실이가 대추나무 밑에 서 있는 게 제일 먼저 눈에 들어왔다. 그사이 대추나무가 너무 빨리 자라서 순실이의 키가 대추나무를 따라잡을 수가 없었던 것이다.

아버지……

눈물이 그렁해진 모습으로 달려나와 대추나무 밑에 서서 자신을 부르던 순실이의 모습이 지금도 또렷하다. 대추나무는 어느새 그의 키를 넘길 만큼 자라 있었고, 주렁주렁 욕심껏 매달린 대추들은 철이 지난 가지에 매달린 채 꾸들꾸들 말라가고 있었다.

대추를 진즉 따먹지 왜 놔뒀냐.

아, 아버지 오시면 따려고요.

삼 년 반 만에 부녀가 나눈 첫 대화가 그랬다. 그렇다면 그애는 삼 년간 내내 대추를 따지 않았을 것이다. 애비에 대한 그리움이 오죽 깊었으면 대추가 매달린 채 썩도록 따지 못했을까.

그때의 순실이 생각을 하자 가슴이 짠해진다.

뒤따라나온 순실이가 그 앞에 어느새 무릎을 꿇고 울먹이고 있다. 잘못했다는 말도 제 뜻대로 내쏘지 못할 만큼 오지랖이 좁은 아이이다. 생각하면 순실이나 바우가 아니라 호구지책 한 가지 번듯이 해결 못 한 자신의 죄가 크다. 그는 쩝 하고 입맛을 한 번 다시곤 다시 대추나무 꼭대기를 올려다본다.

"너무하슈, 형님. 애 심정을 그리 모르고……"

툇마루에 나앉은 바우가 구시렁거린다.

그는 어색해져서 짐짓 소매 끝을 뿌리치듯이 하면서 대추나무 뒤켠의 헛간으로 들어간다. 판각이 끝난 각판刻板들이 귀퉁이를 따라 가지런히 쌓여 있다.

대동여지도의 판각은 이제 거의 끝나가고 있다.

피나무가 워낙 잘 갈라지는데다가, 아끼느라 판목의 두께를 두 치寸도 안 되게 썰어놔서, 판각은 극히 조심하지 않으면 안 된다. 게다가 글씨와 선분과 표식은 또 얼마나 많은가. 횡으로 한 자 세 치, 종으로 겨우 한 자 남짓한 판목에 여러 고을의 물길과 산맥과 역사와 인본人本이 일목요연하게 보이도록 다 들어가야 한다. 새기는 순서 하나 지키지 않으면 모든 게 진창꼴에 빠지는 경우가 비일비재한 일이다. 머리카락 같은 선 하나도 소홀히 할 수 없다. 더구나 판목을 아끼기 위해 앞뒤를 다 사용하고 있으니 더욱더 조심해야 한다. 사람의 좁은 등짝에다가 세상의 만물을 다 새겨넣는 꼴이다. 마포나루의 조선소에서 조선造船과 그 마름질로 잔뼈가 굵은데다가 소목장小木匠 일이라면 근동에서 따라갈 사람이 없다는 바우가 아니라면 애당초 그 누구에게도 도움을 청하지 않았을 것이다.

그는 새기다 만 각판 하나를 들고 본다.

둘째 첩 판목으로 무산茂山이 먼저 눈에 들어온다.

아직 다 새기지 않아 용면龍面과 무계茂溪를 비롯한 두만강 상단 쪽은 한지에 먹으로 그린 판각용 정서본이 그대로 붙어 있다. 판목에 정서본淨書本을 거꾸로 붙여놓고 돋을새김으로 수를 놓듯 새겨넣어야 한다. 산은 높이에 따라서 그 굵기와 모양을 정하고, 물은 뱀이 움직이는 듯 안팎의 수계水界를 밝혀 끊어지지 않게 새긴다. 지도 위로 무산에서 갑령甲嶺을 넘어 백두산으로 가던 길이 떠올라 보인다.

가을이 깊었던가.

가도 가도 인적 없는 숲이 모두 황홀한 붉은빛인데 나무열매 풀뿌리에 의지해 굶주린 배를 움켜쥐고 대각봉大角峯을 넘을 때 호랑이를 만났던 게 불현듯 생각난다. 십 년은 좋이 됐을 산삼을 한 뿌리 캔 것은 아마 대각봉과 이어진 감토봉甘土峯 능선길이었을 것이다.

호랑이한테 잡아먹힐 뻔했었지.

배가 워낙 고파서 하루를 더 걷다 말고 대각봉 기슭 어느 바위

틈에 누워 그놈을 씹어먹고 그만 혼절해 잠들었다가 깼는데 호상虎相이 문밖에 앉아 있었다. 진즉에 와서 그가 안에 누워 있는 걸 보고 바윗굴 입구를 지키고 있었던가보았다. 납작 엎드려야 사람이 하나 겨우 빠져나오고 들어갈 절편切片 같은 바윗굴 입구에 호랑이는 심심하면 앞발을 쓱 들이밀다가 바닥을 긁으며 빼가곤 했다. 그보다 훨씬 후에, 추풍령 근처 삼도봉三道峯 기슭에서 호상을 언뜻 만난 적이 있고, 동여도를 끝내고 평안도 내륙으로 들어갔다가 낭림狼林 주봉에서 남서 방향으로 흘러내려온 산줄기를 따라 걷던 중, 장수산長水山 부근에서 어느 암자 마당까지 내려온 호랑이를 본 일도 있지만, 대각봉에서 호랑이를 만난 그 때는 채 스무 살도 안 된 시절로서, 호랑이를 그리 가깝게 본 것은 생전 처음이었다. 혜강 최한기가 여름마다 내려와 있던 토산골 판관判官어른댁 사랑에서 본 그림 속의 호랑이는, 겁먹은 듯 눈을 동그랗고 뜨고 가재걸음을 하는 우스꽝스런 모습이었으나, 바위 틈새로 내다본 호랑이는 연피색軟皮色 주둥이며, 꼿꼿한 수염과 번쩍번쩍하는 눈매가 과연 산군자山君子다워 보였다.

그날 호랑이는 한나절 넘도록 그 자리에서 비켜나지 않았다.

그의 입가에 어느덧 미소가 떠오른다.

아무리 고되고 팔이 아플망정, 판각을 하면서 언제나 그의 의중이 환하고 훈훈했던 것은 골마다 마을마다 그 자신만이 웅숭깊게 품고 사는 잊지 못할 기억들이 있기 때문이다. 어떤 고을에는 인정이 넘치는 이야기가 깃들어 있고, 어떤 산과 물에는 생사의 갈림길에서 간신히 헤치고 나온 모험의 기억들이 깃들어 있고, 또 어떤 봉수대와 고성엔 못다 한 정한을 남기고 죽은 원혼들의 호곡소리가 깃들어 있다. 그렇지만 그중에서 제일 많은 기억들은, 빼어나게 아름다운 산하와 순박한 인심과 비옥한 땅에서 받은 감동에 닿는다. 오래된 기억들은 묵은 술과 같아서 배고프고 무섭고 화나고 울던 일들에서조차 향기가 난다. 그 향기로운 기억들 속에서 살 양이면, 판각을 서둘러 끝낼 것 없이 숨이 다하도록 산하를 새기는 일만 하고 싶다.

"형님, 해도 너무하네요."

바우의 걸진 목소리가 건너온다.

"정 이러시면 나는…… 그만 나루터로 내려갈라우. 순실이 잘못은 없우. 판목을 짊어지고 나간 건 어디까지나 나니까."

"……"

그는 이윽고 앉았던 자리에서 몸을 일으킨다.

아버지를 따라서 함께 향리를 떠나던 바우 아버지 모습이 아련하다. 아버지야 병방兵房으로 책무가 있다 하겠지만 군졸도 아니었던 바우 아버지가 변을 당한 것은 아무리 생각해도 원통하고 분한 일이다.

가산란 진압을 위해 황해도 각 군현마다 일정 규모의 지원군을 선발, 평양으로 올라가는 봉산鳳山에 집결토록 하라는 목사牧使의 하명이 내려온 것은 홍경래의 북진군이 방천, 송림전투에서 패퇴하여, 일시적으로 다시 정주성에 자리잡은 그해 신미년1811 섣달그믐께였을 것이다.

토산현은 그 세력이 미미했다.

더구나 곡산부민谷山府民 박대성朴大成이 민란을 일으켜 옥을 부수고 관아를 습격한 사달의 끝이 아직 매듭지어지지 않았기 때문에 목사의 하명대로 나졸들을 모두 지원군으로 꾸려 보냈다간 토산현 또한 무슨 변을 당할지 몰랐다. 현감은 그래서 전정田政과 군보포軍保布와 환곡까지 감면한다는 감언이설로, 농사만 짓고 살던 순박한 장정들을 모집해 군졸로 삼았다. 어떻게든 숫자를 채워 목사의 불호령을 면해보자는 수작이었다. 바우 아버지도 그렇게 가짜 군졸이 되었고 옆집 총각 수돌이 형도 그렇게 생전 처음 창을 잡았다.

그의 나이 그때 아홉 살, 바우는 다섯 살이었다.

닭모가지조차 비틀지 못해 늘 동네 사람들의 웃음거리가 됐던 게 바우 아버지였다. 무골호인이라, 하루 종일 뻘쭉뻘쭉 웃는 상에다가 동네방네 궂은일은 도맡아서 하던 양반이 하루아침에 얼어 죽었으니, 어린 바우로서도 미상불 가슴에 맺히고 맺혔을 것이다. 십수 년 만에 우연히 마포나루에서 만났을 때, 토산 살던 바우 아니냐고 그가 말을 건네자, 가타부타 고개만 외로 꼬던 일만 생각해봐도 그랬다. 어린 소년가장이 되어 낯선 한양까지 올라와 홀어머니와 여동생을 부양하며 살아온 모진 세월의 옹이가 왜 그의 심중에 박히지 않았겠는가.

"먼저 들어가 있게나. 내가 곧 감세."

그는 마지못한 듯 바우에게 비로소 입을 뗀다.

"정말요, 형님?"

헛간 문 사이로 뵈는 바우의 표정이 벌써 환하다.

"알았어요. 먼저 들어가 있으리다."

바우가 다시 마당을 건너간다.

이어서 순실이에게 미역국을 다시 데우라는 바우의 까랑한 목소리가 들리고, 절름발이 순실이가 얼어붙은 마당을 뱌비쳐 가로질러 부엌으로 가는 불규칙한 발소리가 들린다. 그는 목판을 찍어내다가 잘못 찍어 구겨던진 백추지白硾紙 한 장을 괜히 펴본다. 해남海南 일대를 찍어낸 백추지다. 완도의 가리포가 눈에 들어온다. 가리포加里浦 관아 표식인 '回'가 찌그러져 있고, 봉수대 뾰족한 기호도 이지러져 있으며, 상왕봉象王峯의 산허리도 판목에 새긴 대로 오목하지 않다. 판각을 잘못해서가 아니라 먹을 잘못 썼기 때문이다.

목판을 만들려면 송연묵松煙墨이 좋다.

송연묵이라 함은, 소나무를 태워 만든 그을음을 아교와 섞어 만든 것으로 먹색이 순하고 선명하다. 먹을 빻아 물에 탄 뒤에 술을 적당히 섞고 재주껏 찍어내야 닥종이에 먹물이 골고루 스며들고 번지지 않으면서 빨리 마른다. 바우가 술을 적당량으로 섞지 않고 찍어내 이 모양이다. 먹솔질을 너무 힘껏 했거나 기름칠을 잘못했을지도 모른다. 이렇게 찍어서야 절첩장折帖裝을 하고 말고 할 것도 없다.

그는 밖으로 나와 하늘을 올려다보다 질끈 눈을 감는다.

기어코 눈이다. 세설細雪의 설편 하나가 눈 속으로 들어와 금방 눈물이 된다. 귀빠진 날 아침 눈이 내리는 게 길조인지 흉조인지 알 수 없다. 얼마 전 필사본 대동여지도 한 벌과 목판 몇몇을 혜강에게 맡겼는데, 비변사든 관상감이든, 연줄을 놓아 그 평가를 받아보자고 해놓고선 아직 아무 소식도 없다. 아침밥을 먹고 나선 창동倉洞에 있는 혜강의 집이라도 잠깐 다녀와야 할 것 같다. 창동은 숭례문을 지나면 지척이다.

"아이고매, 눈 오네, 눈 와!"

바우가 방 안에서 호들갑을 떤다.

그는 저벅저벅 마당을 가로질러가 순실이가 고개를 숙이고 서 있는 토방에 신을 벗고 방으로 들어간다. 금방 새로 데워 들여온 미역국에선 김이 모락모락 나고 있다.

"순실이 너도 어여 들어와!"

바우의 손이 까불까불 순실이를 부르고 있다.

생일상은 고사하고 생일을 알고 지낸 적도 거의 없다. 청구도를 완성했던 오래 전에 혜강이 딱 한 번 군기사 부근의 다방동茶房洞 어느 기생집으로 불러 생일잔치를 해준 것이 평생 받아본 가장 번듯한 생일상의 기억이다. 이규경李圭景을 비롯한 실학파 젊은 선비들 서넛이 함께했고, 훈련원 주부로 있던 위당 신헌威堂 申櫶이 함께했고, 한참 후에 삼남을 떠돌다가 그날 한양에 들어왔다는 난고 김병연蘭皐 金炳淵이 합석했던 것이 기억난다. 이미 김삿갓이라고 불리기 시작한 난고는, 청구도를 그리기 시작하기 이태 전에 금강산 삼일포 부근의 주막에서 우연히 부딪친 적이 있었던 사람이다. 늦은 밤 주막 마당귀 정자에서 온 동네 왈짜들을 모아놓고 내가 춤을 출 테니 술은 그대들이 사라면서 술탁에 올라가 덩실덩실 춤추던 그이의 분방한 모습은 늘 잊을 수가 없다. 혜강이 『육해법陸海法』 두 권을 상재하고 그의 청구도 서문을 쓴 직후의 일이다. 화제가 『육해법』에 실린 새로운 과학기술과 청구도에서 시도된 범례凡例 도식례圖式例에 집중됐던 게 생각난다. 그만큼 실사구시의 실학사상이 젊은 선비들의 마음을 사로잡고 있었던 것이다.

"그래, 너도 들어오너라."

그가 비로소 토방에 서 있는 순실이에게 말머리를 푼다.

손에 쥔 것이 없는데 아비의 생일이 다가와 내내 마음을 졸였을 애이다. 오죽 노심초사했으면 바우가 그 몰래 판목을 지고 나갔겠는가. 어둑새벽에 나가 행여 아비가 알아챌세라 한데나 다름없는 부엌에서 소리죽여 생선을 쪄내고 국을 끓였을 순실이의 정성이 비로소 아릿해진다. 냉기에 얼어 푸르딩딩해진 순실이의 얼굴은 젊은것답지 않게 반쪽이다.

"상 앞으로 붙어앉으라구, 애야."

"괜찮아요, 아버지. 저, 여기서 먹을게요."

순실이의 국그릇엔 미역가닥도 거의 없고 방바닥에 따로 가져다놓은 건 짠지 한쪽에 불과하다. 그는 불문곡직, 상 아래 순실이의 국그릇에 자신의 미역국을 반 넘게 따르고 찐 조기 반절을 툭 분질러 짠지종지에 담아준다.

"부녀간에…… 보기 좋네요, 형님."

바우가 보다 말고 너스레를 떤다.

사립문 쪽에서 사람 기척이 갑자기 들린 것이 그때쯤이다. 문을 열고 보자 방망이를 든 나졸 한 명과 사령이 마당을 건너오고 있다. 대추나무 꼭대기로부터 내려온 회오리바람이 막 쌓이기 시작한 세설까지 날려 갑자기 마당 가운데가 뽀얗다. 복색을 쩍지게 갖춰입은 나졸은 어깨가 떡 벌어진데다 자못 험상궂다.

"여기, 바우라는 사람이 있다던데?"

나졸이 소리쳐 묻고, 바우가 토방으로 내려선다.

"내가 말하자면…… 바, 바우인데……"

"좀 같이 갑시다!"

선후도 없고 앞뒤도 없다. 기골 장대한 나졸의 손끝이 바우의 어깨에 닿았다고 느낀 순간 바우는 이미 토방 밑으로 끌려내려가 있다. 그가 벌떡 일어나 맨발로 쫓아내려가서 바우를 막아선다.

"영문은 알아야지, 사람 이리 끌고 가면……"

"나무를 도둑질했다는 고변이 있었소."

"도, 도둑질? 나 도둑질 안 했는데……"

바우가 질겁을 하고 꽁무니를 뺀다.

이번엔 사령놈이 바우의 괴춤을 바싹 잡아쥔다. 아닌 밤중에 홍두깨요, 애매한 두꺼비 떡돌에 치는 꼴이다. 소목장이들이 흔히 그렇듯이, 바우는 오 척이 될까 말까 한 단구에다가 살이 없어 웬만한 사람이 멱살을 잡아올리면 종자씨 봉지처럼 허공에 매달리는 체격이다. 그가 다시 한번 바우와 나졸 사이로 끼어들며 읍소를 한다.

"그래도 어디로…… 왜 데려가는지……"

"억울하면 한성부로 따라오슈."

말은 그것으로 끝이다. 순실이가 비칠비칠하면서 간신히 쫓아가 억지로 신겼으니 망정이지 안 그랬으면 신발도 못 꿰고 끌려갔을 것이다. 황망중이라 이러지도 저러지도 못하는 사이에 단단히 괴춤이 잡힌 바우가 저만큼 북쪽 언덕배기 아래로 끌려가고 있다. 방향으로 보아 엮은 나뭇가지 위에 흙을 얹어 세운 이교圯橋를 건너 소의문昭義門으로 들어갈 모양이다. 나졸과 사령의 발걸음이 언듯번듯 빠르다. 그는 신발을 꿸 생각도 하지 못하고 우두망찰 서서 멀어져가는 그들의 뒤태만을 보고 있다. 눈바람이 뽀얗게 인왕산 쪽으로 지쳐오른다.

혹시 피나무?

한참 만에 그는 중얼거린다.

또라젓

지지(地志)를 읽어 익숙하면 이해의 근원을 알고
지도(地圖)를 알면 멀리서도 밝게 통찰할 수 있고,
무엇을 해야 할 것인가를 이해할 수 있다……
천하의 경륜은 지(志)와 도(圖)에 있으니, 경륜이 없는 사람은
지지를 담설(談說)하는 자료와 원근을 분별하는 표지로 삼을 뿐,
눈으로 보아도 마음에 미치지 못한다.
_최한기, 『기측체의』

"효창묘 건너편이 맞는가?"

혜강이 찻잔을 내려놓고 다시 묻는다.

"맞네."

"군자감軍資監이 멀지 않은 곳일 터인데?"

"군자감이야 한참 그보다 남쪽이고……"

그는 말을 더듬고 혜강은 실눈을 뜬다.

이태 전에 그 자신이 피나무를 벌목해올 때는 아무런 사달이 없었지만, 달포 전 바우가 식생이 잘된 피나무를 벌목해올 때는 분명 한차례 시비가 걸렸다고 했다. 남의 땅에서 왜 함부로 나무를 베어가느냐 하며, 약초꾼인 듯한 노인네가 지나가다 바우의

이름을 묻더라는 것이다. 그러나 그의 기억으로는 분명히 울타리도 산지기도 없는 자생숲이었다. 나라가 소유한 봉산의 나무를 벌목하는 것이야 목이 왔다갔다할 일이지만, 산지기가 지키고 있지 않은 산에서 피나무 몇 그루 베어낸 일로 이른 아침부터 한성부에서 나졸을 보냈다는 게 도시 이해되지 않았다. 천성이 착하고 단순한 바우가 다른 무슨 죄를 저질렀겠는가. 그러나 피나무 판목을 내다판 것이 바로 어제의 일, 시기적으로 보면 어쨌든 까마귀 날자 배 떨어지는 격으로 전후가 딱 들어맞는다.

"내가 소문을 들은 바로는,"

혜강이 다시 찻잔을 들어올린다.

"군기감軍器監 뒤편에서 효창묘에 이르는 일대의 땅은 안동 김씨 일문의 땅이네. 그 댁 아드님 중 하나가 비변사 낭청郎廳으로 있다는 말을 들었네만."

낭청이라면 종육품관從六品官이다.

중앙관서에서 그리 높은 벼슬은 아니지만 한성부의 판관이나 하다못해 참군參軍 한둘이야 늘 줄을 대고 있을 터였다. 그렇다면 피나무를 베어간 걸 알고 달포 전부터 저잣거리에 미리 덫을 놓고 기다렸을 수도 있다. 어제 바우로부터 판목을 사간 장책粧冊장이가 부리나케 연통을 넣었을 가능성도 없지 않다. 요즘이야 안동 김씨 세도에 눌려 올곧은 법치보다 뇌물 잘 쓰고 줄만 잘 대면 만사형통인 세상이 됐지만, 식재植栽와 숲의 관리는 건국 초기부터 공조工曹의 중요한 업무 중 하나였다. 한성부는 물론이고 상의원尚衣院 선공감繕工監 장원서掌苑署 조지서造紙署가 다 그 업무의 일부를 갈라맡는다. 일이 꼬이면 옥살이는 어찌어찌 면한다고 할지라도 곤죽이 될 만큼의 태형은 면할 수 없을 것이다. 오 척 단구의 약골인 바우가 모진 태형을 어찌 견디겠는가.

"이 사람 혜강, 무슨 길이 없겠는가."

"찾아봐야지. 한성부에 양부의 먼 조카 한 사람이 종오품 도사都事로 있는데 한번 만나봄세. 한데 그보다 위당威堂을 한번 찾아가보면 어떻겠는가."

"위당을……"

"내 짐작대로 산주山主가 비변사 낭청으로 있는 김씨 일문이 맞다면 위당과는 아마 아는 사이일 걸세. 이런 일로 지금 같을 때 위당을 찾아간다는 것이 좀 그렇기는 하네만."

"글쎄, 그것이 좀……"

그는 얼른 말의 아퀴를 짓지 못한다.

위당은 당상관 신의직의 장자이자 훈련대장이었던 신홍주의 장손인 신헌申櫶의 아호이다. 무관으로는 그야말로 천하를 얻을 만한 뒷배를 갖고 있거니와, 그 자신의 호방함과 강직함도 남다른데다 특히 인문과 지리에 밝아 문인 무인 할 것 없이 두루 신망을 얻고 있다. 연차로 보면 그와 혜강보다 일곱 살 아래인데 천문지리에 대한 관심으로 피차 의기투합, 한때는 허물없이 터놓고 지낸 사이다. 비변사, 규장각에 소장된 많은 서책들을 볼 수 있었던 것도 전적으로 그이의 도움이 있었기 때문이다.

재정적인 도움을 받은 일도 많다.

그러나 문제는 그가 현재 유배지에서 돌아온 지 얼마 되지 않아 거의 은거하다시피 하고 있다는 데 있다. 금위영대장禁衛營大將이었던 그이가 위급했던 전왕 헌종을 살리자면서 사사로이 궁 밖의 의원을 안으로 데리고 들어가 진찰하게 했다는 죄목에 몰려 유배를 떠난 것은 오래 전의 일로서, 십 년 가까운 유배생활에서 돌아온 게 채 삼 년이 안 됐으니 그로서는 아직 삼가고 조심할 수밖에 없을 터이다. 더구나 최근엔 그이가 다시 수군통제사로 중용될 거라는 소문이 파다하지 않은가. 통제사는 종이품 당상관으로, 만약 소문대로 된다면 그이는 와신상담, 단번에 오랜 유배생활의 한을 풀고 명예 회복을 하는 셈이다. 그렇게 미묘한 시기에 찾아가 소목장이 하나를 구해달라 손을 내민다는 건 어떻게 봐도 경우가 맞지 않는 짓이 아닐 수 없다.

"알 만하네."

혜강이 머리를 끄덕거렸다.

"이만한 일로 그 사람을 지금 찾아간다는 건 좀 그렇지. 자네가 하도 절박해 보여서 그만……"

"바우 그놈이 향리에서 내 이웃이었네."

"그랬던가?"

"아버님 돌아가실 때 그 아비가 함께 있었어. 한때는 그 사람, 제 아비가 죽은 게 우리 아버님 탓이라고 생각하고 나하고 말도 섞지 않았으이. 나로서도 어찌 심중의 빚을 느끼지 않겠는가."

"허어, 이 사람……"

혜강의 눈빛이 시위처럼 차탁을 넘어온다.

"청구도 동여도를 그리고, 만국에 내놔도 손색없는 대동여지도를 완성하고도…… 그 세월이 얼마인데…… 여지껏 그때 그 일의 뿌리를 심중에서 다 뽑지 못했단 말인가."

혜강의 매운 눈빛을 피해 그는 동창을 본다.

희맑은 동창 밑엔 잘 닦인 앙부일구仰釜日晷와 지구의가 나란히 놓여 있다. 가슴 어디에 동통이 지나간다. 그이의 안쪽 서고엔 수많은 서책은 물론 그 동안 모은 온갖 천문관측기들과 과학기구들이 더 많이 보관돼 있을 것이다. 처음 그이의 서고에 들어갔다가 그 방대한 서책들을 보고 깜짝 놀란 게 엊그제 같다. 대부분이 다 천문관측, 지리, 새로운 과학기술에 관한 것들이다. 개경에서 났으나 일찍이 돈 많고 자식이 없었던 종숙어른의 양자로 들어가 물려받은 많은 재산을, 그이는 오로지 서책과 관측기 자재를 사모으고 책을 저술하는 일에 쓰고 있다. 진사시에 합격하고 나서 잠시 관상감에 있다가 그만둔 뒤 여지껏 벼슬길로 나아가지 않는 연유를 물어본 적이 있다.

허어, 내 집 안에 천하가 다 들어와 있는데 벼슬이 다 무언가.

그때, 그이의 대답이다. 여지껏 저술한 책만 해도 백여 권이 훨씬 넘는다. 비변사나 규장각의 여러 지리서와 지도를 접한 것은 신헌의 도움이 컸지만, 새로운 과학적 근거와 명청明淸에서 생산돼 들어온 최신 문물에 대한 귀한 서책과 기구 들은 그이를 통해 접한 게 사실이다.

"내 의관을 갖추고 나옴세."

이윽고 혜강이 안채로 들어간다.

그사이 눈은 그친 모양이다. 이제 겨우 사시巳時, 의관을 갖추고 나오겠다는 것은 함께 한성부로 가보자는 뜻일 것이다. 쉽지 않은 배려요 우정이라 할 만하다. 그러나 그이가 마지막 한 말이 남긴 아픔의 끝은 아직 명치에 그대로 남아 있다. 여지껏 그때 그 일의 뿌리를 심중에서 다 뽑지 못했단 말인가. 다른 사람이라면 몰라도, 그 일의 선후를 누구보다도 잘 알고 깊이 이해한다고 믿었던 그이가 그리 말할 줄은 몰랐다.

날씨가 워낙 추워서 행인은 별로 보이지 않는다.

그는 혜강 뒤로 서너 자쯤 떨어져 암말 안 하고 지수굿이 걷는다. 아무리 동무라고 하지만 사대문 안이다. 사대부인 그이의 체모를 생각하면 이만큼 뒤로 물러나 걷는 게 경우에 옳다고 그는 생각한다. 무교武橋를 넘고 나니 행인들이 여럿 보인다. 왼쪽으로 꺾어도니 금방 육조거리가 품 안으로 들어온다.

"한참 걸릴 텐데 어디 주막이나 찾는 것이……"

"난 괜찮으이, 혜강. 연유래도 알아와주면 그 은혜 가슴에 새기겠네. 옛일 생각하면…… 꼭 사지 멀쩡히 살려내야 할 사람일세."

"또 그 얘기, 고산자, 이 사람아!"

혜강의 눈빛이 또 한번 앙바틈해진다.

그는 그이의 사랑방에서 그랬듯, 이번에도 상대편 시선을 피해 북편을 바라본다. 의정부 건물이 보이고 광화문이 지척으로 다가든다. 눈은 그쳤다 해도 하늘이 잔뜩 흐려 있어 경복궁 안의 전각들 용마루가 허공에 둥 떠 있는 것 같다. 길 건너편은 예조, 병조, 형조, 공조가 있고 이쪽 편은 의정부와 이조, 호조가 어깨를 맞대고 있다. 짧은 순간 혜강과의 마음거리가 십 리쯤 벌어진다고 그는 느낀다. 혜강도 그럴 것이다. 아니나 다를까, 혀라도 찰 듯하는 혜강의 다음 말이 건너온다.

"딱한 사람일세. 암튼 나중에 얘기함세나."

혜강이 한성부의 동쪽 쪽문으로 들어간다.

문지기 나졸이 고개 숙여 절하는 것으로 보아 혜강을 이전부터 알고 있었던 눈치이다. 솜바지저고리를 입었으나 무명으로 마름질한데다가 오래 묵어 솜이 여기저기 뭉쳐 있으니 뼛속까지 한기가 파고든다. 털벙거지를 뒤집어쓰고 나온 게 그나마 다행이다. 그는 팔짱을 끼고서 쪽문 너머로 멀어지는 혜강의 비단 누비두루마기 자락을 바라본다.

뒤태로 봐도 참 꼿꼿한 인품이다.

그리 꼿꼿하고 당당하니까 아직도 그가 소싯적 상처와 정한에 사사로이 사로잡혀 있다고 생각하고는 딱하다며 혀를 차는 것이다. 하기야 풍파 한번 겪지 않고 평생 서책에 묻혀 산 그이가 세상살이 저 엄혹한 세월이 박아준 옹이의 깊이와 넓이를 어찌 본원적으로 헤아리겠는가. 아니, 그이는 예나 이제나, 그 일이 애당초 잘못된 군현도 때문이 아니라 아버지의 과오 때문이라고 믿고 있을지도 모를 일이다.

왜 여지껏 그런 상상은 하지 않았을까.

그는 그러나 이내 고개를 가로젓는다. 언필칭 이기론理氣論을 주창하고 심성心性에 기반하여 격물치지格物致知의 도덕적 실천을 앞세웠던 애당초의 건국이념은 온데간데없고, 김씨 일족에 줄만 잘 대고 재물 있으면 현감도 떡 사듯 살 수 있는 이런 시궁창 같은 세상에서, 골백번을 생각해봐도, 혜강처럼 열려 있으면서 꼿꼿하기는 쉽지 않은 일이다. 그는 늘 전통과 풍속과 예교禮敎를 지키되 서양 문물에 문을 아낄 것 없이 열어야 한다 했고, 귀천에 관계없이 인재를 평등히 등용해야 한다 했고, 사농공상士農工商이 상하 없이 수평을 이루어 교류해야 한다고 했지 않았던가. 그가 낸 수많은 저술들도 바로 이미 땅에 떨어진 이理의 절대성을 부정한 자기 이상을 바탕으로 한 것이다. 붕우유신朋友有信이란 붕우무별朋友無別이라면서 그와의 관계에서 형식적 틀을 결연히 깨뜨린 것도 그이가 시작일진대, 사소한 의심으로 그런 그이와 감정에서 멀어지는 것은 오로지 그 자신 마음자리가 협소한 탓일 게다.

다시 희끗희끗 눈이 내리기 시작한다.

육조거리는 행인들도 많거니와 고관들이 오가느라 교꾼들도 많다. 그는 발이 시려 선걸음을 해본다. 여느 사람 같았으면 벌써 손발이 동태가 됐을 터이지만 워낙 길에서 길로 떠돌며 살아온 세월인지라 한 시진이 거의 지나는데도 참을 만한 정도이다.

오시午時가 가까워져서야 혜강이 한성부 쪽문을 나온다.

"점심때니 일단, 가세."

혜강이 앞장서 종로통 방향으로 길을 튼다.

혜교惠橋를 건너 뒷골목으로 접어드니 여기저기 주막이 보인다. 다섯 칸 집이나 될까 말까 한 한옥 앞에서 혜강이 이리 오너라, 하고 기척을 낸다. 다른 집들과 달리 주막 표식이 전혀 없는 것으로 보아 몰락한 양반댁 아녀자가 운영하는 내외주점內外酒店인 모양이다. 점심으로 때가 일러서 그런지 안은 물속같이 조용하다.

"소주에 너비아니하고, 좀 있다가 국밥을 들이게."

부엌 쪽에선 말을 들었을 테지만 내외하느라 대답이 없다.

한성부로 들어간 일이 어찌 되었는지, 혜강은 얼른 입을 열지 않는다. 그는 속이 타지만 말을 참는다. 구들이 뜨뜻해서 얼어붙었던 손발이 풀리느라 근질근질해진다. 조금 있다 사람은 보이지 않고 술상만 쏙 들어온다. 호구지책이 없는 양반집 시앗이나 아녀자가 간판 없이 운영하는 내외술집을 속칭 '팔뚝집'이라 하는 것은, 남녀가 유별해 주인이 상을 들일 때도 얼굴을 뵈지 않고 이렇게 상 든 팔뚝만 봬주기 때문이다.

혜강이 이윽고 말문을 연다.

"자네 짐작이 맞긴 맞네만……"

"역시 무단 벌목으로 몰렸는가."

"달포 전 베어간 것만이 아니라고 하네. 고변자는, 여러 해 걸쳐 삼사십 년생 피나무를 아주 싹쓸이해갔다고 한다네."

"아닐세."

그는 목이 타서 냉큼 소주잔을 털어넣는다.

"달포 전 말고는 이태 전인가, 내가 서너 그루 벤 일이 있고, 그게 전부네. 엊그제 자네에게 가져다준 대동여지도 목판이 바로 내가 베어 연판한 피나무네. 바우가 베어온 것은 날이 추워 아직 웅덩이에서 꺼내놓지도 않았고."

"그 목판이 그 피나무였던가?"

혜강이 빈 잔에 소주를 채운다.

뻔히 짐작했을 일을 반문하는 혜강의 말본새가 새삼스럽다. 어느 편이냐 하면, 일상적인 대화나 토론에서도 혜강은 허드레로 말대접 따위를 하는 법이 없다. 할 말만 딱 부러지게 정리해서 내뱉곤 그만인 성미이다.

"판목을 일일이 사서 쓸 형편이 안 돼서……"

"사실은 자네가 가져온 대동여지도 목판 일부를 엊그제 비변사 부제조副提調에게 드렸으이. 때마침 만나뵐 일이 있었던데다가, 나로서는 자네 부탁대로 좀더 심도 있게 평가를 받아보고, 아울러 비변사의 지지를 받을 요량으로 그리했지. 물론 살펴보고 돌려달라 해놨네만."

"그게 바우 일과 무슨 상관이란 말인가?"

"그저…… 찜찜해서 그렇네만……"

이번엔 그가 혜강을 앙바틈하게 바라본다.

어쩐지 말이 이상한 곳으로 비약해 빠져나가는 느낌이다. 대동여지도 필사본 한 벌과 진즉에 새긴 목판 십여 장을 열흘 전쯤 혜강에게 가져간 것은 사실이다. 여러모로 출중한 혜강의 고견을 듣고 싶었던 게 그 첫째이고, 위당 신헌이나 기타 다른 사람을 통해서 조정의 반응을 얻어보자는 것이 그 둘째이다. 두번째의 속셈은 혼자 상상한 것일 뿐이다. 관상감이나 비변사 같은 곳에서 좋은 반응을 얻는다면 앞으로 목판 값이나 장책粧冊 같은 건 걱정할 필요가 없을지 모른다는 생각도 물론 있었다. 관청의 반응을 얻자 하면 위당 신헌을 직접 통하는 게 더 나을지 모르지만 벌써 만난 지가 한참인데 불쑥 찾아가기도 어색했거니와, 어차피 혜강에게 건네면 위당도 차례 건너 접하게 될 거라는 계산속도 없었던 것은 아니다. 그런데, 그 목판 이야기가 이 대목에서 왜 불거져나오는가.

"아닐세, 아냐……"

뭔가 딴생각에 빠져 있던 혜강이 손사래를 친다.

"그냥…… 내가 요즘 잡생각이 많아서 말이네. 한성부 도사

로 있는 집안 조카한테 부탁은 해놓고 나왔어. 금방 판결이 내려
져 치도곤을 줄 것 같진 않다고 하네. 잘하면 베어낸 것 두어 배
쯤 나무를 심으라 할 것이고 곤장 몇 대 맞을 테지. 만약 태형에
처해진다면 나졸한테 일러 살살 다루기로 약조를 받고 나왔네.
자, 술 들게. 눈도 내리고 날씨가 이거 낮술에 딱 맞네.”

“대동여지도 목판하고, 바우 잡혀간 것 하고…… 그러니까
혜강 생각으로는 뭔가…… 관계가 있을지도 모른다, 그런 건
가? 속 시원히 듣고 본 것을 말을 해줘야지, 이러다가 나, 열불
나겠네.”

“무슨 그런…… 깊은 생각 없이 한 말을 가지고…… 어쨌든
오늘은 그냥 지나갈 모양이야. 고변한 산주하고 대질도 해야 한
다 하니.”

“답답하이. 속짐작이…… 깜깜해서……”

그는 혼잣말하듯 하다가 만다.

무엇인가 마음에 걸린 일이 있는 모양이지만 조른다고 가볍
게 말을 내뱉을 혜강이 아니다. 혜강으로서는 그에게 불편한 심
사를 들킨 것도 이미 후회하고 있을 터이다.

국밥이 그제야 들어온다.

둥둥이김치에 구경하기도 힘든 또라젓이 딸려 있다. 숭어 뱃
속으로 담는 또라젓은 내로라하는 양반댁 밥상에나 올라오는 귀

한 반찬이다. 그러나 지금쯤 잔뜩 겁에 질려 있을 바우 생각에 영 밥맛이 나지 않는다.

"한성부에 들어가다가 불현듯 생각이 났네."

혜강이 또라젓을 집어들며 이쪽 편을 건너다본다.

"그 바우라는 사람, 가산란이 평정되고 난 그해 임신년 봄이었던가, 행방불명된 자네 춘부장이랑 병졸들의 시신이라도 찾아봐달라고 토산현 누문 앞에서 사람들이 포복탄원을 할 때, 그때 무릎 꿇고 앉아 있다가 경기를 해서 나자빠졌던 그애 아니던가, 조막만했던……"

"……맞네."

"그렇구면. 한성부 마당귀의 늙은 산벚나무 밑을 지나는데 문득 그날 생각이 났으이. 토산현 관아 앞에도 왜, 수십 년 묵은 산벚나무가 몇 그루 서 있지 않았던가."

"기억하고 있었네그려."

"자네는 더 그렇겠지만 나도 마찬가지네. 어찌 잊겠는가. 아까 자네한테 퉁바리를 놓은 것도, 그렇지, 그 기억들, 색이 바래고 잊혀져서 그랬던 게 아니야. 토산현 앞의 산벚나무를 생각하면 지금도 모골이 송연하네. 목맨 사람, 처음 본 것이 나 아니었던가."

"나야…… 그때는 옥방에 있었으니……"

"우리가…… 불과 열 살 때 일이었네……"

혜강은 끝내 숟가락을 놓고 만다.

뚝배기 속에 든 국말이밥이 궁뚱망뚱 식어가고 있다. 그날의 일을 이렇게 섬쩍지근하게 세세히 말로 풀어놓는 것은 반백 년 만에 처음 있는 일이다. 오늘의 혜강은 확실히 평소의 그이와 달라 보인다. 어떤 일이 있어도 감정의 끝을 보이는 법이 없는 사람이고, 어떤 경우에도 할 말 안 할 말 뒤섞는 일이 없을 사람이 혜강이다. 그 동안 단 한 번도 그날의 일을 거론하지 않았던 것도 그 자신의 심중에 박힌 옹이 탓이려니와, 그보다 혜강의 군더더기 허드레가 없는 깔끔한 성미 때문이었을 것이다. 그런데 오늘은 불현듯 오랜 금도를 허물고 그의 말이 고삐 풀린 말같이 앞으로 내닫고 있다.

그는 혜강을 따라 슬그머니 숟가락을 놓는다.

산벚나무에 목매단 사람을 처음 발견한 것이 혜강이었다는 것은 잊고 있던 사실이다. 목숨 하나 통째로 매달린 산벚나무를 처음 보았을 때, 귀한 집 열 살짜리 도령이었던 혜강은 어떠했을까.

산벚나무

그러므로 (땅의) 요긴함과 해로움을 알아내고,
급한 것과 느린 것을 살펴,
기습과 정면 공격을 마음속으로 판단해,
생사를 손바닥 위에서 뒤집게 하니.
_김정호, '지도유설'

봉산으로 떠난 아버지는 돌아오지 않았다.

홍경래가 진압군의 총에 맞아 죽고, 그와 뜻을 같이했던 홍총각洪總角, 우군칙禹君則, 김사용金士用이 참수형을 당했다는 소문이 떠도는데도 마찬가지였다. 바우 아버지나 수돌이는 물론 함께 떠났던 스물세 명 전원의 행방이 여전히 캄캄했다. 현감은 오히려 아버지가 그들을 꼬드겨 반란군에 가담하려고 하다가 일이 뜻대로 되지 않자 처형당할까봐 두려워 어디로 내뺀 것이라는 식으로 몰아붙였다.

복장이 터질 일이지만 현감에게 대들 수도 없는 일이었다.

지원대를 편성해 봉산鳳山으로 집결하라는 목사의 명령을 지키지 못한 것 때문에 현감까지 사실은 속으로 바들바들 떨고 있었다. 그래서 그렇게라도 몰아붙여 제 책임의 일부라도 모면하자는 수작이었고, 지원대에 들어오면 면제해주겠다고 약속한 전정과 군정과 환곡도 본래대로 거두어 제 배를 불리겠다는 수작이었다. 전정田政이란 토지세로서, 본래 지주가 물어야 하도록 돼 있는 걸 소작인들에게 물렸는데, 1결당 4두斗나 6두로 정해져 있는 전세에다 근거 없는 부가세를 보태어 매겨서 배가 넘게 거둬들이는 게 다반사였다. 나중에 들은 바로는 그 무렵 토산현이 유독 가렴주구가 심해서 부가세 종류만 해도 무려 마흔 가지가 넘었다고 했다. 군대에 가는 대신 내야 하는 군역도 근거대로 거두어들여서는 양이 안 차니까 어린아이나 죽은 사람에게까지 군포를 부과하는 백골징포白骨徵布나 황구첨정黃口簽丁이 다반사였으며, 무이자로 빌려주게 돼 있는 환곡 또한 고리를 붙여 거둬들이는 게 상례였다.

온 고을이 불안한 침묵에 휩싸였다.

창칼 한번 들어본 일 없는 사람들이 가짜 군졸로 둔갑해 떠난 것은 그렇다 치더라도, 그들이 죽었는지 살았는지, 만약 죽었다면 시신이라도 찾아 수습해달라고 관아에 요구하고도 남을 일인데, 현감이 적반하장으로 나오니까, 행여 반란군의 죄목을 뒤집어쓸까봐 아들을 떠나보낸 노부모나 남편을 떠나보낸 아녀자나 아비를 떠나보낸 자식들이나 간에, 벙어리 냉가슴 침 먹은 지네 꼴 되어, 살얼음 디디듯 하루하루를 보낼 수밖에 없었던 것이다.

임신년1812 4월 중순쯤이었다.

토산현 아문衙門을 양쪽으로 호위하듯 서 있는 오래된 산벚나무 잔가지마다 꽃망울이 벙긋벙긋 열리기 시작한 이른 새벽이었다. 한 소년이 잘 고른 모래흙이 깔린 아문 앞 공터에 무릎 꿇고 앉아 있었다.

열 살배기 고산자, 바로 그였다.

토산현의 아문은 그 현세縣勢와 달리 배흘림이 있는 기둥을 두 열로 배열해 올려짓고 한가운데에 떡 벌어지게 판문板門을 단 기품 있는 중층의 누각이다. 아문을 지키고 있는 나졸은 무릎꿇고 앉은 소년이 행방불명 상태의 병방 김해준金海俊의 아들이란 걸 단박에 알아차렸다.

너, 왜 그러는 거야?

아버지를 찾아주십사, 사또님께 주청하려 왔습니다.

나졸과 나눈 문답은 까무룩하고 흐릿하지만, 어쨌든 안팎의 관아 사람들은 해가 뜨기 전에 이미 어린 그의 뜻을 모두 알아차렸을 것이다. 몇 번이나 나졸들이 어린 그를 붙잡아 멀리 내동댕이쳤지만 소용없었다. 그는 울지도 않았고 흔들리지도 않았다. 힘이 부쳐 나졸들에게 들려 내동댕이쳐지면 다시 나아가 또 무릎 꿇어 앉고, 그 다음 나뒹굴고 나면 또 일어나 아문 앞으로 나아갔다. 아문 앞은 토산현에서 제일 사람들이 많이 모이는 시전거리로 이어졌다. 눈과 말은 발보다 빨라서 묘시卯時가 다 지나가기도 전에 시전거리 모든 사람들이 아문 앞에서 벌어지는 나졸과 어린 소년의 실랑이를 알아차렸다.

날씨가 모처럼 좋은 날이었다.

바람은 부드러운 명주바람이었고 하늘은 티끌 하나 없는 남색이었으며 마을 너머로 보이는 학봉산鶴峯山 골짜기는 햇무리로 치장한 안개가 자오록하게 내려앉아 있었다. 소년의 고집에, 아문 밖이니까 제 소관이 아니라 치고 나졸이 지쳐서 소년을 쫓아 내려고도 하지 않게 됐을 때쯤, 해가 쑥 떠올랐다.

그래 봤자 이놈아, 니 힘만 빼는 거야.

낯익은 나졸이 말했을 터였다.

아버지는 원래 본향이 충청도 태안반도라고 말한 일이 있었다. 언제부터 토산으로 흘러들어와 살았고 언제부터 병방 일을 했는지 어린 그는 물론 알지 못했다. 어머니는 처음부터 그의 기억에 없었다.

니 엄니, 물질 나갔다가 죽었어. 부용꽃같이 이뻤는데.

아버지는 그 말뿐이었다. 그 말에 따르면 어머니가 죽을 무렵

만 해도 바닷가 어디에 살았던 모양이나 그 또한 선후가 없는 말에 불과했다. 다섯 살 위였던 형이 있었으나 이태 전쯤 평안도 어디 광산으로 간다고 하고 여지껏 소식이 없었다. 홍경래가 봉기의 기지로 삼았던 대정강가 다복동에서 형을 보았다는 사람도 있고, 박천의 어느 철광산에서 형을 보았다는 사람도 있었다. 평소 세상에 불만이 워낙 많은 형이었으니까 봉기군에 지원해 들어갔다가 평안도 어느 산진山陣에서 이름 없이 죽어갔을 가능성은 충분했다.

암튼 아버지는 오랫동안 병방으로 있었다.

대를 물려 아전을 했던 사람들은 향리鄕吏라고 불렸고, 고향을 떠나와 어찌어찌해서 아전이 된 사람은 가리假吏라고 불렸다. 아버지는 가리였다. 봉록도 없고 품계에 들지도 않는 가리 신분이면서, 아버지는 걸핏하면 젊을 때 자신이 종구품의 초관哨官이었으며, 태안에 들어온 왜인 비적들을 혼자서 다섯 명이나 때려잡은 일이 있다고 떠들고 다녔다. 현감이 지원대의 군교 역할을 아버지에게 맡긴 것은 그 때문이었다. 하지만 아버지가 초관이었다는 것은 그냥 허풍에 불과했을 가능성이 많았다.

해가 점점 높이 떠올랐다.

보고를 받았을 터이지만 현감은 그가 벌이는 외롭고 발칙한 탄원에 가타부타 아무 반응도 보이지 않았다. 어린 그의 이마에 땀이 나기 시작했다. 무릎과 정강이는 저리다 못해 아무런 감각도 없었다. 사시巳時를 넘길 때쯤 주막집 해주댁 아주머니가 물과 시래기국밥을 말아왔는데, 물만 마시고 국밥은 손도 대지 않고 내버려두었다.

아이고 이놈아, 어린것이, 먹어야 견딜 힘도 나지.

해주댁 아주머니가 종주먹을 들이댔지만 그의 고집은 여전했다. 오시午時가 되었고, 그의 얼굴은 진흙빛에 땀투성이가 되었다. 사람들이 동헌 쪽을 힐끔힐끔 보면서 하나씩 둘씩 모여들기 시작했다. 산벚꽃이 휘리릭 날아와 땀투성이 그의 이마와 볼과 목 언저리에 달라붙었다.

이러다가 애, 생으로 잡겠네.

참다 못하고 누가 소리쳐 말했다.

현감은 어린놈이 견뎌봤자 두 시진을 못 넘길 거라고 보았을 터였다. 그러나 그는 오시에도 처음 그 자세 그대로 그린 듯이 앉아 있었다. 산벚나무 가지 사이로 어린 새떼들이 포르르포르르 날아갔고, 새의 깃털에 닿은 산벚꽃 흰 꽃잎들이 이따금 무더기 무더기로 졌다.

그가 기진해 쓰러진 것은 미시未時가 다 됐을 때였다.

처음엔 눈앞이 가물가물했고, 그 다음엔 햇빛과 벚꽃이 한 덩어리로 희붐해졌고, 마지막으로 쨍 하면서 빛의 칼날 같은 것이 두 눈을 치고 나갔다고 느꼈는데, 이후는 깜깜했다. 둘러선 사람들 사이에서 탄성이 일었다. 무릎은 꿇은 채 세워놓은 서까래 자빠지듯 그는 자빠졌다.

다시 눈을 떴을 땐 해주댁 품 안이었다.

두세두세하는 사람들의 소리가 들렸다. 해주댁이 숟가락 물을 그의 입에 넣어주었고, 또 어떤 아주머니는 물에 적신 수건으로 그의 목과 겨드랑이를 닦아주고 있었다. 산벚나무 시원한 그늘 속이었다. 어차피 죽기살기로 작정하고 시작한 일이었다.

그는 해주댁의 손을 뿌리치고 상반신을 일으켰다.

그때 제일 먼저 눈에 들어온 것은 눈부신 햇빛 속에 꿇어앉은 최한기의 모습이었다. 그것을 보자 콧날이 찌르르르 울렸다. 그는 울지 않으려고 입을 악다물면서, 자신이 앉았던 자리에서 자신과 똑같은 자세로 무릎 꿇고 앉은 최한기를 바라보았다. 최한기 옆엔 수돌이 부모가 있었고, 수돌이 부모 옆엔 바우 어머니와 어린 바우가 있었다.

무릎 꿇어 앉는 사람들은 자꾸자꾸 불어났다.

처음엔 행방불명된 지원대 사람들의 부모와 형제들이 다가와 앉았고, 사촌 오촌네가 앉았고, 마지막엔 그들과 아무 상관 없는 사람들이 줄줄이 다가와 꿇어앉았다. 모두 침묵을 지키고 있었으나 하나같이 눈빛은 쨍쨍했다. 누각 앞을 지키고 선 나장의 표정은 차츰 사색이 됐다.

한기……

뜨거운 불길이 단전으로부터 파죽지세 펴올랐다.

최한기는 개경이 고향이지만 일 년에 한두 차례는 보통 집안 되는 토산의 판관어른 댁에 와 머물렀다. 한 달쯤 머무를 때도 있고 두세 달 머무를 때도 있었다. 판관이라면 오품관 벼슬로서 현감이 찾아가 예를 올려야 할 만한 품계지만, 최한기가 흠모해 따르기를 스승 이상으로 하던 판관어른은 명리가 싫다 하여 일찍이 상서원尙瑞院 판관 일을 스스로 그만두고 향리에 내려와 살았다. 특히 천문지리에 밝고 실학사상에 대한 신념이 깊었던 분으로서, 최한기는 훗날에도 자주, 자신이 그 어른의 영향을 많이 받았다고 술회했다. 판관어른 댁에 내려와 있을 때의 한기는 접장接長으로서, 그가 다니던 서당에 나왔다. 그가 겨우 『천자문』을 떼고 『동몽선습』을 배울 때 한기는 『소학』을 끝내고 사서일경四書─經을 통했다. 당연히 훈장을 돕는 접장으로서 손색이 없었다. 그들은 서당에서 만났으나 천문지리와 과학에 대한 공통의 관심 때문에 금방 반상을 뛰어넘어 동무가 되었다. 총명하고 길눈이 밝은데다가 유난히 미지의 먼 곳에 대한 관심이 많았던 그는, 그 무렵 이미 관아가 갖고 있는 지도보다 더 정밀한 토산 일대의 군현도를 스스로 그려 지니고 있었다.

한기는 그가 그린 지도를 보고 단박에 마음을 열었다.

한번은 두 사람이 의기투합, 토산골 앞을 흐르는 물길이 어디에서 시작됐는지를 알아보자 하여 문암, 안협安峽을 넘어 이천伊川까지 갔다가 그날로 돌아오지 못해 큰 소동이 벌어진 적도 있었다. 물길을 쫓아 걷고 걷다가 그만 날이 저물었기 때문이었다.

우리 이렇게 하자.

최한기가 그 무렵 말한 적이 있었다.

정호 너는 땅 끝에서 땅 끝까지, 땅의 지도를 그리고, 나는 하늘 끝에서 하늘 끝까지, 하늘의 지도를 그리는 거야. 그래서 합치면 우주만물의 지도가 되는 거지.

그렇게, 총명하고 꿈이 깊은 한기였다.

쓰러진 그의 뒤를 이어 판관어른 댁 최한기 도령까지 무릎 꿇어 앉은 일이 둘러선 사람들에게 용기를 불러일으킨 것은 불문가지였다. 누각 앞 공터엔 이미 수십 명의 사람들이 말없이 연좌하고 있었다. 산벚꽃이 계속해서 무더기무더기로 졌고 새떼들은 포르르포르르릉 날았다.

나졸들이 잠시 후 우르르 몰려나왔다.

연좌한 사람들은 그래도 꿈적하지 않았다. 사또께서 여러분의 말을 듣겠노라 하셨소. 당사자 몇 사람을 동헌 앞으로 부르라 하셨으니, 다른 사람들은 모두 일어나 돌아가시오. 안 그러면 치도곤을 맞을 것이오. 늙은 이방이 손나팔을 만들어 입에 대고 말했다. 이방의 말은 금방 효과를 거두었다. 기절했다가 깨어난 그와 수돌 아버지를 비롯한 몇몇이 이방의 안내를 받아 쪽문을 통해 동헌 뜰로 들어갔고, 연좌한 사람들이 나졸들의 기세에 눌려 우르르 흩어졌다.

그러나 그것은 현감의 속임수였다.

행방불명된 사람들을 찾아주고, 본래 약속했던 대로 지원한 사람의 전정, 군포, 환곡의 면제를 기대했던 몇몇 사람들을 데려간 곳은 동헌 댓돌 밑이 아니라 옥방이었던 것이다. 현감은 그때까지 코빼기도 내비치지 않았다. 그 대신 어린 그에게까지 무차별로 방망이가 날아왔다. 반역군의 끄나풀이라는 말까지 들렸다. 현감은 그들의 연좌를 빌미 삼아 이제 내놓고 그들 모두를 반역에 가담하려 했다고 몰아붙일 기세였다.

사세가 뒤집힌 건 그 이틀 후였다.

한밤중에 관아 앞 산벚나무에 목매달고 죽은 수돌이 어머니를 처음 발견한 것은 바로 최한기라 했다. 그것은 당연지사 사람들 끓는 가슴에 기름을 부은 격이 되고 말았다. 현감이 속임수를 썼다는 사실도 문제가 되었다. 사람들은 그전보다 훨씬 더 많이 관아 앞에 모여들었다. 작대기나 곡괭이를 든 사람들도 있었다. 여차직하면 관아를 들이칠 기세였다.

해주목사는 사세판단이 빠른 사람이었다.

그에겐 홍경래의 가산란은 물론 관내의 곡산에 일어났던 민란도 겨우 수습된 뒤끝이라 확실한 무마책이 필요했을 터였다. 현감은 그래서 곧 파직되고, 새로 부임해온 현감은 비로소 가산란 지원 임무를 띠고 떠났다가 행방이 사라진 스물네 명을 수색하는 수색대를 만들겠다고 천명했다. 나졸과 산을 잘 타는 동민들로 섞어 조직한 관민합동수색대였다.

지원대가 모두 시신으로 발견된 건 4월 끝물이었다.

예상을 뒤엎고 그들의 시신은 곡산 방면 고달산 상봉 능선 아래 비탈에서 발견됐다. 추위를 면하려 했는지 두세 사람이 꼭 안고 죽어 있었고, 돌틈에서 무릎을 세운 채 앉아 죽은 사람도 있었다. 이미 시신의 일부가 짐승에게 뜯겨 수습하기조차 어려운 처참한 시신도 여러 구였다. 그의 아버지는 앞서 길을 뚫어보려

했던 것인지 상봉 턱밑의 비탈길에 거꾸로 처박혀 있었다. 앞장 섰다가 눈에 미끄러져서 추락해 부상을 입은 뒤 일어나지 못한 것 같았다. 정황으로 보아 모두 길을 잃고 헤매다가 굶주림과 추위를 이기지 못하고 아사하거나 동사한 것이 분명했다.

토산에서 봉산으로 가는 길은 두 가지였다.

하나는 신계新溪 쪽으로 북진해서 평산과 서흥으로 비틀어가는 길이었고 또하나는 금천金川으로 남진했다가 평산, 혹은 멸악산 지맥을 넘어 인산麟山으로 나아가는 길이었다. 지금 생각하면 그들은 아마 처음 신계 쪽 방향으로 길을 잡았던 듯했다.

눈이 많이 쌓여 있던 한겨울이었다.

섣달그믐께, 목사가 평양성 턱밑의 봉산에 집결하라고 한 최종 시한이 이듬해 임신년 정월 초사흗날 신시申時까지였으니, 주먹밥 몇 개씩 품에 지녔을 뿐인 가짜 군졸들을 선도해야 하는 아버지로선 마음이 아주 조급했을 터였다. 아버지의 품속에선 관아에 있는 군현도를 급히 베낀 필사본 지도 한 장이 나왔다.

그러나 그 지도는 한마디로 말해 엉터리 지도였다.

한참 먼 학봉산과 고달산高達山이 앞뒤로 붙어 있었고, 물길도 따로 없었으며, 물길처럼 이어져 있어야 할 산이 뚝딱뚝딱, 흐름없이 각놀고 있었다. 현감이 내주었을, 관아에 비치돼 있던 지도였다. 지도가 그렇다보니, 아버지는 산과 산 사이가 떨어져서 그

사이에 뚫고 나갈 평탄한 길이 있으리라 판단했을 가능성이 높았다. 시간과도 싸워야 하고, 산골짜기에 들면 무릎까지 빠지는 눈과도 싸워야 하고, 한정된 식량과도 싸워야 하는 위급한 도정이었다. 비스듬하게 벌어져 있는 학봉산과 고달산의 거리만 지도에서 어상반했거나, 지도에 없을지라도 산과 산 사이에 여전히 한몸으로 덩어리진 산맥이 흐르고 있다는 것만 알았어도 그들은 최소한 떼죽음을 면했을 가능성이 많았다. 아니 지도가 차라리 없었다면, 오히려 그렇게 무모하게 죽음의 산속으로 들어가 박혔을 리 만무했다. 낭림에서 내려온 백두대간이 끊어질 듯하다가 평안도 내륙 하단에 자리잡은 두리산荳里山에서 다시 솟아나, 내처 남쪽으로만 그냥 달음박질로 뻗어내리는 게 아쉬웠던지, 서남간으로 지맥 하나를 뿌려 개경까지 흘러내리는바, 그 사이 곡산과 토산을 나누는 고달산이 자리잡고 있었다. 아버지는 먼저 학봉산을 넘으려 했을 것이고, 적설 때문에 그것이 쉽지 않자 우회해 학봉산과 고달산 사이의 다른 길을 찾으려 북동쪽 방향을 잡았던 게 틀림없었다. 문제의 지도를 보면 누구라도 그렇게 했을 것이었다. 시각을 다투어 가야 한다고 현감은 또 얼마나 으름장을 놓았을 것인가.

지도가 사람들을 죽였다……

그는 그때나 지금이나 그렇게 믿었다.

지도는 언제나 사람들에게 양면성으로 작용한다. 지도가 없으면 사람의 오감이 부풀어오를 대로 올라 스스로 지도가 되지만, 지도가 있으면 지도를 믿기 때문에 오감은 만삭의 돼지처럼 그 운행이 느려진다. 엉터리 지도가 사람들을 떼죽음으로 몰아넣기 쉬운 것은 그 때문이다.

그는 어렸을 적부터 땅의 형상과 물의 굽이굽이에 관심이 많았다. 누가 시켜서 그리 된 것이 아니었다. 물길과 산의 흐름이 어디서 어떻게 시작되고 어떻게 끝나는지 이상할 정도로 언제나 궁금했다. 저 굽이에서 물이 시작되는가 하고 달려가보면 어떤 땐 더 큰 물줄기를 만나고, 저 꼭대기에서 산이 시작됐는가 하고 기를 써 오르고 나면 또한 더 큰 산이 그의 눈앞을 가로막는 게 신묘했다. 길이 길로 이어져 끝이 없는 것처럼, 물은 물대로 산은 산대로 제 몫몫 이어져 끝이 없었다. 사람은 물과 산을 따라서 그것에 기대고 사는바, 길이 있기 전에 이미 물길과 산맥이 있었을 것이라고 그는 생각했다.

그리움은 끝간 데가 없이 깊었다.

그의 소원은 그것들이 시작되고 끝나는 곳까지 가보고 싶다는 것이었다. 그는 동무들하고 잘 놀지도 않았다. 애초부터 어머니가 없었기 때문에 그랬을지도 몰랐다. 어린 마음에도 집이나 서당에 있으면 허기진 것처럼 속이 텅 빈 것 같았다. 동무들이 집으로 돌아가 어머니 치맛자락을 잡는 것만 봐도 눈물이 고였다. 아버지는 별로 속정이 깊은 사람이 아니었다. 그러면서도 끝내 새 여자를 들이지 않고 형제를 키우며 산 것은 아마도 아버지하고 살겠다는 여자가 없었기 때문일 것이다. 아버지는 우악스러운데다가 살짝 얽은 얽빼기였고 입에서 나는 냄새가 자심했다. 봉록 대신 관아에서 내준 밭떼기 농사도 아버지 손으로 온전히 지은 적은 거의 없었다. 다행인 것은 아버지가 그래도 두 형제를 가르치는 데 인색하지 않아 서당에 꼭 다니도록 한 것 정도였다.

그는 어디든 가고 싶었다.

바람은 언제나 시도 때도 없이 불었다.

처음에 그는 길을 따라다녔고, 다음엔 물을 따라다녔고, 일고여덟 살이 넘어서는 주로 산을 따라다녔다. 따라갈 수 있다면 새가 되어 바람조차 따라가고 싶었다.

목숨이 와서 목숨이 가는 길도 따로 있을까.

개구리가 물을 건너가는데, 다 건너간 뒤에도 파문으로 물 위에 개구리의 길이 남아 있는 걸 보고 감동한 적도 있고, 다람쥐가 오르내리는 나무에도 다람쥐의 길이 따로 있다는 걸 알고 놀란 적도 있었다. 산과 물과 바람이 모두 이어져 서로서로 등대고 어깨 기대어 있는데, 그 자신만이 오로지 혼자 있다는 느낌도 들었다. 길이 시작되고 물이 시작되고 산이 시작되는 곳에 가면 부용 꽃같이 이뻤다는 어머니를 만날 것도 같았다. 놀이 비낀 길이라는 뜻을 가진 석양사로夕陽斜路라는 글귀에서는 눈물이 났고, 훈장 댁 대청에 걸린 편액에서 붕정만리鵬程萬里의 뜻을 알았을 때는 가슴속이 불을 지핀 것처럼 뜨거웠다.

아버지는 길을 못 찾아 생목숨을 잃은 것이었다.

갖신

내가 말하고자 하는 말은 옛날에 이미 말해졌고,
내가 쓰고자 하더라도 그 또한 옛날에 다 씌어졌으니,
어찌 입을 열고 글을 쓰겠는가.
_최성환, 『성령집』

혜강과 헤어지고 의금부 뒷길을 따라 안국방安國坊 쪽으로 길을 잡는다. 육의전六矣廛을 거느린 운종가雲從街로 이어진 길이라서 제법 번화하다. 비단옷에 장옷을 두른 규수가 막 면포점 앞을 나서고 있다. 그는 얼른 면포점들을 지나쳐 지점紙點들이 몰려 있는 안쪽 소로로 들어간다.

묘허妙虛를 만나러 가는 참이다.

묘허는 혜강처럼 꼿꼿한 선비가 아니지만 한성부를 비롯한 관가에 워낙 발이 넓으니까 혜강보다 더 좋은 길을 찾아줄지 모른다. 아니, 그것이 아니라도 혜강에게 가져간 것과 똑같은 대동여지도 필사본을 맡겨둔 바 있으니 겸사겸사 들러보기로 한 것이다.

묘허는 본명이 최성환崔瑆煥이다.

그이는 지필묵으로부터 종이에 이르기까지, 공가貢價를 받고 왕실과 관아에 독점적으로 납품하는 공인貢人이었고, 또 방각본坊刻本으로 서책을 만들어 파는 서책업자이다. 심지어 판목을 생산하기도 했고, 주문이 있으면 목판을 판각해주기도 했으며, 장책을 해주는 일도 다반사다. 사가판私家版 서책은 물론 사찰에서 발행하는 사찰판寺刹板이나 서원에서 발행한 것으로 둔갑하는 서원판書院版 서책을 대신 만들어주기도 한다. 심지어 임금께서 신하들에게 나누어주는 서책인 내사본內賜本을 그이가 만들어 들여간 일도 있을 정도이다. 저술을 하는 것이야 선비들의 본령이라 하겠지만, 사서삼경조차 그 속뜻을 똑바로 꿰지 못한 얼치기 선비들이 너나없이 베껴먹기식 저술을 하고 목판본을 만들어 돌려 제 경력을 과장하는 일이 다반사인 세상이다.

다행히 묘허는 시전에 나와 있다.

사찰판 서책을 주문하러 온 것인지 승 복색을 한 사람을 시전 밖까지 나와 배웅하던 묘허가 반갑게 손을 내민다. 시전엔 싸구려 목판본 『통감通鑑』『동몽선습』『천자문』은 물론이고 언문으로 된 『심청전』『춘향전』『숙향전』『소대성전』 따위가 어지럽게 쌓여 있다. 가만히 있지 못하는 성미인 묘허가 새로 만든 것인지, 다탁 위엔 해판된 토판土版 활자들이 몇몇 보인다.

"토판을 또 만들었네그려."

"그냥 뭐 심심해서요. 마침 잘 오셨소, 형님. 보성에서 좋은 잎차가 막 올라왔거든요."

"차 마실 심사가 아니네만."

"그러면 더욱 마셔야지요. 세상 제일의 명의 화타가 차를 마시면 사유에 도움을 준다 했고, 명나라 사람 고원경이라는 이도 『다보茶譜』에서 이르기를, 차가 번뇌를 없애준다 했답니다. 무슨 일이 있으십니까?"

"천천히 얘기함세. 그나저나 이제 부처님을 모시는 불제자들까지 저희 손모가지 놔두고 불경을 방각본으로 맡겨 판각해가는 세상이 되었네그려."

"뭐, 어제오늘 일이 아닙지요. 하나 아까 그 스님은 불경을 주문하러 온 게 아닙니다. 절에서 신도들에게 나누어주겠다고 천자문을 부탁하고 갔어요. 그보다 요즘은 선비님들 주문으로 먹고삽니다. 속창아리 빈데다가 염통에 털 난 위인들이 한둘이 아니에요. 여기저기 베껴쓴 걸 조합해서 제가 저술한 거라면서 천연스럽게 목판본을 부탁하는 것들이 워낙 많아서요. 당상관조차 아랫것들 시켜 제 이름의 서책을 내는 데 혈안입니다."

"임자만 살판났구먼."

"허허…… 그냥 허허, 하고 삽니다."

화로 위에 올려놓은 탕관에서 물이 끓는다.

묘허가 숙우熟盂에 물을 올려놓고 다반 위의 찻잔을 집어들어 무명베 찻수건으로 닦는다. 맑은 청자주발이다. 눈이 아직도 내리는지 누가 댓돌에 신발을 탁탁 터는 소리가 난다. 지금까진 세설로서 크게 쌓이진 않고 있으나 아무래도 밤에는 큰눈이 내릴 모양이다. 청취색 차가 청자주발에 떨어지는 소리가 듣기 좋다. 눈에도 그림자가 있던가. 그는 동창의 문살에 어른거리는 흰 그림자를 가만히 내다보며 찻물에 얼어붙은 입술을 적신다. 차맛은 색色과 향香과 미味가 하나로 어울려, 삼묘三妙로서 과연 손색이 없다.

"그럼 형님 얘기를 들어보십시다."

묘허가 이쪽에서 말하기 쉽게 말길을 내준다.

언제 어디서 만나봐도 막힘이 없고 그 품이 넓은 사람이다. 중인 출신이라는 신분의 한계가 없었더라면 능히 위당 신헌을 능가했을지 모른다. 그는 혜강을 만나 들은 얘기만 빼고 자초지종을 되도록 간략하게 설명한다. 이야기를 듣는 대로 묘허의 낯색이 점점 어두워지는 게 마음에 걸린다.

묘허 최성환은 본관이 충주이다.

그러나 본관이 그럴 뿐 태어나고 자란 곳은 양주목楊洲牧이라 한다. 묘허 말고 어시재於是齋란 호도 있다. 연치는 순조조 13년생이니까 올해 마흔아홉으로, 그보다 열 살이 적다. 무예에 조예가 깊어 스물여섯에 중인으로 무과에 급제하여 홍패紅牌를 받긴 했지만, 때맞추어 선친이 작고하는 바람에 수년을 지나 처음 맡은 관직이 효력부위 수문장效力副尉 守門將이었고, 오 년여 전 그만둘 때의 관직은 종오품관 중추부도사中樞府都事였을 것이다. 문무를 겸비한 재목이었음에도 불구하고 신분의 한계를 넘지 못해 이십 년 가까운 관직생활 동안 이리저리 맡은 직책만 달라졌을 뿐 품계는 늘 당하관堂下官의 말직을 면하지 못했던 셈이다.

그이로서는 관직을 그만두고 이 일을 선택한 게 당연지사이다.

경세서經世書뿐만 아니라 시문詩文을 좋아해서 그 자신 시를 지은 책을 편찬해낸 것만 해도 벌써 여러 권이다. 동여도와 짝맞

춘 지지地誌『여도비지輿圖備志』 또한 그와 함께 일하지 않았으면 제때 편찬해내기 어려웠을 것이다. 지난해는 그이가 생전 처음 온전하게 저술한『고문비략顧問備略』필사본을 얻어다 읽었는데, 다른 과격한 실학파 선비들과 달리, 토지의 재분배나 공동경작을 주장하지 않는데도 경세의 혁신적인 방안들이 가득했다고 기억한다. 그이는 철저히 현실적인 사람이고 개방적인 사람이다. 선친으로부터 물려받은 재산이 많아 시전을 운영하지 않아도 될 일이나, 아직 낙향하지 않은 것도 그가 무위자연을 그리거나 이상론에 치우친 인사가 아니라는 걸 말해주는 대목이 아닐 수 없다.

"그것 참!"

말을 다 듣고 난 묘허가 쩝 입맛을 다신다.

예상 밖의 반응이다. 단순한 피나무 벌목사건이라면 활달한 그이의 표정이 이리 심각해질 리도 없을뿐더러 할 말을 찾느라 한참이나 입을 다물고 있을 리도 없다. 혜강의 미묘했던 언사와 몸짓이 그이와 겹쳐 떠오른다.

뭔가 있어. 단순한 일이 아닌 게야.

그는 가슴이 벌름벌름해져서 얼른 찻잔을 거머쥔다.

손끝이 타는 듯하다. 혜강도, 지금 말없이 앉아 있는 그이도 그 자신이 짐작조차 하지 못하는 이 일의 어떤 밑그림을 미리 알고 있었던 게 틀림없다고 그는 생각한다. 오래 관직에 있었을 뿐 아니라, 종이전과 목판본의 판각, 장책을 해오는 터라, 한성부는 물론이고 왕실과 조정에 혜강보다 더 많은 줄을 대놓고 있는 묘허이다. 하루에도 수많은 아전과 관리 들이 이곳을 드나든다. 짐작하건대, 혜강이 끝내 말하지 않은 그 무엇을 그이는 훨씬 더 소상히 알는지 모른다.

"이보게나, 묘허……"

그는 묘허의 눈을 들여다본다.

"임자의 『고문비략』을 읽으면서 나는 임자 가슴속에 똬리틀어 자리잡고 있는 여한을 충분히 느꼈어. 양반님네들은 어떻게 알겠는가마는, 동변상련이라, 나는 아네. 자네는 거기에서 관리의 고과考課 문제를 지적했고 향교의 권력 남용을 비판했고, 제도의 폐단을 열거했지. 동감이네. 우리가 함께, 응당 나라에서 해야 할 일인데도 어떤 보상도 바라지 않고 몸 바쳐 『여도비지』를 편찬할 때, 뜻을 합쳤던 게 뭐였는가. 자네까지 묵언으로써 바우 같은 불쌍한 놈이 찢어지고 부서지는 걸 가리려 한다면, 나는 지도고 뭐고, 다 불지르고 떠날 것이네."

"아이고, 형님, 괜히 일을 키우지 마시오."

"단도직입적으로 말해보게. 이 일의 배후에 뭐가 있는 거지? 새로 만든 내 대동여지도 때문인가?"

"그게…… 그러니까…… 형님의 대동여지도 필사본은 이미 비변사나 관상감 쪽으로는 한 바퀴 돌았소. 워낙 방대한 것이라 필사가 쉽지 않겠지마는, 아마 비슷하게 베껴 그린 지도들이 곧 출현할지도 몰라요."

"언제 그렇게……"

"형님이 판각을 시작하기 전부터 쪼개진 첩질로 돌아다닌 것도 있고 또…… 혜강과 내게 맡긴 필사본도 있지 않소? 혜강 형님한테 간 것은, 목판 일부와 함께, 내가 알기로 지금 비변사에 들어가 있다고 합디다."

"그런데 그게 어쨌다는 게야?"

"그게…… 사실은 상감께서 연전에 비변사의 도제조와 제조를 불러놓고서 민란도 많고, 왜는 물론 서양 배들도 자주 출몰하니, 그 방비를 위해 정확한 목판본 지도 제작을 서두르라고 하명했다 합디다. 형님이 늘 주창하시는 대로 지도 만드는 것이야 나라에서 앞서 행할 일, 상감마마로서는 모처럼 당연한 하명을 하신 게지요. 정원용鄭元容 대감이 영상이 되고 얼마 후였을 거요. 아마, 왜국이 서양에 문호를 열고 영국 배가 동래 용당호와 신초량에 번차례로 들어온 직후였지요. 형님도 아시다시피 쓸 만한 군현도나 전국지도라는 게 대부분 필사본이니 군현마다 일일이 베껴 보낼 수도 없는 일이고요. 해서…… 괜히 예감이 좀 그렇다는 겁니다. 사실 내게도 비변사에서 사람이 두어 번 다녀갔어요. 처음 왔을 때는 대동여지도 판각이 얼마나 진행 됐느냐, 이것저것 묻더니 담에 왔을 땐 아예 대동여지도 목판본 전부를 자기들이 사겠다면서 형님한테 은밀히 줄을 놔달라 합 디다. 나야 형님이 그걸 어떻게 만들었는지 알고 또한 형님 성 미도 익히 아는바, 차마 형님한테 꺼낼 말도 아니고 해서 펄쩍 뛰었습니다만."

"그러니까 내 지도를 가져다 저희가 만든 걸로 하겠다?"

"그런 뜻이, 당상관인 제조나 부제조한테까지 속으로 합쳐져 있는지는 잘 모르겠고요. 좌우간 말직에서일망정, 이렇게 저렇 게 해보다가 잘 안 돼 다급해지던 중, 형님 목판을 보고 눈이 뒤 집힌 거지요. 제 짐작으로는 혜강 형님에게도 그런 말이 은밀히 갔을 줄로 압니다만."

"목판본으로 만들어 바칠 지도가 어디 대동여지도뿐인가."

"전국지도로서 이렇게 정밀하고 일목요연하게 구획된 지도는 없지요. 더구나 절첩식이라 딱, 상감께서 원했던 방식이고요. 아 니 그보다 더 큰 문제는 판각인데요. 전국의 지명만 해도 일만 이천여 개가 넘고 조산祖山, 종산宗山, 진산鎭山, 주산主山, 안산案山 이 다 굵기가 다르고, 강은 쌍선과 단선으로 알기 쉽게 구분했어 요. 이건 정상기鄭尙驥 선생의 팔도분첩도八道分帖圖하고도 다르고,

형님이 예전에 그린 청구도하고도 달라요. 게다가 목판본이잖아요? 십 리마다 방점을 찍어 거리를 얼른 알아차리게 해놓은 것도 그렇고, 그 많은 지도표地圖標까지, 한마디로 말해, 설령 이런 지도가 있더라도 형님 아니면 판각이 불가능했을 거다, 그 말이에요. 우리집 드나드는 판각쟁이들한테 맡겼다고 칩시다. 걔들 손으로 이 많은 목록들을 목판에 그려내겠습니까. 목판을 경복궁 뜰만큼 크게 뜬다면 또 모를까. 비변사라고 뭐 그 동안 판각을 안 해봤겠습니까?"

"바우를…… 덫으로 활용할 셈이로군."

"단정할 일은 아니지만 오비이락이라고, 그 산주가 비변사 낭청이라니까, 이게 단순한 일이 아니지 않겠는가, 그런 생각이 든다는 거예요. 형님이 호락호락한 분 아니라는 건 이 바닥에선 다 뚜르르 꿰고 있는 일이고 하니, 이 사람들이 먼저 뭔가 코를 꿰놓고서 본색을 드러내려는 건 아닐까, 뭐 그런 느낌이 들었어요."

"고언苦言이었을 텐데…… 고맙네."

그는 분연히 자리를 박차고 일어난다.

이렇게 앉아서 시간을 끌 일이 아니다. 저들이 덫을 놓는다면 이것으로 끝이 아닐 것은 자명한 이치이다. 덫을 놓아서 넘어가지 않으면 더 큰 무리수를 두면서 대들 가능성도 있다. 엽전 몇

낭에 반백 년을 피눈물로 만든 대동여지도를 팔아넘길 수 없는 것도 자명한 일이거니와, 팔지 않고 그것을 지켜낼 힘도 없다. 어디로 그걸 옮겨 감추어야 할 것인가. 단지 육품관 낭청 혼자서 이 사달을 만들었을 리 만무하다. 부제조와 제조와 정일품 도제조까지 한통속일 가능성이 높다.

"이렇게 가시면 어쩝니까."

"할 일이 있어서 그러이. 곧 다시 올 테니 내가 찾아왔다는 말 말고 사달의 향방을 좀 은밀히 알아봐주게."

묘허가 시진 앞 골목까지 따라나온다.

그는 뒤도 돌아보지 않고 손짓을 하곤 달음박질치듯 걷는다. 의금부 앞을 지나 대광교, 무교를 건너니까 곧 소의문으로 이어지는 곧은길이 나온다. 가슴속은 여전히 가라앉지 않는다. 천길 낭떠러지로 온몸이 떨어지는 것도 같고 백두산 상상봉에 솟아나는 것도 같다. 차라리 목숨을 내달라 하면 내줄 것이고 도성을 영원히 떠나라 하면 떠날 것이다. 손끝이 갈라지고 엉치뼈에 좀이 슬 만큼 밤낮없이 쭈그려앉아 새겨온 대동여지도 목판을 내줄 수는 없다. 어떡하든지 목판은 지켜내야 한다.

약현 일대는 주로 약초밭이다.

마음이 급해 눈 쌓인 약초밭을 가로질러 언덕배기를 오르자 사립문 바깥까지 나와 선 순실이와 시선이 마주친다. 내내 불안하게 기다렸던지 그를 발견한 순실이가 잰걸음으로 내닫다가 앞으로 고꾸라진다.

"누, 누가 왔어요, 아버지."

"누가?"

"몰라요. 안 된다고 했는데도 저기 헛간으로 들어갔어요."

헛간 문에 자물쇠를 잠가놓지 않았던 모양이다. 비단으로 된 누비솜 두루마기를 번듯하게 차려입고 갖신을 신은 선비 차림의 남자가 인기척을 들었는지 헛간 문을 열고 나온다. 주인 허락도 받지 않고 헛간에 들어간 선비에게 심사가 사나워져서 그는 짐짓 도끼눈을 뜬다.

"아이고, 동여도를 그린 고산자 선생이십니까?"

"뉘시오?"

"꼭 한번 뵙고 싶었습니다. 김성일이라 합니다. 비변사에서 낭청으로 있습니다만."

"그, 그럼 그…… 피나무?"

가타부타 말이 없이, 젊은 그이가 벌쭉 웃는다.

사람이 모질게 보이진 않지만 속에 든 것이 없는 허랑한 표정이다. 비변사 낭청이면 주로 무관일 터인데, 무관다운 기백도 느

꺼지지 않는다. 그러나 어쨌든 그는 세도가 안동 김씨 일족이고 비변사 낭청이고 문제가 된 산의 주인이다. 겉으로 봐서 종육품 품계라 하지만 김씨 일문이 세상을 쥐락펴락하는 세상인바, 그의 뒷배는 아마 최상부의 권력에 가깝게 닿아 있을 게 틀림없다. 우선 당장 바우의 명줄이 그이의 손안에 달려 있다. 대동여지도 목판을 가져다가 저들의 공으로 삼겠다는 속뜻이 있든 없든 피나무 절도죄만으로도 마음만 먹으면 얼마든지 바우의 몸을 요절내는 게 가능하다.

"안으로 드시지요."

"아닙니다. 곧 문안에 들어야 하니 여기 툇마루에 잠깐 앉지요. 물어물어 오느라 사실은 혼났습니다. 하나 일찍이 청구도 동여도를 보고 평소 흠모해 마지않던 분을 만나러 간다니까 힘이 나데요. 오해는 마십시오. 누군지 몰라서 고변을 했지만 고산자 선생이 귀한 지도를 새기는데 그깟 피나무 몇 그루가 대수겠습니까."

"그 일은 정말 염치없게 됐소이다. 산주가 없는 줄 알고서 그만…… 선처해주시면 피나무 묘목도 구해다 심고 또 배상도 하겠습니다만."

"일없습니다. 예 오면서 한성부에 들러 선처를 부탁해두었어요. 일단 고변은 했으니 완전히 없던 일로 할 수는 없는 노릇이나, 뭐 곧장 몇 대로 곧 방면되리라고 봅니다만."

휙 돌아보며 그이가 또 실없이 웃는다.

그이와 나란히 툇마루에 걸터앉은 그의 시선이 댓돌 위로 날아간다. 신발에 묻은 눈을 털 요량인지 발이 시린 건지, 그이가 간헐적으로 탁, 탁, 댓돌을 발바닥으로 쳤기 때문이다. 그가 신은 신발은 가죽으로 삼은 갓신으로 모양도 좋고 눈길에도 끄떡없을 것 같은 목화이다. 정강이까지 올라온 목화의 테두리를 이룬 흰 선이 우아하고 날렵하다.

예전 같지 않다 해도 비변사는 여전히 권력의 핵심이다.

한때는 삼정승이 이끄는 의정부를 허수아비쯤으로 만들었던 적이 있을 만큼 모든 군국기무軍國機務를 총괄해온 비변사다. 김씨 일문이 그것을 아직껏 틀어쥐고 있는 것만 봐도 그렇다. 심지어 비빈妃嬪 간택 업무를 비변사에서 주관한 적도 있을 정도이고, 육조의 판서와 참판, 관찰사, 병마절도사, 암행어사의 목도 떼었다 붙였다 할 정도라고 들은 일도 있다. 같은 품계의 낭청이라고 해도 어디 다른 부서의 종사관從事官이나 찰방察訪하고 비변사 낭청이 같겠는가.

"대동여지도 목판을 봤습니다."

잠시 침묵하던 그이가 화제를 지도로 돌린다.

"놀라웠어요. 십 리 방안方眼을 정간井間으로 삼은 것이나, 절

첩식 고안으로 지니기 편하게 한 것이나, 알기 쉽게 그린 새로운
범례표식도 그렇지만, 그 방대한 내용을 어찌 그만한 목판에 새
겨넣으셨는지, 실로 사람의 손이 한 것 같지 않았습니다. 가히
고산자 선생이구나, 하는 생각이 절로 났지요."

"과찬이시오."

"여지껏 그런 목판은 본 적이 없습니다. 제조대감께서도 보시
더니 그만 입이 쩍 벌어지시더라구요. 대업을 이루셨어요. 판각
은 끝내셨습니까."

"웬걸요. 이제 뭐 반이나……"

거짓말을 하려다가 그는 말의 어미를 슬쩍 잘라먹는다.

이야기를 나누다보니 보기와 달리 그이는 지도에 관해 생짜가
아니다. 생짜는커녕 웬만한 전문 지도꾼보다 오히려 윗길이다.
동국여지승람이나 정상기의 동국지도를 끌어다붙이는 것이야
선비로서 아는 척을 좀 한다 여길지라도, 경위선표經緯線表에 따
른 정철조鄭喆祚 황엽黃燁 등의 팔도분첩도와 대동여지도의 차이
점, 장점을 척척 지적할 땐 입이 절로 벌어졌다. 바우 일만 없다
면 젊은 선비의 손을 잡고 목판이 쌓여 있는 헛간으로 당장 데려
가고 싶다. 그러나, 바우 일 때문에 그는 상대편이 지도에 대해
깊은 식견을 가진 것에 오히려 섬뜩한 느낌을 받는다. 만만히 볼
상대가 아니다. 허랑하게 웃고 속이 텅 빈 것 같은 표정은 위장

술에 불과하다는 느낌이 든다.

"날이 저물어서…… 다음에 또 뵙겠습니다."

"꼭 선처 부탁드립니다. 살펴가시지요."

사립문 밖에서 그는 공손히 고개 숙여 인사한다.

땅거미가 조금씩 조금씩 먹물을 풀기 시작하고 있다. 눈을 밟고 가는 젊은 선비의 목화 뒤태에 또 시선이 간다. 사슴가죽인 듯하다. 다시 봐도 잘 만든 신발이다. 길을 간다는 것은 결국 사람을 태운 신발이 가는 것이기 때문인가. 그 잘생기고 당당한 선비의 목화가, 펼쳐놓으면 종으로 스무 자가 넘고 횡으로 열 자가 넘는 대동여지도 목판본 한가운데를 난폭하게 밟고 가는 것 같다.

"그런데 참!"

그이가 십여 보를 걷다가 돌아선다.

"따님 말인데요. 그냥 걱정이 됩니다만……"

"무슨……"

"아까 들어올 때 따님이 뭘 그리고 있기에 얼핏 본 것인데요, 천주학을 가까이하는 건 워낙 위험한 일이라서요. ……그럼 들어가십시오."

대꾸하기도 전에 그이가 허헛, 웃고 돌아서 간다.

대추나무 밑에 나와 섰던 순실이의 얼굴에 땅거미가 굴껍질처럼 달라붙는다. 그는 툇마루로 돌아와 앉아 무엇이냐고 눈빛으로 순실이에게 묻는다. 순실이의 품속에서 나온 파지 위엔 몇몇 열십자+가 그려져 있다. 천주학쟁이들이 품고 산다는 십자가의 그림이다.

그는 갑자기 머리칼이 쭈뼛 곤두선 것 같은 느낌을 받는다.

옆집에 사는 여주댁의 웃는 얼굴이 눈앞으로 확 달려든다. 천주학에선 양반도 상민도 없고 남자와 여자도 그 차별이 없어요. 사람은 다 똑같이 하느님 자식이지요. 여주댁이 언젠가 했던 말이 생각난다. 오래 집을 비울 때마다 순실이를 당신 딸 돌보듯 돌보아준 착한 사람이다. 그렇지만 천주학쟁이로 몰리면 태형으로 끝날 일이 아니다. 올가미의 끝이 가리키는 것은 곧 죽음이다.

오오, 하고 그는 털푸덕 주저앉으며 속으로 부르짖는다.

젊은 선비는 땅거미에 잡아먹혀 이미 보이지 않는다.

저울

이름난 산과 갈라져나온 산은 산의 큰 근본이다.
그 사이에 우뚝 솟는 것도 있고 나란히 솟은 것도 있고
연접하거나 중첩해 솟은 것도 있다.
큰 강과 갈라져나온 지류는 물의 근본이다.
그 사이에 돌아 흐르는 것도 있고 갈라져 흐르는 것도 있고
합쳐 흐르거나 끊어져 흐르는 것도 있다.
_김정호, '지도유설'

다시 한밤이다.

여명이 멀지 않다. 문을 닫고 있지만 흰 종이 한 장으로 나뉜 띠살문 너머, 모두 잠든 세상에 눈이 내려쌓이는 것을 그는 느끼고 본다. 사람의 모든 길이 눈에 파묻히고 나서도 오로지 산맥과 물길은 여일하다. 일월성신日月星辰의 상상象이 거기 깃들어 있어, 솟아남과 꺼짐으로써 제 본체와 그림자를 고저高低로 나누고, 큰 것 작은 것과 밝은 것 어두운 것으로써 제 현상과 허상을 원근遠近으로 나누기 때문이다. 아침이 되면, 사람들은 다시 길 위의 길을 짓고 제 뭇뭇, 제 편편篇篇에 따라 가름을 만들고 떼를 지어 날뛸 것이다. 도벌에다가 천주학쟁이라는 무고까지 씌워진다면 순실

이는 물론 자신까지 뼛골인들 온전히 보전하겠는가. 사세가 이러하니, 지난밤 쓰다 만 대동여지도 서문 격인 지도유설을 파루罷漏의 북소리가 울리기 전에 꼭 완결하고, 목판들을 용의주도하게 처리해야 한다. 그래야 필요할 때 봇짐이라도 쌀 수 있을 게 아닌가.

그는 호흡을 고르고 붓을 고쳐 잡는다.

晉裵秀制地圖論略曰　圖書之說　自來尙矣

가슴속은 꿋꿋하고 시선은 판판하다.

내일은 내일의 운세가 있을 터이다. 그는 내친김에 일찍이 방장도方丈圖를 처음 그린 바 있는 진나라 사람 배수裵秀가 설파한 여섯 가지 지도 작성의 원칙을 열거한다. 대동여지도를 만들면서 그가 금과옥조로 삼은 기준이 바로 그것이기 때문이다.

그 첫째는 척도를 헤아리는 분률分率이다.

둘째는 눈금을 활용하는 방안方眼 또는 준망準望이고, 셋째는 길이를 산출하는 도리道里이고, 넷째는 땅의 높낮이를 드러내는 고하高下, 다섯째는 각角을 나타내는 방사方邪, 여섯째는 돌아가는 길과 곧은길을 보여주는 우직迂直이다. 이 여섯 가지 원칙은 하나하나가 따로 떨어져 있는 것이 아니라 서로가 서로에게 영향을 주고받으면서 결국 한 몸뚱어리로 뭉쳐 지도가 된다. 준망이 정해지면 원근遠近과 곡직曲直이 드러나고, 분률이 정해지면 도리道理를 통해 고하와 방사가 나타난다. 그는 여섯 가지 원칙의 세세한 주해를 달고 곧 산맥과 물길에 대한 그의 신념을 풀어쓴다.

名山支山 山之大端也

其間有特峙者焉 有並峙者焉 連峙疊峙者焉

經川支流 水之大端也

其間有滙流者焉 有分流者焉 幷流絶流者焉

명산名山과 그로부터 뻗어내린 지산支山이 함께 붙어 이루는 것이 산의 큰 근본이다. 그 사이엔 홀로 우뚝한 것도 있고 나란히 솟은 것도 있고 중첩되어 솟은 것도 있다. 아울러 본류와 지류가 한 덩어리 되어 물길의 큰 근본을 이루는 것 또한 자명하다. 그 안에서 돌아 흐르는 물길도 있고, 갈라져 흐르는 물길도 있고, 한데로 어우러져 흐르는 물길도 있고, 흐르다가 말라버려 화석처럼 남는 물길도 있다는 뜻이다. 사람살이가 그렇거니와, 산과 물도 저 혼자 따로 떨어져 존재하는 것은 없다. 무릇 좋은 지도란 그 맥을 살펴 일목요연하게 하는 것이 우선이다.

아버지가 또 떠오른다.

아버지가 품고 떠난 군현도는 바로 물길과 산 들이 제각각 떨어져 맥脈을 이루지 않았던 것이다. 세상살이도 사람과 사람, 떼와 떼의 맥을 짚어내지 못하면 죽을 뿐이고, 산하를 치세함에 있어서도 산과 산, 물과 물의 이어짐을 잘 짚어내지 못하면 치세의 죽음뿐이다. 한 나라를 다스린다는 것도 결국은 사람과 사람의 줄기를 잘 엮고, 떼와 떼의 이음새를 잘 다루어, 억울하거나 원통한 이 없이, 밖으로는 방비를 든든히 하면서, 안으로는 그 맥에 따른 특성을 잘 살펴, 사람과 자연을 함께 이롭게 하는 일일 터이다.

물론 지도는 치세에만 필요한 게 아니다.

임금과 재상이 강토의 형세를 알아 치국治國의 저울로 삼는 것은 물론이려니와, 백성이 땅을 알아 이롭게 가꾸고 넉넉히 거두며, 물과 바람을 알아 살림과 식솔을 보호하고, 험난한 곳과 평탄한 곳, 급한 곳과 완만한 곳을 알아 풍속을 바르게 하도록 이끌어야 한다.

마땅히 지도는 나라의 것이기에 앞서 백성의 것이라야 한다.

그가 굳이 대동여지도를 목판본으로 새기고 절첩식으로 고안한 것도 그 때문이다. 지도는 당연히 나라만이 소유할 수 있다는 편협한 생각 때문에 결국 아버지가 죽은 게 아니던가. 목판본 대동여지도로써, 온 백성이 이를 지녀 더이상, 아버지 같은 억울한 죽음이 없도록 하자는 게 그의 오랜 꿈이다.

　四民行役往耒 凡水陸之所經 險易趨避之實 皆不可以不知也
　世亂則由此而 佐折衝 鋤强暴 時平則以此而 經邦國 理人民 皆
將於吾書 有取焉耳

　뒤의 문장은, 세상이 어지러우면 이 대동여지도로 말미암아
쳐들어오는 적을 막는 걸 돕고, 우악스럽고 난폭한 것을 물리치
며, 시절이 화평하면 이 대동여지도로 말미암아 나라를 잘 다스
리고 인민을 다스리니, 모두 자신의 이 지도에서 얻어내는 게 있
을 것이라는 뜻이다.
　그는 거기까지 쓰고 잠시 숨을 고른다.
　혹시 너무 오만한 것은 아닌가, 하고 그는 자신이 마지막 쓴
문장을 바라본다. 그러나 이내 고개를 젓는다. 오만함이란 누구
든 누르려 하는 것인바, 지도를 두고 오만함을 떠올린 것 자체가
오히려 속기俗氣라는 생각이 금방 든다. 백성을 다스리기 위해선
지도를 무릇 나라만이 소유해야 한다는 지금까지의 사대부들 생
각이야말로 오만하다 할 것이다.
　그는 허리를 꼿꼿이 펴고 손을 가슴에 모아본다.
　자신의 명줄을 타고 온유하면서도 뜨겁게 오르내리는 숨소리

가 들린다. 생명을 이르기를 숨탄것이라 했던가. 남북 삼천육백
여 리, 동서 천여 리의 웅혼한 강토가 가슴속에 파죽지세로 들어
와 앉는다. 가보지 않은 곳 없고 만져보지 않은 곳 없는 강토다.
더이상 두렵지 않다. 죽을 고비를 그리 숱하게 넘기면서도 지켜
져온 목숨일진대, 자신이 지도로 그려낸 강토가 버리지 않는다
면, 누가 온전히 자신의 목숨을 유린해갈 것인가.

어둑새벽은 이제 막 시작이다.

문살 너머 바람이 지나가시는가, 흰 그림자가 어른거리고 있다.

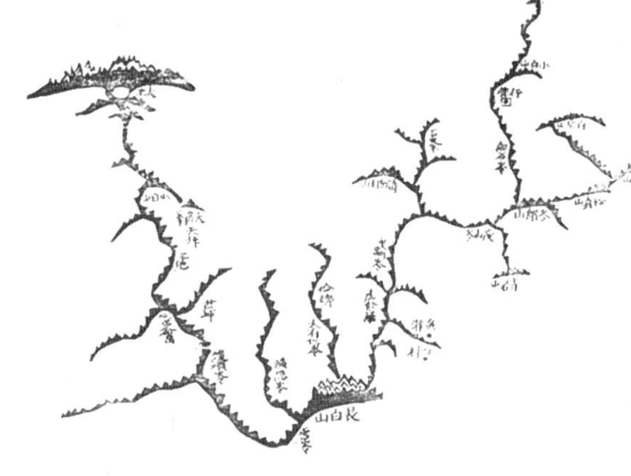

제2장 인생

송림 사이로 또 바람이 지나간다.

바람은 어디에서 어떻게 생겨 어디로 흐르고 어디에서 소멸하는 것일까. 목숨 가진 것들의 지도를 그리는 것은 바람의 지도를 그리는 것과 매한가지일 것이다. 그는 눈을 지그시 감고 바람을 쫓아가본다. 어서 떠나야지.

백동회로

마을을 지나 야트막한 굽잇길로 돌아드니 어여번듯한 와가瓦家 한 채가 나온다. 단정해 뵈는 송림을 등지고 남향으로 앉은 똬리집이다. 몸을 낮춰 평대문으로 마감을 했으나 문고리 장식이 예사롭지 않은 게 한눈으로 봐도 기품이 있어 뵌다.

인기척을 듣고 젊은 내외가 버선발로 토방에 내려선다.

"아이구 어르신, 기별도 없이……"

"응, 소란떨 거 없네. 사랑에 우선 불이나 좀 들이게나."

묘허가 사람 좋게 웃는다.

비어 있던 사랑방이라 냉기가 섬뜩한데, 곧 숯불을 쟁여넣은 화로가 들어온다. 은입사銀入絲를 입힌 백동화로다. 놋쇠 부젓가락으로 숯불을 쑤석거리자 불티가 환히 날아오른다.

"너도 와서 손 좀 녹이거라."

윗목에 앉은 순실이가 고개만 젓는다.

어린것이 찬바람 속을 내처 걷느라 입술과 턱 밑이 퍼렇게 얼어 있다. 더구나 다리가 성하지 않으니, 참을성으로 치면 솥단지 떼놓고 삼 년이라도 능히 보낼 만한 아이라 그렇지, 웬만한 성정이었으면 길바닥에 벌써 주저앉았을 것이다. 파루를 알리는 새벽 종소리를 듣고 약현골을 떠나 문안에 들었다가 묘허와 동행, 혜화문을 벗어난 것이 묘시쯤이었으니까, 아침 겸 점심으로 주막에 들러 국밥 먹은 시간을 빼고 셈해봐도 넉넉잡아 두 시진은 길바닥에 있었던 셈이다. 도성을 벗어나 이곳 양주목楊州牧 북쪽 경계까지만 해도 짱짱한 이십 리 길이 넘는다. 오른쪽에 비해 짧고 가녀린 왼쪽 다리 위로 얼어붙은 두 손을 포개얹은 것으로 볼 때, 순실이의 왼쪽 다리는 지금쯤 끓는 물에 집어넣은 것 같을 터이다.

그러나, 그는 짐짓 순실이 쪽을 바로 보지 않는다.

이제 곧 물 설고 산 선 이곳에 아이를 떼어놓고, 언제 돌아올지 모르는 길을 떠나야 할 참이니, 온정을 보이기보다 매몰차게 구는 게 오히려 상책이라고 생각하기 때문이다.

순실이 머물 데를 이곳으로 정한 것은 그가 아니라 묘허다.

일찍 등진 고향이라서 양주에 특별한 정한은 없다 했지만, 조부를 비롯한 조상들의 산소가 모여 있는 이곳에, 묘허가 굳이 사별한 부인까지 모셔둔 것은 그만한 마음의 앉음자리가 여기 있기 때문일 것이다. 부인의 묘를 쓰고 나서 선영과 가까운 데 있는 이 집을 사두었다고 했다. 선영을 지킬 산지기 젊은 부부가 살 집이 필요했다고 설명을 해주었으나, 막상 와보니 그냥 산지기만이 살 집은 아닌 모양이다. 비단보료나 봉황을 수놓아 시침한 안석案席도 그 품격이 산지기의 안목이 아니다. 동창 아래 놓인 쌍문갑은 물론이고 문갑 위의 필가筆架나 등대燈臺를 비롯해 몇몇 서책을 얹어놓은 연상硯床 또한 묘허가 직접 골라 도성에서부터 옮겨온 게 확실하다. 백동화로 옆구리에는 '和光同塵화광동진'이라고 씌어 있다. 평소 묘허가 좋아하는 글귀로, 자신의 지덕과 재기를 감추고 세속을 따르라는 논어의 가르침이다.

"화로를 주문해서 만들었네그려."

"아, 예. 어쩌다가 괜찮은 대장장이를 알게 돼서요."

"언젠가 때가 되면 아예 이곳으로 내려와 터 잡을 요량인 게 로군?"

"아닙니다, 형님. 그저 가끔 세상이 싫어지면 이 화로나 끼고, 하룻밤 자고 가는 방입지요. 안사람 산소도 예 있고 해서요. 사실은 지난 이렛날이 안사람 기일이었어요. 애들만 여기를 왔었는데, 나는 뭐 바쁘다는 핑계로 미루어뒀던 차에, 마침 형님 핑계가 생겨 굳이 동행해온 것입니다. 여기라면 마음을 놔도 돼요. 설마 비변사 사람들이 사욕을 채우자고 순실이까지 천주학쟁이로 잡아가진 않겠지만, 형님이 하도 마음갈피를 잡지 못하시니, 당분간이라도 숨어 있기로 치면야 여기만한 곳이 도성엔 없거든요. 마침 산지기 젊은 내외가 마음도 착하고 싹싹하니까 형님 부녀 뒷수발도 잘 들어줄 거예요. 대동여지도 목판들은 걱정 마세요. 아무도 찾아내지 못할 곳에 은닉해두었으니까요. 마음 편히 지지 편찬 준비나 하시면서, 형님도 한동안 여기 머물러 계세요."

"순실이만 맡아주면 되네."

"그게 무슨 말씀이세요?"

산지기 남자가 찻상을 들고 들어온다.

부젓가락으로 화롯불을 헤집고 나서 묘허가 쇠주전자를 화로 위에 올려놓는다. 침묵 사이로 윗목에 앉은 순실이가 생침을 삼키는 소리가 여과 없이 건너온다. 묘허는 물론 순실이도 그가 떠날 것이라고 미처 눈치를 채지 못했던 모양이다. 다관茶罐과 숙우熟盂는 물론 찻잔도 모시처럼 하얀 빛깔이다. 차탁 위엔 방금 쩌낸 듯 김이 모락모락 나는 고구마와 찐밤이 한 접시 올려져 있다.

"이제 막 쌀을 안쳤습니다만."

젊은 산지기가 뒤통수를 긁는다.

"아닐세. 오다가 국밥 한 그릇씩 했으니 천천히 준비해도 되네. 나가보게. 그리고 애, 순실아. 이리 와서 고구마를 들어봐라. 그놈들 참 통통하게 살이 올랐구나."

묘허는 짐짓 사람 좋은 미소를 지어 보인다.

겨울 철새인가, 뒤꼍의 솔숲에서 날아오른 새떼들이 가쁜 날갯짓소리를 내며 부산하게 동창 앞을 지나가는 소리가 들린다. 어느새 순실이의 눈가가 젖어 있다는 것을 그는 보지 않고도 날렵하게 알아차린다. 그래서 그는 더욱 툽상스럽게 고구마 하나를 손으로 집었다가 그 열기 때문에 그만 놓치고 만다. 방바닥에 떨어진 물고구마가 툭 터지면서 샛노란 살을 격정적으로 내밀고 있다.

"이 겨울에…… 정말 떠나시려고요?"

"볶음차네그려……"

묘허와 그가 동문서답을 한다.

비변사 낭청이자 피나무 주인인 김성일은 최소한의 약속만은 저버리지 않았다. 그가 왔다 간 다음날, 한성부로 끌려갔던 바우가 건성으로 치는 곤장 삼십 대를 맞고 방면되었던 것이다.

그러나, 그것으로 사달이 끝난 게 아니었다.

김성일은 그 다음날에도 다시 찾아왔다.

이번엔 혼자가 아니라 종오품관 판관判官까지 대동한 방문이었다. 노골적인 회유와 은근한 협박으로 치면 당연히 낭청 김성일보다 판관이 한 수 위가 아닐 수 없었다. 판관은 그가 일찍이 완성한 수선전도首善全圖와 동여도東輿圖를 극찬했고, 바야흐로 신학풍新學風으로서 젊은 유생들을 휩쓸고 있는 실학의 당위성을 경세經世의 이념으로 받아들여야 올곧은 개혁이 이루어질 거라고 설파했으며, 더 나아가서는 역량이 뛰어난데도 불구하고 반상이 유별하여 묻혀 사는 인재가 있다면 그게 어디 실사구시의 개벽세상이 될 수 있겠느냐고, 휘모리장단으로 밀고 나갔다. 그가 협조만 해준다면 비변사 낭청 자리인들 만들어주지 못하겠느냐는 말과 거의 다름없었다. 판관의 그 기세 때문에 그는 오히려 이번 문제가 간단히 매듭지어지지 않겠다는 걸 확실히 느끼게 되었다. 대동여지도를 빼앗아가지 못하면 천주학쟁이가 아니라 역적이라고 몰고도 남을 사람이었다. 그가 이튿날 서둘러 대동여지도의 목판들을 묘허에게 맡기고 도성을 떠날 채비를 한 것은 그 때문이었다. 다행히 묘허는 그의 모든 뜻을 이해하고 받아주었다.

"부인의 산소가 먼가? 인사라도 드려야……"

"아닙니다, 형님."

묘허가 손사래를 치고 일어선다.

"형님께서 인사는 무슨…… 가까워요. 금방 다녀올 테니 예서 몸 좀 녹이고 계세요. 벌써 불기가 올라오네요. 순실이가 묵을 안채 건넌방도 불을 지피라고 하겠습니다."

또다시 새들의 날갯짓소리가 들려온다.

함께 따라 일어서는 그를 굳이 주저앉히고 묘허가 누비두루마기를 든 채 여닫이문을 열고 나선다. 열린 문 너머, 뾰르르르 지저귀며 날아가는 것은 쇠박새들이다. 쇠박새떼는 건너편 눈 쌓인 산의 정수리를 겨냥하고 들까불며 날아간다. 산정에 닿았다가 되비추는 햇빛 한 점이 비수처럼 날아와 눈에 박힌다. 그는 얼결에 눈을 질끈 감았다가 뜬다. 묘허의 요요한 뒤태가 다시 닫히는 여닫이문으로 쓱 지워진다.

구들장에 미지근한 온기가 전이돼오고 있다.

그는 묘허를 뒤따라갈까 하다가 그만두고 주저앉는다. 묘허가 아내를 잃은 것은 벌써 십여 년 전이다. 쟁여놓은 재물도 많고 장부로서 성격도 활달하니 마음만 먹으면 처녀장가라도 다시 갈 만한 사람인데, 여지껏 저리 혼자 사는 걸 보면 일찍 이승을 등진 아내와 속정이 남달리 깊었던 모양이다. 모처럼 왔을 테니까 그이 혼자 속정 깊었던 내자와 만나게 두는 게 옳을 듯싶다.

"화롯가로 오너라, 애야!"

그의 말에 순실이가 비비적비비적 다가온다.

뒤꼍의 송림을 지나는 바람 소리가 꼭 쇠주전자에서 물 끓는 소리 같다. 아니, 쌀 씻는 소리를 좀 멀리서 들으면 이럴 터이다. 그는 귀를 나발처럼 뒤꼍 쪽으로 열어두고 손으로는 고구마 하나를 들어 껍질을 벗긴 다음 애써 순실이의 손에 쥐여준다. 아직껏 냉기가 가시지 않은 순실이의 손은 워낙 험한 일을 많이 해서 무쇠솥처럼 거칠고 딱딱하다. 아미를 숙이고 있으나 눈가의 눈물 자국은 동창의 흰빛을 받아 뚜렷이 보인다. 에미를 닮아 속눈썹이 가지런하고 길다. 그의 가슴속이 얇은 얼음막처럼 한순간 천지사방 갈라진다.

"혹시…… 어머니가 기억나느냐?"

"……"

고구마를 쥔 순실이의 손이 푸르르 하고 떨린다. 한참 동안의 불편한 적요가 옹이져 있어야 할 마음자리 어느 한 곳을 흔들어났던 모양이다. 꺼내지 않아야 할 말을 엉겁결에 꺼냈다는 자책 감으로 그가 부지불식간에 부젓가락을 들어 화롯불을 헤집는다. 참나무숯이다. 불티들이 솟구친다.

"너의 어머니…… 늘…… 수련같이 고요했다……"

확실히 오늘은 여느 날과 다르다.

순실이의 아미가 한 겹 더 바닥으로 내려앉는다. 말을 꺼내기만 하면 의도와 달리 새퉁스럽게 옆구리로 빠져 안 할 말을 자꾸 내뱉는 판국이라, 이번엔 그도 다음 말을 잘라먹고 입을 한사코 앙다문다. 순실이가 그에게 맡겨진 것이 다섯 살 때였으니까 아마도 제 에미에 대한 구체적인 기억은 거의 없을 것이다.

오래 전 어떤 날, 마포나루에 갔다가 만리재를 넘어 약현골로 내려오는데 펑퍼짐한 중늙은이 여자 손을 암팡지게 잡은 순실이가 사립문께 서 있었다. 수선전도를 그려 세상에 내놓고 난 얼마 후의 일이었다.

아이구우, 김목수가 맞네, 맞아!

펑퍼짐한 중늙은이 여자가 투가리 깨지는 말본새로 냅다 소리부터 질렀다. 이게 누군가. 분명히 아는 얼굴인데 어디서 만났는지 얼른 생각이 나지 않았다.

그는 말대꾸를 하지 못하고 눈만 끔벅끔벅했다.

골마다 만나고 머물렀던 수많은 전각들이 빙글빙글 돌면서 연접돼 떠오르기 시작하고 있었다. 분명히 어느 절간에서 만났던 여자였다. 어떤 절에서 만났던가. 어떤 절에 머물 때는 자귀목수나 새끼목수였을 것이고, 또 어떤 절에 머물 때는 객식구 아니면 화부火夫였을 것이다.

어디서 보았던 여자란 말인가.

구레나룻 무성한 대목수의 얼굴이 떠오르고 유난히 잔소리 많았던 새끼목수의 합죽한 얼굴도 떠올랐다. 애당초 절을 짓거나 보수만을 맡아 하는 구레나룻 무성한 대목수 한 분을 만난 것은 스무 살도 채 되기 전의 일로, 금강산 줄기와 잇댄 삼억동三億洞 골짜기에 이르렀을 때였다. 향리를 등지고 나서 황해도 골골을 구르며 몸살이로 먹고 크다가, 이왕지사 풍진에 몸을 맡겼으니 땅끝까지 가보리라 하여, 평안도 함경도 땅끝까지 두루 흐른 다음, 동해의 해안선을 쫓아 내려올 때였다. 대목수가 그려놓은 먹줄금線을 따라 온종일 새끼목수의 지청구를 들어가며 목재의 살을 깎아내는 자귀목수 짓으로 일 년, 새끼목수 짓으로 이태를 보냈다. 그 동안 길을 떠나 떠돌 때 역시 굶지 않고 배를 채우고 얼어 죽지 않을 만큼 입성을 입은 것도 모두 자귀목수 시절 배운 목수일 덕분이었다.

언제나 그렇듯, 정해진 길도 없었고 끝나는 시각도 없었다.

남의 행랑방이나 헛간에서 밤이슬을 피하는 일도 많았지만 오래 머물고자 하면 뭐니뭐니 해도 절밥이 제일이었다. 어떤 절간이든 손재주 많은 그에게 손댈 데 없이 성한 전각만 있는 곳은 없었다. 썩어 내려앉은 서까래를 갈아주느라 열흘 스무 날 머문 절간도 부지기수였고, 용마루를 아예 걷어내고 사개맞춤으로 짜놓은 도리와 보를 새로 손질하느라 달포가 넘게 머문 절간도 여럿 있었다. 어차피 한 고을의 연혁과 산수는 물론이고 그 형승形勝과 성지城池와 영아營衙, 진보鎭堡, 봉수烽燧, 창고倉庫, 역참驛站, 능침陵寢, 토산土産, 진도津渡, 진전眞殿, 사원祠院, 전고典故 등을 확인하려 하면 일정한 기간 동안 한 곳에 머물지 않을 수가 없었다. 관리들이란 흔히 제가 가렴주구로 빼앗아먹을 것이 있는 곳만 국토로 간주하는 속 좁은 타성에서 벗어나지 못했다. 그에 비해 절엔 관아가 갖고 있는 것보다 그 고을의 다양한 정보가 훨씬 더 체계적으로 축적되어 있었다. 알 먹고 꿩 먹고였다. 배운 도둑질로 부서진 전각의 일부라도 고쳐주면 더운밥과 따뜻한 입성과 두둑한 품삯과 귀한 강토의 알음알음이 저절로 그의 바랑 속에 실팍하게 쌓였다.

니 아부지여. 인사 여쭤라잉!

평퍼짐한 여자의 다음 말은 뇌성벽력과 다름없었다.

아니, 아버지라니!

잠시나마 몸을 뉘었던 수천의 전각들이 머릿속에 한통속으로

빙글빙글 돌아갈 뿐 어느 한 군데도 제대로 가닥을 잡지 못한 상태에서, 여전히 투가리 깨뜨리는 목청으로 내지른 펑퍼짐한 중늙은이 여자의 입에서 '아버지'라는 낱말이 튕겨져나왔을 때, 그의 눈앞에 한순간, 옹골지게 내려쌓인 눈 때문에 적막 속에 갇히고만 한겨울의 암자 하나가 정갈하고 하야말쑥한 예전 모습 그대로 또렷이 떠올랐다. 태안에 있는 혜련惠連 스님의 암자였다.

그럼 혜련 스님이 이 아이를?

한참이나 어질병이 난 것처럼 서 있던 그가, 이윽고 주춤주춤 다가서 사립문 문설주에 등을 대고 서 있는 아이의 손을 잡아보았다. 생쥐처럼 작은 손이었다.

그것이 순실이와의 첫 만남이었다.

혜련 스님의 골상을 이어받았는가, 다섯 살배기라 했지만 처음 만났던 날의 순실이는 참새같이 작고 가냘팠다. 떼꾼한 눈과 길고 가지런한 속눈썹만 때마침 만리재를 비켜온 놀빛을 받아 반짝했을 뿐이었다. 이거 한 장 주면서 날 보고 그래, 저 어린걸 데리고 한양의 김목수를 찾아가라 합디다.

중늙은이 여자가 구깃구깃한 뭔가를 꺼내 불쑥 내밀었다.

그가 혜련 스님의 암자에 남기고 왔던, 청구도를 위한 그 지방

군현도의 일부였다. 그는 비로소 암자 별채의 툇마루까지 아침 저녁 밥상을 날라주곤 했던 펑퍼짐한 중늙은이 여자의 갈퀴 같았던 손을 상기해냈다. 행동거지가 하도 굼떠서 거북보살이라 불렸던 여자였다. 여자는 아이의 어머니가 죽어가면서, 노잣돈과 함께 그를 찾아낼 방편으로 그의 이름과 함께 그것을 내주었다고 설명했다. 군현도 한쪽 귀퉁이엔 약현골이라고 쓴 언문글씨도 남아 있었다.

아이의 어머니가 명줄을 놓기 전에 쓴 글씨일까.

툇마루에 앉아 있으면, 바람 불 때마다 수런수런 몸을 뒤채는 우물가 사철나무 잎새들의 그림자가 고스란히 박혀들던 혜련 스님의 맑고 큰 눈이 선연했다. 언제 보아도 금방 눈물이 뚝 떨어질 것 같은 눈이었다. 천명이 그리 짧았다면 그 그늘이 그때의 애잔한 혜련 스님 눈에도 깃들어 있었을 터, 그는 그것을 미리 알아보지 못한 게 가슴에 아릿했다. 혜련 스님이 언제 어떻게 눈을 감고 떠났는지, 어떤 정한의 말을 남겼는지, 아니 아이를 가졌으면 그로써 당연히 불문을 떠났을 것이니 그 동안 어디서 무엇으로 신산한 명줄을 이어왔었는지, 이제 그가 물어야 할 차례였다. 그러나 펑퍼짐한 중늙은이 여자는 먼길 찾아온 여정이 지긋지긋했던 듯 부리나케 부엌으로 들어가 맹물 한 사발을 벌컥벌컥 마시고 나더니 순실이에게, 이제부터 아부지하고 잘 살아!

그 한마디를 내지르곤 왔던 길 되짚어 잰걸음을 놓기 시작했다.

이봐요, 보살님.

그가 소리치며 여자를 뒤쫓아 두어 걸음 내달은 것과 어린 순실이가 참았던 울음밑을 툭 터놓은 것은 거의 동시였다. 그는 이러지도 저러지도 못한 채 엉거주춤 붙박여서 어린 순실이와 잰걸음을 놓는 펑퍼짐한 중늙은이 여자를 번갈아 바라보았다.

혜련 스님에 대한 소식은 그것이 끝이었다.

그날 이후 펑퍼짐한 중늙은이 여자를 볼 수도 없었고 수련꽃처럼 희고 고요했던 혜련 스님의 자취도 찾을 길이 없었다. 남긴 정한이 깊었을 테니 하마 꿈길일망정 자주 나들이해옴 직했지만 그 또한 오리무중이었다. 그 이듬해던가, 암자를 한번 찾아가본 적이 있었는데 산문은 대못질이 된 판재로 굳게 막혀 있었고, 담 너머로 넘어다본 절 마당은 여러 해 전부터 인적이 끊긴 듯 개망초만 무성했다.

"애비가 괜한 말을 꺼냈구나……"

다시 한참 만에 그가 겨우 입을 뗀다.

수많은 말들이 심중에서 들끓고 있다. 네 어머니는 비구니였다, 라고 말해주고 싶다. 아니 신분이 뭐 중요하겠는가. 그것보다 혜련 스님이 그렇게 일찍 유명을 달리한 것은 천명으로 정해져 있었던 게 아니라 순실이를 뱃속에 가지면서 겪어야 했던 갖가지 고초 때문이었을 가능성이 많다. 비구니 뱃속에서 아이가 자라고 있는 걸 알았을 때 세상이 어찌 대했을지는 불문가지의 일이다. 그래서 그는 언젠가 혜련 스님의 영전에 무릎 꿇고 앉아 내 탓이오, 라고 말해야 한다고 생각한다. 선인善因은 선과善果가 있고 악인惡因은 악과惡果가 있을진대, 자신의 악인이 응보應報하여 혜련 스님의 명줄을 잡아당겨 끊어놨다 하면, 이윽고 이승을 떠난 후, 팔열지옥八熱地獄에 떨어진다 해도 그 업장을 다 갚을 수 없을 것이다. 더구나 인연의 시작에서 선과를 받고 그 끝에서 악인으로 되물렸다면 말해 무엇 하랴.

그래서 그는 차마 입을 열지 못한다.

원줄기를 더듬어 올라가면 인연의 시초는 그 암자도 아니요 혜련 스님도 아니다. 따로 떨어져 존재하는 산이 없고 저 혼자 머무는 물길이 없는 것과 같은 이치다.

네 어머니의 본래 고향은 황해도 곡산 땅이다.

그런 말이 목울대를 넘어오려 할 때, 그는 그것을 누르려고 부르르, 전신을 한차례 떨고 만다. 이리저리 아귀를 맞춰보면 혜련 스님과 맺어진 인연의 심지는 바로 그곳, 고향 토산과 곡산 사이, 학봉산에서 고달산高達山으로 이어지는 산맥의 어느 지점에 박혀 있다. 아버지가 억울하게 얼어 죽은 곳이고 혜련 스님의 모녀가 생사로 갈라져나온 곳이다. 아무것도 모르는 순실이에게 그 인연의 정교함과 불가사의를 어찌 설명할 수 있겠는가. 아니다. 설명은 고사하고, 그 자신도 아직 전생과 후생을 아우르는 숙세인연宿世因緣의 실체를 확실히 만져보지 못했다. 죽을 때까지 그럴 터이다. 대동여지도를 마침내 완성했다고 해서 내 나라 내 강토를 다 안다고 말하지 못하는 것과 다를 바 없다.

송림 사이로 또 바람이 지나간다.

바람은 어디에서 어떻게 생겨 어디로 흐르고 어디에서 소멸하는 것일까. 목숨 가진 것들의 지도를 그리는 것은 바람의 지도를 그리는 것과 매한가지일 것이다. 그는 눈을 지그시 감고 바람을 쫓아가본다.

어서 떠나야지.

생각이 겨우 거기에서 아퀴를 짓는다.

순실이는 여전히 그가 쥐여준 고구마를 들고 있을 뿐, 먹지도 접시에 내려놓지도 못한다. 우선 토산과 곡산 사이를 가로지르고 있는 그 준령들을 보고 싶다. 어차피 대동여지도에 짝맞춰 『대동지지』를 펴내려면 미처 편목별로 확인하지 못한 몇몇 고을 역시 필히 다녀와야 할 터였다. 할 일 없이 이곳에서 식객 노릇을 하는 것은 그의 성미에 맞지도 않거니와 일의 추이로 봐서 옳지 않았다. 이왕 떠날 길이라면 빠를수록 좋다.

"한동안만 예서 지내거라."

"……"

"도성으로 돌아가도 된다 하면 어르신께서 기별을 넣을 것이다. 애비도 이번 길은 그리 오래가지 않을 게야. 과년한 네게 여지껏 짝을 지어주지 못한 게 애비의 한이다마는, 어쩌겠니, 연분이 닿지 않으면 길이 열리지 않는 것을."

"가시더라도 하룻밤 주, 주무시고……"

순실이의 눈에서 또 눈물이 비어져나온다.

"허어, 그리 겪고도 애비를 몰라서 하는 소리냐. 눈물 당장 거두어라. 사람살이라는 게…… 두 가지가 있어. 이 백동화로를 좀 보거라. 턱 내려앉은 게 좀 실팍하냐. 이렇게 터 잡고 내려앉아서, 이런 화로를 끼고 천명을 알아가는 이가 있는가 하면, 애비처럼 길로 떠돌면서…… 지천명의 경지로 가는 사람도 있는 법이다. 애비 팔자엔…… 화로가 없다!"

밖에서 인기척이 들린다.

순실이가 얼른 고구마를 내려놓고 눈물을 닦으면서 윗목의 제가 앉았던 자리로 돌아간다. 산의 정수리엔 돌개바람이라도 부는 모양이다. 묘허가 열고 들어오는 문 너머로 앞산 정수리에서 날아오르는 눈바람이 햇빛과 교접하며 찰나적인 무지갯빛을 뿜어낸다. 강산의 그 어느 한 지점도 요요하지 않은 곳이 없다.

아름다운 강산의 복판으로 혼자 자맥질해들어갈 생각을 하니 가
슴이 곧 뻐근해진다.

"형님 소고집을 누가 말리겠습니까."

묘허가 자신의 털토시를 벗어주며 어깨를 들썩해 보인다.

산지기 부부가 차려준 늦은 점심을 먹고 대문간을 나서는 중
이다. 벌써 오시를 훌쩍 넘겼으니, 새벽길 떠나온 참이라서, 하
룻밤 유숙하고 가는 게 사리에 맞을 일이나, 따뜻한 구들장에 허
리 펴 지지고 나면 아침녘 떠나는 심사가 더욱 아득할 게 뻔하
다. 내친김에 서둘러 걷는다면 해 지기 전 파주나 임진나루에 당
도할 수 있을 것이다.

"그나저나 어디로 길을 잡으시려고요?"

"우선 고향인 토산골에 한번 가볼까 하네. 선친의 산소에 인
사 올린 지도 워낙 까마득하고."

"도성은 금방 잠잠해질 거예요. 오래 끌지 마세요."

"그러이. 순실이 너, 주인장 일도 좀 돕고……"

돌아서는데 동쪽으로 기운 그림자가 제법 길다.

아까 보았던 그놈들일까, 쇠박새떼가 까불까불 길잡이를 자청
하고 나선다. 덴바람이 분다. 새로 솜을 켜넣은 핫바지저고리에
누운목木의 핫두루마기를 껴입은데다 털신까지 갖춰신었으니 이

정도 덴바람은 두려울 게 없다. 등에 진 바랑이 제법 묵직하다.

그는 굽잇길을 돌 때까지 한 번도 뒤돌아보지 않는다.

보나마나 순실이는 눈물이 앞을 가려 대문의 문빗장이라도 붙들고 서 있을 터이다. 스물을 넘긴 지 한참인데 아직도 키가 다섯 척을 넘길 듯 말 듯한 단구인바, 돌아보면 어린아이 같아 뵈는 순실이 때문에 억장이 더욱 무너질 건 정한 이치이다. 그는 그래서 짐짓 옹심으로 마음을 다져잡고 바람처럼 내닫는다. 굽잇길을 지나고 마을을 돌아나오자 제법 넓은 개천을 따라 휘어져 흐르는 자갈길이 나온다. 천변의 은사시나무 아래쪽 사면엔 억새들이 허리를 잔뜩 구부린 채 바람에 흔들리며 몸을 섞고 있다.
언 자갈길에 닿는 대지팡이 소리가 듣기 좋다.
대지팡이는 특별히 지도의 초벌 따위를 말아넣을 수 있게 그가 고안해 만든 것이다. 불에 달궈 갈퀴처럼 구부린 손잡이를 뺐다 박아넣었다 할 수 있으니, 그 안에 초고를 넣어두면 눈비를 맞지 않아 좋다. 개천은 넓어졌다 좁아졌다 하면서 북진하고 있다. 보나마나 임진강의 지류가 틀림없다. 마주 불어오는 덴바람이 제법 맵다. 그는 고개를 한껏 수그리고 걷는다.
얼마 만에 가보는 토산골인가.

생각은 향리인 토산골에 머물러 있는데 눈앞에 어릿어릿 떠올랐다가 꺼지는 것은 토산과 곡산 사이를 내리닫이로 가르고 있는 산맥이다.

숲과 단애와 동굴과 끊일 듯 이어진 짐승들의 길이 떠오른다.

기억 속에서, 어떤 비탈 아래엔 아버지가 떨어져 거꾸로 박혀 있고, 어떤 골짜기엔 바우 아버지와 아무개 아무개가 서로 의지해 얼어 있으며, 어떤 암벽 사이 숨겨진 동굴엔 혜련 스님의 어머니가 쓰러져 있다. 불과 열 살의 어린 그가 고향을 등지고 세상 끝을 향해 맨 처음 떠나왔던 길 없는 길이다. 그날 어둑새벽 길에도 이렇게 맞바람이 불고 있었다고, 그는 회상한다. 5월도 채 되지 않아서 어둑새벽 험준한 산맥의 비탈을 훑고 내려오는 바람이 사뭇 앙칼지던 새벽의 일이다. 니 애비 꼴 나지 말고 무조건 아는 길로 해서 해주海州 쪽으로 가. 식은 보리개떡이 든 베주머니를 옆구리에 매어주면서 종주먹을 들이대던 해주댁 아주머니의 까랑한 목소리가 들리는 듯하다.

매지구름 자욱한 4월 끝물 꼭두새벽의 일이다.

은비녀

푸른 소나무를 벗 삼고 흰 구름을 짝하며,
돌을 베개 삼고 흐르는 물에 이를 닦으며,
아침 안개 속에서 밭 갈고 달빛 아래서 물을 긷는다면
그 뜻이 어찌 아름답지 않겠는가.
하나 이런 일은 그 옛날 예의가 갖추어 있지 않고
온 세상 사람들이 함께 백성의 자리에 머물러 있을 때의 일이다.
_이중환, 『택리지』

관민합동수색대에 의해 아버지를 비롯한 스물네 명의 주검이 수습되고 나서 일이 마무리됐다고 여긴 건 몇몇 순진한 사람들에 불과했다. 감언이설로 속여 환도環刀 한번 휘둘러보지 못한 사람들에게 가짜로 군복을 입혀 사지로 내몬 전임 현감은 파직되었지만, 웬일인지 토산현을 떠나지 않고 머물러 있었다. 약빠른 사람들은 전임 현감의 뒷배가 만만하지 않다는 것을 금방 눈치챘다.

뒤처리도 문제였다.

애당초 약속한 대로 죽은 사람들 집엔 전정과 군포와 환곡을 다 면제해주어야 할 참이었고 목숨값도 보상해줘야 이치가 맞았다. 그렇지만 신임 현감은 그것에 대해 모든 결정을 차일피일 미루기만 했다. 전임 현감의 약속을 모두 이행하고 목숨값까지 보상해주고 나면 해주목사의 책임까지 불거져나올 것이기 때문에, 그 약속을 되물릴 어떤 핑곗거리를 찾는 중이라고 말하는 사람들이 많았다.

사람들의 짐작은 어김없이 들어맞았다.

어린 그를 구한 것은, 그가 아버지를 찾아내라면서 산벚나무에 둘러싸인 토산현 아문 앞에 무릎 꿇어 앉았던 날, 끝내 기진해 쓰러진 그를 안아눕히고 숟가락 물을 입에 흘려준 해주댁이었다. 해주댁의 시숙媤叔이 이방으로 있어 남보다 한 발 앞서 관아 돌아가는 낌새를 귀띔받았을 터였다. 땔감도 떨어져 냉방에 쓰러져 자고 있는데, 누가 흔들어 깨워 눈을 떠보니 해주댁이었다.
"이놈아, 이러고 있을 때가 아니다!"
해주댁은 남이 들을세라 소리를 한껏 낮춘 쉰소리를 냈다.
"해 뜨면 포졸들이 너를 잡으러 오게 돼 있대. 이번에 붙잡혀가면 죽는 거야. 니 형이 뭐라드라, 홍경래인가 홍총각인가, 암튼 그 수하에 있었다는 것이 밝혀졌다는구먼. 믿을 일인지는 모르겠다만, 참수된 니 형의 주머니에서 너와 니 애비 이름이 나왔

단다. 난을 일으킨 대장이 죽었다 다시 살아났다는 소문까지 도는 판에 관아 사람들이 가만히 있겠냐. 역적으로 몰리면 어찌 될지는 알고 있을 거고, 사세 그러니 어서 떠나거라."

"우리 형, 역적 아니에요!"

"아니고 기고 이놈아, 상관없는 세상이다. 관이 그렇다면 그런 거지. 그러게 어린것이 관아 앞으로 나가 왜 그리 이통을 부렸냐. 파직된 전임 사또가 널 못 잡아먹어 안달이다. 내가 사또래도 그렇지, 당신 벼슬을 뗀 니놈을 죽이고 싶었을 거야. 아이고오, 독한 놈인 줄 알았더니 웬 눈물바람이래. 자, 싸고 말 것 없지만서도, 내가 대충 꾸렸으니 이 보퉁이 어깨에 묶어라. 그리고 이건 보리개떡이다. 니 애비 꼴 나지 말고 무조건 아는 길로 해서 해주 쪽으로 가. 해주 들어가면 선창에서 육손이 아저씨를 찾아라. 내 친정오라버니다."

해주댁은 숨 돌릴 새 없이 몰아붙였다.

어린 그가 마지막으로 아버지 문갑을 뒤져 찾아낸 것은 은비녀 한 개였다. 술에 잔뜩 취해 돌아올 때마다 아버지가 남몰래 꺼내 보곤 하던 은비녀를 손에 쥐자 더욱 눈물이 났다. 물질 나가서 죽었다던 어머니의 비녀라고 했다. 보리개떡은 허리에 차고 보퉁이는 어깨에 사선으로 둘러 짊어졌다.

하늘은 별 하나 없이 캄캄했다.

어서 가라고, 다시는 돌아오지 말라고 외장치는 듯한 해주댁
의 손짓이 가뭇하게 어둠 속에 지워지고 나자 와락 무섬증이 일
었다. 여지껏 그가 본 산과 물은 서로 기대 토막나는 법이 없었
다. 그러나 본 적도 없는 어머니는 물질로 죽었다 했고, 하나밖
에 없는 형은 목이 잘려 죽었다 했고, 아버지는 길을 잃어 얼어
죽었다. 토막토막, 서로 떨어져 죽는 것은 사람밖에 없는 것 같
았다.

맞바람이 불고 있었다.

무섬증에 사로잡혀 우두망찰 쭈그려앉아 있던 그가 허리끈을
졸라매고 걷기 시작한 것은 동쪽 하늘이 희붐하게 밝아오기 시
작할 때였다. 아무리 무서워도 갈 수밖에 없는 길이라면 가야 한
다고 어린 그는 생각했다. 어차피 산이 시작되고 물이 시작되는
곳까지 한 번은 꼭 가보고 싶지 않았던가. 늘 그래왔듯 땅끝까지
가고 보면 부용꽃같이 이뻤다던 어머니를 이번에야말로 정말 만
날 수 있을 것 같기도 했다. 비로소 무섬증이 사라지고 다리에
힘이 들어왔다.

한 시진은 그렇게 걸었을 터였다.

사방 어디를 둘러봐도 토산골은 물론 마을 하나 보이지 않는
곳에 멈추어 섰을 때 마침내 동쪽 하늘 끝에 햇무리가 잠깐 떠올

랐다가 꺼졌다.

시커먼 먹장구름이 학봉산 정수리를 잡아먹고 있었다.

그는 그제야 해주댁 아주머니가 일러준 해주 방면의 길을 그만 깜박 놓치고 왔다는 걸 깨달았다. 아니, 마음먹은 것은 아닐지라도 심중에선 처음부터 해주 방면으로 갈 요량이 아니었는지도 몰랐다. 아버지의 혼백이 그를 불렀을 수도 있었다. 그가 한 시진 넘게 어둑새벽의 맞바람을 뚫고 내달려온 것은 분명히 아버지가 갔다가 주검이 돼서 돌아온 바로 그 길이었다.

그는 산비탈에 앉아서 보리개떡을 먹었다.

아직까지 길이 끊어진 것은 아니었다. 더구나 아버지의 주검을 찾으러 가는 수색대를 그도 쫓아다녔기 때문에 낯설다는 느낌도 별로 없었다. 지세를 따라 산과 물길의 형상을 짚어내고 방향을 가늠하는 데 있어, 그는 특별히 눈썰미가 뛰어난 아이였다. 한번 가본 길을 잊어버리는 법도 없었다. 산속으로 깊이 들어갔다가 길을 잃고 헤맨 것도 한두 번이 아니었다. 모든 산은 돌아가는 길이 있었고 모든 산맥은 꺼진 허리짬을 좇아 넘어가는 길이 있었다.

그는 짐승처럼 오관으로 그것을 알고 느꼈다.

아버지가 죽은 곳에서 영마루만 넘어가면 곡산이라는 곳에 닿는다는 어른들의 말이 기억났다. 해주라는 곳이 어디쯤에 있는지는 모르지만 이미 가야 할 길을 한참이나 넘겨 걸었으니 되돌아가고 싶지 않았다.

그사이 여명이 트여 벌써 사위가 밝았다.

되돌아가야 할 길목을 포졸들이 지키고 있지 않으리라는 보장도 없었다. 역적으로 몰리면 저잣거리로 끌려나가 생으로 목을 잘린다고 했다. 동헌 앞뜰에서 누가 곤장을 맞는 걸 문틈으로 본 적이 있었다. 삼베 중의中衣 위로 핏물이 배어나오는 것이 끔찍했다. 목이 잘리는 것은 그것보다 천배 만배 끔직한 고통이 따를 것이다.

아버지!

그는 소리내어 불러보았다.

아버지가 끝내 넘지 못하고 죽은 고달산 정수리가 먹장구름 사이로 언듯 뵈는 듯했다. 메아리는 돌아오지 않았다. 그래도 그는 아버지가 갔던 길을 쫓아가는 게 덜 무서울 것 같았다. 짐승들이나 다닐 법한 형체 없는 길이지만, 그곳까지 이어진 산굽이와 가파른 된비알과 솔나무숲과 물갈래와 바위 옹두라지 따위가 눈앞에 둥둥 떠서 흘러갔다. 무섭기로 치면 포졸이 더 무섭고 모가지를 뎅겅 자르는 망나니의 무쇠칼이 더 윗길이었다. 산은 무섭지 않았다.

그는 보따리를 동여매고 분연히 일어섰다.

고달산 준봉들이 너른 앞자락을 활짝 벌리고 그를 손짓해 부르고 있었다. 가슴속에서 둥 하고 북소리가 울렸다. 한 굽이를 돌아온 다음이라 길은 갑자기 돌밭을 이룬 비탈로 이어졌다. 비탈길 바위 밑에 샛노랗게 핀 꽃들이 보였다. 얘야, 못 먹는 풀이란다. 아버지의 목소리가 들리는 듯했다. 아버지가 꽃과 풀을 가르는 방법은 먹을 수 있는 것과 먹을 수 없는 것, 두 가지뿐이었다. 그는 돌이 많이 박힌 된비알 소롯길을 가볍게 올라갔다.

이제는 결코 되돌아갈 수 없는 길이었다.

정말로 고달산 원혼들이 어린 그를 불렀던 것일까.

토산현 가리假吏로서 한낱 병방이었던 김해준이 그랬던 것처럼, 오로지 전정과 군포와 환곡을 면제받고자 지원대에 자원했다가 죽음의 막장으로 내몰렸던 다른 스물세 명의 사람들이 그랬던 것처럼, 사고무친, 세상에 홀로 내동댕이쳐진 그도 마침내 죽음의 미로 속에 막 빠져들고 있는 중이었다. 세여파죽勢如破竹이라, 백두대간이 한달음에 낭림의 근맥根脈을 뿌리치고 남진南進, 마유령馬踰嶺 횡천령橫川嶺 두무령豆無嶺 운령雲嶺을 차례로 넘고, 이윽고 오지게 뻗대선 두리산豆里山 상봉에서 서남간으로 빠져나와 내리닫이 강화 북쪽 머리맡까지 닿고 마는, 거대한 산맥의 수령 속으로 불과 열 살배기 어린 그가 혼자 걸어들어가고 있었다.

배고픈 것보다 더 고통스러운 것은 추위였다.

봄이 왔다곤 하나 해발고도가 높아지자 인적 없는 깊은 산속의 밤은 아직도 겨울과 다름없었다. 응달엔 잔설이 얼어붙은 얼음막이 채 녹지 않은 채로 남아 있었고 새벽이면 된서리가 내리기도 했다. 아무리 눈썰미가 좋다 해도 산의 풍경은 시간 따라 날씨 따라 제 모습을 수시로 바꾸기 마련이기 때문에, 그는 하루가 다 지나지 않아 수색대를 쫓아갔던 실낱같은 길을 잃어버리고 말았다. 한기가 뱃골까지 사무쳤다. 가팔진 돌비알에서 넘어져 손과 어깨에 핏물이 배어나오기도 했고, 가시넝쿨 속에 빠져들어 한나절을 헤맨 적도 있었다.

추위보다 더 큰 위험은 짐승이었다.

에움길을 돌아 올라가다가 곰과 정면으로 딱 마주친 것은 하룻밤을 바위틈에서 새우고 난 다음날 아침녘이었다. 저도 놀랐는지 앞다리를 순간적으로 번쩍 든 곰은 키가 아버지보다 컸고 어깨가 황소보다 더 넓었다. 무릎에서 힘이 절로 빠져나가 그만 비실비실 주저앉고 말았는데, 다행히 곰은 이쪽 편을 적으로 생각하지 않았는지 두어 번 앞발로 땅바닥을 긁다가 슬그머니 뒤돌아섰다. 노루와 산토끼와 날담비를 여러 번 만났고 늑대가 스쳐 지나갔으며 밤이 되면 먼 데 가까운 데에서 여우가 울었다. 산속은 그냥 산속이 아니라 온갖 숨탄것들이 살아가는 생존의 터전이고 그 안마당이었다. 어두워져 더이상 앞으로 나갈 수 없을 때면 큰 짐승의 습격을 피해 바위틈이나 주둥이가 비좁은 동굴 같은 것을 찾아야 했다.

비몽사몽 잠이 들면 번번이 꿈이었다.

얼어 죽어가는 아버지가 보이고 목이 뎅겅 잘린 형이 뚜벅뚜벅 걸어오는 것이 보였다. 부용꽃같이 이뻤다는 어머니의 품에 안겨 있는 꿈을 더러 꾸기도 했지만, 그것은 아주 찰나적인 꿈에 불과했다. 꿈속에서도 어머니의 얼굴은 흐릿하게 지워져 있어 형체를 볼 수 없었다. 어머니의 꿈을 꾸고 나면 한 번도 본 적 없는 어머니가 사무치게 그리워 매양 눈물이 났다. 그는 바위틈에 쭈그려앉아 바랑에 넣어온 비녀를 만지작거리며 은구슬처럼 반짝이는 별을 보고 울었다.

저것은 어둠별이라고 불러. 되게 밝지?

최한기의 해맑은 목소리가 들리기도 했다.

어둠별은 별이 어두워서 어둠별이 아니라 어둡자마자 가장 빛나게 떠오르는 별이라서 어둠별이라고 부른다는 걸 가르쳐준 것도 최한기였다. 초저녁에 뜨면 어둠별 저녁별이고, 새벽에 뜨면 샛별인데, 동쪽에 뜨는 날과 서쪽에 뜨는 날이 있으나 모두 같은 별이라고 한기는 설명해주었다. 별들은 계절에 따라 그 앉은자리를 바꾸지만 언제나 북쪽의 심지로 자리잡고 있는 별은 북신北辰, 북극성이었다. 북신을 비롯해 국자 모양의 일곱 개 별을 천관天關이라 하고 그 천관 중에서 앞쪽의 별 네 개는 괴魁, 뒤쪽의 별 세 개는 표杓라 부른다고 가르쳐준 것 또한 최한기, 그애였다. 한기한테 배운 천문지식은 방향을 잡는 데 큰 도움이 되었다.

고달산은 토산의 북동쪽에 있었다.

그는 북신을 가늠자로 삼아 방향을 잡았는데, 그렇다고 별이 언제나 뜨는 것은 아니었다. 첫날 저녁엔 가랑비가 왔고 이튿날 저녁엔 비가 오지 않았으나 하늘의 반면이 구름에 가려 있었다. 한나절을 헤매고 나서 겨우 지나갔던 곳을 다시 만나는 경우도 있었고, 벼랑을 만나 된비알을 다시 내려와야 되는 경우도 다반사였다.

사흘이 지났을 때, 그는 죽음을 느꼈다.

이틀 전 마지막 먹은 보리개떡은 뱃속에 남아 있지 않았다.

넘어져서 깨진 곳은 여간해서 피가 멎지 않았으며, 왼쪽 무릎이 시큰거려 바위 옹두라지를 올라가려면 한 발 떼놓기도 힘이 들었다. 토산현으로 돌아갈까 생각해봐도 그 돌아가는 길 또한 오리무중이었다. 어지러워서 눈앞의 숲이 뿌옇게 흐려졌다 밝아졌다 했다. 지도만 있다면 헤매지 않아도 될 일이었다.

아버지도 이러다 죽었을까.

혹시 죽고 나서, 아버지를 만날 수 있거나 어머니의 형상을 비로소 볼 수 있다면, 차라리 죽음의 어둔 굴속으로 끌려가는 것이 더 좋을지도 몰랐다. 낮은 곳에선 물이라도 마실 수 있었는데 상봉이 가까워서일까, 마실 물도 없었다. 암벽과 암벽으로 이어진 험한 산이었다. 입술은 갈라졌고 혀는 감각이 없었다. 아버지도 이렇게 헤매다가 발을 헛디뎌 굴러떨어졌을 터였다.

아, 아버지……

그는 비틀거리면서 아버지를 불렀다.

정말 아버지가 나타난 게 그때였다. 아버지는 벼랑을 인 거대한 너럭바위에 앉아 있었다. 목마르겠구나, 애야. 여기 물이 있어. 아버지가 함박 웃으며 말했다. 토산을 떠나고 나흘째 저물녘이었다.

그는 비틀비틀, 아버지를 향해 나아갔다.

이상야릇한 것은 아버지의 얼굴이, 여기저기 제멋대로 늘어나고 제멋대로 넓어져서 그 모양이 시시각각 변한다는 사실이었다. 코가 갈쭉해졌다 하면 입술 선이 고불탕고불탕해지고, 머리 끝이 뾰조록해졌다 하면 볼이 늘컹늘컹 꽈리처럼 불어났다. 아

버지가 자신을 웃기려고 헛된 마술을 부리는 모양이었다. 그는
아버지를 위해서 웃어주고 싶었지만 얼굴 살이 도통 움직여지지
않아 속이 상했다.

눈앞이 까무룩해졌다.

놀라운 일이었다.

어찌어찌하다가 정신이 돌아왔던 모양인데, 자신이 어머니의
젖을 물고 있었다. 그는 소스라쳐 와락 뒤로 물러나려고 했다.
어머니의 손이 물러나려는 그의 뒤꼭지를 앞으로 당겼다. 괜찮
아. 아가, 더 먹어. 어머니의 손이 전하는 소리없는 말이 가슴속
으로 쏙 들어왔다. 마침내 그 자신이 죽음의 동굴 속으로 들어와
오래 전에 죽었다는 어머니를 만난 모양이었다.

눈물이 뜨겁게 솟구쳤다.

그는 울면서, 그러나 너무도 배가 고프고 목말랐기 때문에 죽
어라 어머니의 젖을 빨기 시작했다. 충분하다고 느껴지진 않았
지만 달짝지근하고 시구름한 젖이 목구멍을 적시고 넘어갔다.

그곳이 어디인지는 알 수 없었다.

어둑신한 게, 어느 방향에선가 불그데데한 빛이 들어오고 있
는 것 같았는데, 그것 역시 확실한 것은 아니었다. 아마 죽은 다
음의 세상은 빛과 어둠이 반반씩 버무려져 본래 희끄무레한 세

계인지도 모를 일이었다. 빛은 어머니의 하반신에서 보다 밝았고 상반신에서 보다 어두웠다. 어머니의 하반신을 덮고 있는 치맛자락은 놀빛을 받아모셨는지 더욱더 붉었다.

그는 악착같이 어머니의 젖을 빨았다.

부용꽃의 냄새가 이럴까. 피냄새 같기도 하고 향긋한 분냄새 같기도 한 냄새가 코끝을 가볍게 건들고 지나갔다. 손짓을 하여 자신을 불렀던 아버지가 어디 있을 터이지만, 아버지가 있든 없든 이제 상관없었다. 보나마나 어머니가 있는 이곳은 땅이 시작되고 물이 시작되는 천지의 근원일 것이었다.

눈꺼풀이 스르륵 내려와 감겼다.

안 돼. 어머니 얼굴을 보고 잠들 테야.

그러나 잠은 물귀신보다 더 강력하게 그를 어둠 속으로 끌어당기고 있었다. 어머니의 젖을 물고 있으니 어둠이 아무리 깊다 한들 무서울 게 하나도 없었다. 그는 잠들면서, 그러나 한사코 어머니의 젖을 놓치지 않고 빨았다. 멀리서 희붐하게 빛이 출렁거리고 있었다. 불현듯 바랑 속에 들어 있을 어머니의 은비녀 생각이 났다. 어머니 은비녀를 내가 갖고 왔어요. 그는 비몽사몽, 말없이 말했다. 어머니의 손이 계속 그의 뒤꼭지를 따뜻하고 부드럽게 받치고 있었다.

각지석

인간세상이 꿈결 같은 것은 본디 거울 속과 같아서
차고 더운 변천이 크게 달랐다.
일체 세간의 가지가지 사물이 아침엔 피었다가 저녁엔 시들고
어제 부자가 오늘은 가난하고 갑자기 젊었다가 갑자기 늙는 것이
꿈속의 꿈 이야기로서, 바야흐로 죽으면서 살고 있다가도 없는 것이니,
누가 과연 참이고 누가 거짓일 것인가.
_박지원, 『열하일기』

토산에서 그는 하루를 머물렀다.

해주댁은 이미 이 세상 사람이 아니었고, 그 자식들도 모두 뿌리뽑혀 향리를 떠났다는 소식을 그는 토산에 도착한 첫날 들었다. 중층의 누각 위에 판문板門을 단 토산현의 번듯한 아문은 여전히 위풍당당한 모습이다. 특히 이제는 늙을 대로 늙어 고목이 다 된 아문 앞의 산벚나무는 잎이 떨어져 앙상한데도 여전히 귀티가 흐른다. 열 살배기 어린 그가 꽃망울이 벙긋 열리기 시작한 산벚나무 그늘에 암팡지게 무릎 꿇고 앉은 모습이 아득하게 떠오른다. 벌써 반세기 가까운, 까마득한 옛일이다.

그는 아버지 산소를 먼저 찾아갔다.

도성에서 갖고 내려온 것은 대동여지도에서 토산과 곡산이 나타나 있는 두 장의 목판본 지도였다. 곡산이 들어 있는 것은 대동여지도 22첩疊 중에서 열번째 첩의 네번째 판이고, 토산이 자리잡은 것은 열한번째 첩의 세번째 판이었다. 전 국토를 남북으로 백이십 리 간격 22첩이 되게 분할하고 동서는 팔십 리 간격에 따라 여러 절折로 쪼갠 것은, 이처럼 온 백성이 필요한 판만 분리해 가볍게 소지할 수 있게 하기 위함이었다. 이를테면 도성에서 강릉을 가려면 제13첩의 네 절만 지니면 될 테니까, 구태여 번거롭게 전도全圖를 품고 다닐 필요가 없는 셈이다. 여지껏 모든 지도가 이렇게 고안되지 않은 것은, 지도는 오로지 나라의 것일 뿐이라는 관리와 사대부 들의 유아독존적인 생각 때문이었다.

어찌하여 지도가 나라의 것이어야 한단 말인가.

온 백성이 무릇 서로 통하고 뜻을 나누면서, 내가 가진 걸 네게 팔고 네가 가진 걸 내가 얻어 더불어 잘살고, 땅과 물의 근원을 알면, 밖으로 방비를 든든히 할 뿐 아니라 안으로 실용實用을 통한 유익함이 많을 것은 정한 이치였다. 무릇 지도란, 나라에서 감춰둘 것이 아니라 온 백성에게 나눠, 쓰임을 널리 구해야 한다고 그는 늘 생각했다.

그는 아버지의 영전에 가져온 지도를 바쳤다.

그 두 장의 지도만 있었으면 아버지는 목숨을 건지고도 남았을 터였다. 다른 스물세 명의 억울한 목숨도 물론 그랬다. 감개무량하지 않을 수가 없었다. 아버지의 묘지는 무너질 대로 무너져내려 평토가 되기 직전이었다. 그는 미리 준비해간 끌과 정으로 근처의 화강석을 옮겨놓고 '金海俊之墓 김해준지묘'라고 거칠게 새겨넣었다. 남들이 하듯 반석 위에 비신碑身을 세우고 쩍지게 가첨석加檐石까지 얹어놓아 품격을 갖추고 싶은 마음이 전혀 없는 것이 아니지만, 돈이나 시간 문제 때문만이 아니라, 그런 건 모두 허례에 불과했다. 묘가 풍상에 주저앉았으니 행여 유실되거나 찾지 못할까봐 표지석이나 해두고 떠나자는 속셈이었다. 생몰년대까지 새겨 완성해놓고 보니 그것은 묘비라기보다 시신의 유실을 막기 위해 묘 앞에 묻는 각지석刻誌石에 더 가까웠다.

혜련 스님의 암자에 머물던 한겨울이 절로 떠올랐다.

그 암자에 머물게 된 애초의 연유가 바로 산문으로 올라가는 숲속 갈림길에 암자의 방향을 알리는 표지석을 세워달라는 부탁을 받았었기 때문이었다. 북쪽 변방 강계에 머물 때, 묘비나 송덕비나 사비寺碑는 물론 망두, 귀부龜趺, 상석 같은, 온갖 석물공사를 맡아 하는 석수장이 밑에서 일 년여 동안 석각石刻의 기본을 익혔던 일이 있었다. 낭림산 자락의 이원利原에선 쑥돌을 캐내는 채석장 밥을 먹기도 했다. 그가 불과 열 살에 고향을 등지고 떠나 전국을 떠돌면서, 굶지 않고 먹고살 수 있었던 것은 주로 돌을 만지고 쇠를 만지고 나무를 만지는 일 덕분이었다. 그 어느 것도 끝까지 밀고 나가 장인의 경지에 이른 것은 아니나, 떠도는 삶의 나날이 워낙 매웠던지라, 무슨 일이든 맡겨주면 밥값은 할 만한 정도가 됐다. 스무 살이 될 때까지, 그는 대장장이 밑에도 있었고, 배를 건조하는 조선장이 밑에도 있었고, 채석장에도 있었고, 철광소에도 있었고, 벌목장에도 있었고, 석각장이 밑에도 있었다. 그가 깊이 손대보지 않은 일이 있다면 농사일뿐이었다. 남의 머슴살이로 들어가면 농사일이 마무리될 때까지 새경을 받을 수 없으므로 그는 밥을 굶어도 농사일을 주로 해야 하는 머슴살이는 하지 않았다. 농사일 머슴으로 들어가면 떠나고 싶을 때 떠날 수 없기 때문이었다.

그의 머릿속에선 만물이 다 변화하고 흘렀다.

머무른 것 같아 보이지만 알고 보면 산도 흘렀고, 천년을 거기 있다고 말하지만 강물도 어제의 그 물이 아니었다. 나무들도 철을 바꿔 제 시간의 길을 좇아 변했고, 새는 새의 길로 돌아오고 떠났으며, 별조차 시간 따라 바람 따라 자리를 바꾸어 앉았다.

영구히 머무는 건 아무것도 없었다.

그는 어느 고을이든 흘러들어갈 때 먼저 흘러나갈 길을 봐두는 체질이었다.

다음날, 마침 토산 장날이었다.
그는 그래서 필요한 것들을 손쉽게 구할 수 있었다.
목이 짧은 곡괭이를 하나 구했고 백지를 여러 장 구했다. 여차하면 뒤집어쓸 수 있는 털벙거지와 감발을 싼값에 살 수 있었던 건 행운이었다. 혜강이 연전에 선물해준 청나라제 소형 나침반은 바랑 속에 들어 있었다. 토산현을 떠나고 나서 여러 번 들른 적이 있지만, 이제 가야 할 그 길은 열 살 때 가보고 나서 다시 가보지 않은 길이었다. 마음속에 단 한 번도 지워본 적이 없는 그 길을 왜 진즉 가보려고 하지 않았을까.
그는 감회 깊게 고달산 쪽을 바라보았다.
살아서 넘은 것이 꿈같이 기억되는, 고달산 준령들의 가파른 능선들이 새삼 다급하게 그를 손짓해 부르고 있었다. 중턱을 넘으면 눈이 쌓여 있을 테지만, 전 국토를 누비고 다녔던 그에게 그 정도는 문제될 것이 없었다. 다만 그 어둑신했던 동굴을 쉽게 찾을 수 있을지가 걱정이 됐다. 그에게 마지막 한 방울까지 젖을 먹어 목숨을 살리고 정작 당신은 명줄을 영영 놓고 떠난 여자의 유해가 남아 있을 고달산 상봉 턱밑의 동굴이었다. 그 동굴을 찾기만 할 수 있다면, 인적이 닿기 어려운 곳이니 비록 수십 년이 지났을망정, 최소한 뼛골은 남아 있을 것이라고 그는 생각했다. 더 늦어 사지에 힘이 빠지기 전에 그 유해를 수습해주고 싶었고.

그것은 당연히 그가 죽기 전에 해야 할 도리요 책무였다.

손꼽아 아귀를 맞춰볼 때, 틀림없이 그곳에 남아 있을 유해는 혜련 스님의 어머니 유해였고, 관아의 가렴주구와 핍박을 견디다 못해 관아를 습격하고 감옥을 부수었던 민란의 수괴 박대성 안사람의 유해였다.

어찌 그런 인연이 있단 말인가.

그는 가슴이 뻐근해져서 크게 심호흡을 했다.

남편이 참수당하기 직전 갓난쟁이와 일곱 살배기 어린 딸만 간신히 수습해 집을 떠난 민란 수괴의 안사람은 어디에도 머리 둘 곳이 없었던 게 자명했다. 곡산현 서쪽엔 대각산大角山 민을령 民乙嶺으로 이어져 남쪽으로 뻗어내리는 산줄기가 흐르고 있었다. 간신히 도망친 직후엔 아마 민을령 어디쯤에 숨어지냈을 것이다. 관군들은 민란의 잔당들을 소탕하기 위해 반란이 수습되고 나서 민을령 일대에 수색대를 보냈을 게 뻔했다. 홍경래의 잔당들이 곡산까지 내려와 있던 시절이었다. 혜련 스님은 산속에 숨어 있을 때 먼빛으로 관군들을 여러 번 본 기억이 난다고 훗날 말했다.

아직 봄이 오기 전이었고 먹을 것도 없었다.

그래도 관군을 피해 살자 하면 능선을 따라 남진하는 게 유일한 탈출로였다. 산줄기는 꺼졌다가 일어나고 또 꺼졌다가 일어나면서 고달산으로 이어지고 있었다. 혜련 스님의 동생이 되는 갓난쟁이는 고달산에 이르기 전 어느 능선길에서 죽었을 가능성이 많았다. 혜련 스님은 자신이 어머니에 떠밀려 동굴을 나올 때, 하늘엔 먹장구름이 가득했었다고 했다. 바로 그날이었을 것이다. 그가 고향에서 도망쳐 고달산 품 안으로 들어갈 때, 어린 혜련 스님은 공포에 질려서 그 산을 내려가고 있던 셈이었다. 그때의 혜련 스님 어머니는 무릎을 크게 다치고 피를 많이 흘려서 걸을 수가 없었다고 했다. 그래서 어린 딸을 다그쳐 내려보내고 자신은 동굴에 혼자 남아 죽음을 맞이할 채비를 하고 있을 때, 정신이 오락가락하던 어린 그가 그 동굴 속으로 들어섰던 것이다.

혜련 스님의 기억은 그의 기억과 아귀가 딱 맞았다.

아버지의 혼백을 따라 들어간 동굴 속에서 어머니라고 착각한 여자의 젖을 빨다가 깊이 잠들고 만 그가 깨어났을 땐 다시 환한 아침이었다. 아침햇빛 한 자락이 비좁은 굴 어귀에 사뭇 깊이 들이비치고 있었다. 이마가 서늘한 느낌에 퍼뜩 눈을 떴는데, 그의 이마가 풀어헤쳐진 여자의 가슴팍 속에 들어가 있었다. 그는 놀라서 뒷걸음질쳤고, 여자의 가슴팍에서 그 자신이 밤새 이마로 눌렀을 자국을 엉겁결에 보았다. 여자의 가슴 한켠은 푹 꺼진 채, 그가 빠져나왔는데도 그대로 굳어져 있었다. 그가 깨어나기 몇 시간 전에 이미 여자의 명줄이 끊어졌다는 걸 어린 그도 이내 본능적으로 알아차렸다.

그것은 분명히 죽음이었고, 주검이었다.

머리는 풀어져 있고, 얼굴은 이상하게 희고 검었으며, 치맛자락은 핏물에 젖은데다가 가슴팍 눌린 젖가슴 살들은 제자리를 향해 부풀어오를 줄을 몰랐다. 그는 자신도 모르게 으흐흐, 낮은 비명소리를 내면서 죽어라 비좁은 동굴 아가리를 기어나왔다.

모처럼 햇빛이 쫙 내려쬐는 아주 투명한 아침이었다.

그가 갑자기 햇빛 속으로 나와 그 햇빛의 서슬을 피해 얼결에 눈을 감았다가 동굴 어귀에서 밑으로 뚝 떨어지는 자드락길로 고꾸라져 박혔을 때, 새떼들이 와그르르 날아올랐다. 새떼들은 활대처럼 휘어진 하늘길을 따라 그가 고꾸라져 박힌 곳보다 오히려 더 낮아 뵈는 북쪽 능선을 훌쩍 넘어 사라졌다.

그는 필사적으로 새떼들을 뒤쫓아 산을 내려가기 시작했다.

머리는 하늘로 곤두섰고 가슴은 오그라들 대로 오그라들어 금방 터질 것 같았다. 어머니의 은비녀가 든 바랑을 동굴 속에 두고 왔다는 것을 안 것은 산 아래 어느 외딴집 마당에 당도해 기진해 주저앉았을 때였다. 사립문도 없는 집 툇마루 햇빛 속에 앉아서 이를 잡고 있던 노파가 에구머니나, 하고 일어서는 것이 혼절하기 전 마지막으로 보였다.

반세기 가까이 지났지만 모든 기억들이 아직도 명료했다.

준비를 끝낸 그가 고달산으로 출발한 것은 이른 새벽.

해주댁이 건네주는 보리개떡을 괴춤에 달고 아주 오래 전 떨면서 어둠 속을 걸어갔던 바로 그 길이다. 손잡이가 짧은 곡괭이가 바랑 속에 쏙 들어갔고, 정과 망치도 있었고, 유골을 수습할 백지도 충분하다. 만약 사람의 손길이 닿지 않았다면, 그가 동굴 속에 놓고 나온 예전의 바랑이 그 동굴 속에 여자의 유골과 함께 남아 있을 것이다. 바랑은 삭아 없어졌을 테지만 바랑 속에 든 어머니의 은비녀는 그대로 남아 있을 터이다.

아직 여명이 다 트지 않은 하늘에서 연방 별똥별이 진다.

그날의 동굴 속이 그랬듯이, 사위는 어둠과 밝음이 서로 적당히 물크러져서 신비한 푸른 기운으로 빛나고 있다. 동쪽 하늘에 휘황히 빛나는 것은 최한기가 처음 일러준 샛별이다. 그는 새벽

어스름 속에서 점차 제 위용을 도도하게 드러내기 시작한 산맥 속으로 힘있게 발걸음을 내딛는다.

이게 어떻게 된 것일까.

이틀 만에 간신히 찾아낸 동굴 속인데, 아무것도 없다. 그때처럼, 때마침 황혼녘이다. 다른 건 모호하기 그지없지만, 여자의 젖을 빨고 있을 때, 동굴 입구로 흘러든 노을의 암갈색 빛은 분명히 여자의 치마 쪽에 있었고, 얼굴은 그늘 속에 있었다고, 그는 생각한다.

이쯤일 거야.

그는 여자가 기대 누워 있었다고 생각되는 곳에 짐짓 여자처럼 비스듬히 기대고 누워본다. 어머니를 만났다는 환몽중에서, 그래도 죽지 않고 살아남으려고, 명줄을 놓기 시작한 여자의 젖을 죽어라고 빨고 있는 어린 자신의 모습이 마치 남인 것처럼 선연히 떠오른다.

눈시울이 절로 뜨겁다.

사람의 손길이 닿지 않았다면 분명히 이곳에 여자의 뼛골이 남아 있어야 옳다. 설령 짐승의 손을 탔다고 하더라도 이렇게 뼛골이 하나도 남아 있지 않을 수는 없는 일이다. 그가 놓고 온 바랑도 없다. 바랑이 썩었다면 은비녀라도 남아 있어야 할 텐데 역시 눈에 띄지 않는다. 넓진 않지만 습기도 거의 없는 비교적 쾌적한 동굴이다.

무엇보다 마지막 보았던 여자의 젖가슴이 상기도 뚜렷하다.

그는 눈물을 주먹으로 훔치면서 부르르 하고 한차례 몸을 떨고 만다. 그가 밤새 파고들어가 있던 이마의 자국 때문에, 여자의 젖가슴 한켠이 마치 국자로 떠낸 것처럼 꺼져 있는 삽화이다. 이른 아침이었으니까 햇빛이 거의 여자의 발치까지 들어오고 있었을 것이다. 만약 햇빛이 아니라면, 여자의 젖가슴을 호선^{弧線}으로 양분한 그 기괴한 명암을 보지 못했을 터이다.

동굴의 입구는 겨우 엎드려 빠져나올 정도에 불과하다.

그는 이윽고 동굴 밖으로 다시 나와앉아 놀빛에 물들기 시작한 발아래 산자락을 망연히 바라본다. 산을 헤매고 다니는 심메마니나 약초꾼이 하룻밤 유숙하다가 유해를 발견하고, 고달산 상봉의 외진 동굴에서 홀로 죽어갈 수밖에 없었던 이의 모진 정한을 애처롭게 여겨, 약초 망태에 담아다가 산 아래 어디, 양지바른 곳에 묻어주었을지도 모른다.

아버지 죽은 곳은 어디쯤일까.

그는 이번엔 눈으로 아버지를 찾아 더듬는다.

너무 오래되어 표지석 하나 세우지 않은 그곳을 정확히 짚어

낼 수는 없지만, 이 동굴 앞에서 아버지의 환영이 자신을 손짓해 불렀던 것을 상기할 때 멀지 않은 곳일 터이다. 만약 그날 저녁 아버지의 환영을 따라 동굴 안으로 들지 못하고 쓰러졌다면, 그는 더이상 명줄을 이어가지 못했을 게 틀림없다.

한순간 그의 시선이 한 곳에 붙잡힌다.

멀리 가 있던 시선을 무심히 거두어들이는 순간의 일이다. 왼쪽 발 아래는 바위 사이로 두어 길은 됨 직한 급경사의 자드락길이 자리잡고 있었는데, 그의 시선을 붙잡은 것은 급경사의 돌비알 아래, 잡풀들이 말라 죽은 평평한 푸서리다. 죽은 여자를 발견하고 놀라서 동굴을 기어나온 그가 나오자마자 휩쓸려내려갔던 돌비알이 바로 거기인 것 같다.

저것이 뭘까.

그는 풀섶 가운데의 돌무더기를 본다. 자연스럽게 생긴 돌무더기가 아닌 게 확실하다. 그는 주르륵 미끄럼을 타고 푸서리 가운데의 돌무더기로 내려온다.

그래, 여기야. 여기, 그분이 있어!

그는 직감적으로 느끼고 본다.

버려진 유골을 수습해 정성껏 돌무덤을 만들고 있는 어느 심메마니, 혹은 약초꾼의 그림자가 저절로 눈앞에서 어른거린다. 그 사람은 유골을 수습하느라 적어도 한나절 이상 이곳에 머물

렀을 것이다. 그분의 유골이 아니고선 이렇게 험한 고달산 상봉
에 돌무덤이 어찌 있겠는가. 아마도 그분의 유골을 수습한 미지
의 약초꾼은 자주 저 동굴을 이용하고 있는지도 모른다.

그는 마른 풀들을 치우고 나서 재배再拜부터 한다.

그 자신의 목숨을 극적으로 살려낸 분이고, 비굴한 노예적 삶
을 분연히 떨치고 일어나 명줄을 걸고 싸우다 죽은 의로운 사나
이를 지아비로 섬겼던 분이고, 순실이의 외할머니가 되는 분이
다. 지금도 잠이 들면 어서 산을 내려가라고, 산을 내려가야 산
다고 악귀 같은 얼굴로 소리지르던 어머니의 목소리가 꿈속에서
들려요, 라고 고백하던 혜련 스님의 목소리가 상기도 뚜렷하다.
부처님에게 귀의하지 않았으면 자신은 그 환청 때문에 지레 죽
었을지 모른다고 혜련 스님은 고백한 적이 있다. 어머니를 두고
온 자책감은 부처님에게 만 배를 올리고도 씻어지지 않더라는
말도 생각난다. 더이상 움직일 수 없는 당신 곁에 있다가는 죽을
것이 뻔한 상황에서, 어머니가 어린 딸을 살리기 위해 어떻게 했
을지 짐작하는 건 어려운 일이 아니다.

가산란에 끼어들었다고 소문난 형은 어떻게 죽었을까.

그보다 불과 다섯 살 위였으니까 정말 가산란에 휘말려 죽었
다면 형은 겨우 열다섯 살에 죽은 셈이다. 이제 생각하면, 해주
댁이 말한바, 목이 잘려 죽은 형의 품에서 아버지와 그의 이름이

나왔다는 건 생짜로 날조한 게 틀림없다. 어불성설이다. 파직되고도 토산현을 떠나지 않고 있던 전임 현감이 파직된 원한을 갚고자 덫을 만들어놓았다고 봐야 한다. 형은 겨우 열다섯 살, 참수된 것이 아니라 칼을 맞아 죽었거나 화살에 꿰어 죽었거나 도망치다가 굶어 죽었을 것이다. 홍경래가 총에 맞아 죽은 정주성에서만 해도 체포된 사람이 삼천여 명, 참수된 사람이 이천여 명이라 했는데, 방면되거나 노비로 팔린 천여 명은 소년들과 여자라는 말을 들은 바 있다. 정주성 전투에서만 그랬다고 할진대, 그 외, 가산, 박천, 안주, 곽산, 선천, 철산, 그리고 곡산까지, 얼마나 수많은 목숨이 기록에 남지도 못하고 찬바람 부는 거친 산야에서 죽어갔을 것인가.

선홍빛 놀이 암갈색으로 잦아들고 있다.

아무래도 오늘밤은 동굴로 돌아가 밤이슬을 피해야 할 것 같다. 그는 내려놓았던 바랑을 집어든다. 그러나 막 굽힌 허리를 펴려던 그의 몸이 문득 정지된다. 여느 돌과 느낌이 다른 무엇인가가 허리를 펴올리던 그의 시선 안에 얼핏 집혀나왔기 때문이다.

내가 뭘 본 거지?

돌무더기의 성긴 틈 사이를 다시 들여다보았지만, 이미 어스름이 깔리기 시작해서 무심결에 시선을 붙잡았던 것이 무엇인지는 확실하게 뵈지 않는다. 그는 들었던 바랑을 내려놓고 돌무더기의 허리쯤에서 몇몇 돌멩이를 들어내고 그 안쪽을 살펴본다.

먼저 글자 같은 게 보인다.

삐죽이 솟은 어떤 돌의 꼭대기에 새겨진 것은 글자가 틀림없다. 글자가 새겨져 있다니. 인적 없는 이런 험한 산중에서 글자가 새겨진 돌을 본다는 것은 특별한 일이 아닐 수 없다. 그는 강렬한 흥미를 느끼고 좀더 똑바로 그것을 보기 위해 작은 항아리만한 돌 하나를 힘겹게 밀쳐낸다.

마침내 갈쭉한 화강석의 전모가 드러난다.

돌무더기를 쌓은 다른 돌들과 재질, 색깔에선 특별할 게 하나도 없는 돌이다. 그렇다면 누군가 이곳에 있는 많은 돌 중에서 제법 반듯한 돌 하나를 골라 글자를 새겼다는 뜻이다. 그는 미간을 한껏 모으고 글자에 초점을 박는다. 아주 서툴게 새긴 글자이고, 정을 대고 각판한 솜씨도 형편없다. 음각된 글자 부분의 홈이 너무 얕아서 먼지가 묻은 곳은 제대로 획조차 보이지 않는다. 그는 소맷부리로 얕은 홈에 낀 먼지를 쓱쓱 닦아낸다.

‘孺人海州鄭氏之墓 유인해주정씨지묘’

간신히 읽어낸 글씨는 그것이다.

유인孺人이다. 더구나 아무런 관직도 없고 이름도 쓰지 않은 걸로 보아 돌무덤의 주인 해주 정씨는 여자라고 봐야 한다. 그는 더 남은 다른 글자가 없을까 하고 이리저리 돌을 돌려본다. 비뚤비뚤 새긴 것 같은 잔글자가 뒤편에 보였는데, 거두절미하고 '壬申임신' 딱 두 글자다.

임신이라…… 임신이라면……

그는 한순간 철푸덕 다시 주저앉는다.

그것은 유해 유실에 대비해 광전壙前에 묻는 각지석의 일종이다. 혜련 스님의 어머니가 해주 정씨였는지는 들은 바 없지만, 외갓집이 해주인 것은 틀림없다. 그러나 그보다도 더 신묘한 것은 '壬申'이라는 두 글자다. 임신년이라면 홍경래가 일으킨 가산란이 완전히 평정된 그해, 그가 고향을 등지고 떠나 고달산을 넘다가 죽어가는 여자의 젖을 빨고 구사일생으로 살아난 바로 그해이다. 그렇다면 '壬申'은 무덤의 주인이 죽은 해를 가리키는 게 틀림없고, 무덤의 주인은 그 혼몽중에 어머니라고 부르기도 했던, 혜련 스님의 어머니가 틀림없다.

이미 놀빛은 다 스러지고 땅거미가 내려와 있다.

그는 망연자실 앉아서 어둠에 잡아먹히기 시작한 산을 보고 또 글자가 새겨진 각지석을 본다. 지나다니는 착한 심메마니나 약초꾼이 유해를 수습해 묻었다면 굳이 서툴게나마 힘들여 이런 각지석을 만들었을 리도 없을뿐더러, '해주 정씨'나 '임신년'을 알았을 리 만무하다. 이곳에서 임신년에 해주 정씨인 유해의 주인이 생애를 마쳤다는 걸 아는 사람은 세상천지 그와 혜련 스님 둘뿐이다.

그렇다면?

가슴이 벌렁벌렁 뛰기 시작한다.

그가 만들지 않았으니 혜련 스님이 각지석을 만들었다는 결론밖에 나오지 않는다. 이 정도의 각석刻石은 혜련 스님도 충분히 할 수 있을 터이다. 획도 많이 삐뚤어져 있고 음각으로 파인 홈도 불과 반푼이 채 되지 않는다. 정식으로 각석을 했다기보다 정을 가지고 공들여 긁어내 썼다는 표현이 더 정확할 법하다. 그를 만나기 전에 혜련 스님이 이곳을 다녀온 일이 있다는 말은 들은 적이 없다. 그렇다면 죽기 전에 어린 순실이를 데리고, 혹은 누군가에게 맡기고 혜련 스님이 이곳엘 다녀갔다는 말이 되는데, 아무리 상상해도 그 먼 여행을 혼자 감당했다는 것은 믿어지지 않는다.

혹시.

가슴속에서 갑자기 확하고 봉홧불이 솟아난다.

혹시…… 혜련 스님이 살아 있다면?

다섯 살배기 순실이를 데려왔던 펑퍼짐한 중늙은이 여자가, 그의 손짓에도 불구하고, 저간의 사정에 대한 시시콜콜한 설명 한마디 없이 왔던 길을 성급하게 되짚어 도망치듯 약현골을 빠져나가던 그림이 선연히 떠오른다. 사립문께서 울음밑을 터뜨리고 만 어린 순실이와, 쫓기는 사람처럼 내닫던 펑퍼짐한 중늙은이 여자 사이에, 이십여 년 전의 그가 엉거주춤 서 있다.

바로 그때 그 기분이다.

그는 산을 내려가지도, 동굴로 돌아가지도 못하고 건너편 산등성이가 완전히 어둠에 잡아먹힐 때까지 계속 돌무덤가에 주저앉은 채 움직이지 않는다. 물방울이라도 솟아나는가, 별들이 검푸른 창공에서 퐁, 퐁, 퐁 다투어 솟아나고 있다.

그는 다음날 꼭두새벽, 서둘러 길을 떠난다.

곡산 방면으로 갈 일이 아니다. 고달산 상봉에서 동북간으로 방향을 잡으면 곡산에 닿을 터이지만 서남간으로 방향을 잡으면 신계新溪에 닿는다. 신계에서 금교金郊와 온정溫井골을 지나 철봉산鐵峰山을 넘어가면 해주 땅이 그리 멀지 않다. 일 년 동안이나 사선私船을 만드는 조선소에서 선미재船尾材를 깎으며 밥을 얻어먹은 곳이고, 그후로도 여러 번 들렀던 곳이다. 아는 선주도 더러 있을 테고 사공沙工과 격군格軍 몇몇은 호형호제하는 사이다. 아니 사공이나 격군을 찾을 것도 없다. 아는 이 중엔 청금록靑襟錄에 이름이 오른 접장도 있고 영위領位도 있다. 영위라면 전국 장삿길을 뚜르르 꿰고 있는 보부상단의 두령이다. 남북으로부터 들어오고 나가는 상선들이 많을 테니 알음알음 엮어 줄을 대면 남녘으로 내려가는 상선 잡아서 한 몸뚱어리 얻어타는 건 여반장일 터이다.

발걸음이 건들바람처럼 가볍다.

순실이를 놓고 양주골을 떠날 때와 달리, 이제 어디로 가야 할지 그 행선지를 선뜻하게 정해놓았기 때문이다. 당연지사, 해주로 길을 잡는다. 해주에서 태안까진 뱃길이 빠르다. 오래전 어린 혜련 스님이 갔던 길이다. 먼바다를 아득히 바라보고 있는 태안반도 독 메 한 자락, 깊고 적막한 품에 깃들여 있는 정갈한 암자가 눈앞에서 어릿어릿하고 있다. 암자로 올라가는 에움길과 가팔막진 벼랑길과 영마루의 바위너설 들이 환히 떠오른다.

풍차

동서로 갈린 이 길 어디서 만나오리
돌아서서 바라보며 남몰래 그리나니
그 누가 쓰린 이 마음 알아주겠는가

戚戚東西路 終知不可期
誰知一回顧 文作雨相思
_최랑, 「길」

신계에서 평산平山까진 비교적 길이 원만하다. 땅은 평평하고 강은 사근사근 흐른다. 향리인 토산과 경계를 이룬 학봉산에서 흘러내려온 원중천元中川도 이곳에서 비로소 만난다.

멸악지맥을 만나기 전까진 내처 이럴 터이다.

어머니의 살천스런 압박에 못 이겨 고달산 암굴을 떠나온 어린 혜련 스님을 처음 만난 것도 바로 신계에서 평산으로 이어지는, 원만하고 부드레한 이 길이다. 그때야 물론 그 어린 계집아이가, 죽어가면서도 젖을 물려 자신을 살린 여자가 그를 만나기 하루 전에 눈물로 떼어보낸 어린 딸이라는 것을 상상도 하지 못했으나, 지금은 모든 걸 환하게 아귀 맞출 수가 있다.

그는 불현듯 걸음을 멈추고 뒤를 돌아다본다.

아침 햇빛에 어린 봄풀들이 시시각각 깨어나듯이 까맣게 잊혀졌던 기억들이 다투어 깨어나고 있다. 어린 혜련 스님이 그때처럼 저만큼 뒤따라오고 있는 것 같다. 모든 게 선연하다. 어디서 주워입었는지 허리까지 내려와 덮이는 어른용 배자褙子는 여기저기 찢어져 걸레 형국인데, 그 위에 역시 어른용 풍차風遮를 쓰고 있어 어린 들짐승이 사람 치레를 한 꼴이다.

따라오지 마, 지지배야!

그는 짐짓 주먹을 쥐어 보이며 으름장을 놓는다.

그러나 소용없는 짓이다. 그가 불과 열 살 때 기억 속의 그림이다. 그가 걸음을 멈추면 계집아이도 걸음을 멈추고 그가 떼어놓으려고 건들바람으로 걸으면 계집아이도 재재걸음으로 쫓아온다. 강을 따라 흐르는 길이다. 강의 어떤 구비는 갈대가 무성하고 또 어떤 구비는 모래톱이 잔설에 덮여 있다.

너는 니 갈 데로 가. 안 가?

뒤돌아 소리치면서, 한 걸음이라도 내디디면 계집아이는 서너 발짝을 도망친다. 얼마나 빠른지 산고양이 같다. 말도 없다. 머리에 쓴 커다란 풍차 때문에 얼굴 표정조차 보이지 않는다. 그가 눈을 부라리면 얼른 고개를 강 쪽으로 돌리고 무심한 척 하늘 바라기를 하고 섰을 뿐이다. 방한을 위해 여자들이 쓰는 모자의 한 종류인 풍차는, 조바위와 달리, 정수리엔 구멍이 뚫려 있으며 볼과 턱을 가릴 수 있게 고안된 볼끼가 내리닫이로 내려와 있고, 뒤쪽은 목덜미를 가릴 만큼 긴 것이 특색이다. 어른이 사용하던 것이어서, 계집아이가 고개를 외로 꼬고 있으면 목덜미를 가리고도 남아 어깻죽지까지 내려와 있는 풍차의 뒤태가 생뚱맞아 보인다.

그는 가던 길을 멈추고 또 뒤돌아본다.

어린 혜련 스님의 환영이 저만큼 서서 고개를 외로 꼬고 있다. 무엇보다 머리에 비해 턱없이 큰 풍차의 뒤태가 떠오른다. 앙가슴까지 내려와 덮인 내리닫이 볼끼도 뚜렷하다. 얼굴은 떠오르지 않고 풍차만 떠오르는 건 볼끼가 얼굴의 반 이상 덮고 있기 때문일 것이다.

이 거지 가시내야, 따라오지 말란 말야!

……

이것 때문이라면 자, 너 줄게. 이것 먹고 떨어져!

열 살배기 그가 괴춤에서 뭔가를 꺼내 강가 돌멩이 위에 내려놓는다. 지나쳐온 마을에서 구걸해 얻어온 찐 감자다. 햇빛이 돌멩이 모서리에 부딪혔다가 쨍쨍 솟아나 눈을 찌른다.

더 따라오면 내 손에 죽을 줄 알아!

그는 으름장을 놓고 성큼성큼 걸으면서 안 보는 것처럼 뒤를

본다. 잽싸게 달려온 계집아이가 찐 감자를 허겁지겁 입 안에 구
겨넣는다. 까맣게 탄 얼굴이라서, 쪼개져 계집아이의 입 안으로
들어가는 찐 감자의 속살과 언듯언듯 보이는 앞니가 햇빛과 만
나 유달리 하얗게 빛난다. 계집아이는 굶주린 어린 짐승같이 암
팡지면서도 어딘지 모르게 애상哀傷한 모습이다.

아, 혜련 스님……

모든 기억들이 너무도 생생하다.

그로부터 어언 오십여 년, 얼마나 멀고 험한 풍상을 거쳐 지금
이 길을 다시 가고 있는가. 따져보면 한 어머니의 젖으로 혜련
스님과 그 자신이 죽을 고비를 넘기고 산을 내려왔으니, 그 깊은
연분의 뿌리가 새삼 뼈에 사무친다. 태안반도 외진 암자 산문 너
머로 마지막 보았던 혜련 스님의 모습도 애상하기로는, 찐 감자
를 허겁지겁 먹고 있던 이 길가의 그 계집아이와 다를 바 없었다
고, 그는 회상한다. 그냥 그곳 외진 암자에 눌러앉아도 좋았을
것을, 아무도 알아주지 않는 지도를 그리는 일이 황차 무엇이라
고, 그 깊고 모진 연분을 버리고 떠나왔단 말인가.

회한이 칼날처럼 가슴에 박혀든다.

평산을 지나 남진했다가 방향을 틀면 멸악지맥이 밀어올린
철봉산이다. 철봉산만 넘으면 해주까진 한나절 길로서, 가깝고
평탄하다. 철봉산 기슭엔 눈이 한 자씩이나 쌓여 있다. 그러나

가슴속으로 박혀드는 회한의 칼날 때문에 발걸음은 그 어느 때보다도 더 딴딴하고 걸쌈스럽다. 백두산 상봉이라도 한걸음에 넘을 것 같은 기분이다.

해주에서 그가 머문 것은 겨우 사흘이다.

알고 지내던 접장이 마침 해주에 머물고 있어 그는 예상보다 빨리 태안을 거쳐 전라도까지 내려가는 상선을 얻어타게 된 것이다. 도자기와 쌀을 선적하고 해주를 거쳐 은율까지 올라갔다가 철광석을 받아 싣고 다시 되짚어 내려가는 팔백 석짜리 위풍당당한 해운선이다.
알음알음 알 만한 사공도 하나 있어 뱃길이 더욱 수월하다.
언젠가 한번 지금처럼 상선을 얻어타고 남향하다가 폭풍을 만나 죽을 고비를 넘기고 간신히 남양南陽에 좌초했던 바로 그 길이다. 구름이 많이 끼어 있지만 천우신조로 바람이 심하게 불지 않는 바다를 배가 미끄러지듯 내달린다. 이틀 만에 태안반도의 북쪽 머리, 평신포平薪浦에 배가 닿는다.

저물녘이다.
그는 평신포 민가의 헛간에서 하룻밤을 유숙하기로 한다.

마음씨 수더분한 젊은 주인 내외가 비록 보리밥일망정 고봉으로 퍼담은 저녁상을 내온다. 헛간이라도 풍찬노숙에 길들여져 있는 그로선 감지덕지할 만한 숙박이 아닐 수 없다. 아침에 서둘러 떠나면 저물기 전에 충분히 망월암이 있는 팔봉산 상봉 아래에 당도할 수 있을 터이다. 밤새도록 어릿어릿, 혜련 스님의 곱고 푸르스름한 그림자가 꿈속을 가로질러 흘러간다.

일단 그곳으로 가보는 수밖에 없다.

예전처럼 암자가 여전히 비어 있다면 순실이를 데려온 보살이 살고 있음 직한 팔봉산 서남 기슭의 마을들을 수소문해볼 일이다. 근동에서 제일 높고 험한 팔봉산은 서산과 태안 사이에서 북쪽 가로림만灣을 향해 우뚝 서 있는 준봉이다. 산정에 오르면 한눈에 가로림만은 물론 확 트인 서해가 들어온다. 혜련 스님이 일찍이 해주를 떠나 태안으로 내려온 것은 시집간 이모가 태안에 살고 있었기 때문이다. 불과 열다섯에 머리를 깎고 비구니가 되었다던 혜련 스님의 말소리가 꿈속에서 들리는 듯하다. 처음 머리를 깎은 곳은 태안 근교 백화산 기슭의 태을암이었던 모양이다.

마애삼존불이 있는 곳이다.

눈이 내리고 있다.

처음엔 세설로 내리던 눈이 이내 함박눈이 된다. 망월암에 머물렀던 그해 겨울도 지금처럼 눈이 많이 내렸다고 그는 회상한다. 오도 가도 못 하고 눈 속에 갇혀 있었던 것이 아마 스무 날도 넘었을 것이다.

그는 해안을 따라 걷는다.

태안의 해안들은 어디든 낯익다. 아버지가 당신 고향을 태안이라 했기 때문일 것이다. 어머니가 물질을 다녔다고 했으니 이 부근 어디에서 살았을 수도 있다. 어딘가 어머니 혼백이 바닷가를 떠돌고 있을 것 같다.

곧 파지포波知浦를 만난다.

파지포에선 만 건너편의 가마불이 지척이다. 벙거지를 여미고 신들메를 고쳐맨다. 묘허가 제 것을 벗어 건네준 털토시 덕분에 대지팡이를 든 팔목이 따뜻해서 좋다. 그는 계속해서 태안반도를 남북으로 깊숙이 가르고 내려간 가로림만을 끼고 걷는다.

눈이 벌써 발등을 덮을 만큼 쌓여 있다.

지척에 떠 있는 파지도波知島가 눈발 때문에 뿌연 바닷속으로 한 뼘씩 내려앉는다. 바람이 불지 않는 게 그나마 다행이다. 팔봉산으로 가려면 이제 반도의 내륙 쪽으로 방향을 틀어 남하하다가 팔봉마을을 지나야 한다. 한나절 길인 줄 알았는데 웬걸, 점심참을 훌쩍 넘겨서야 겨우 팔봉마을의 한 자락이 시선 끝에 붙잡혀나온다. 마을 어귀에 외따로 떨어져 자리잡은 초가는 다행히 주막이다. 묘허가 넣어준 노잣돈도 아직 헐어 쓰지 않은 터에 해주에서 만난 접장이 수월찮은 엽전을 보태주어 노자는 아직 충분하다. 그는 시래기국밥과 막걸리 한 사발로 늦은 점심을 먹는다.

"혹시 망월암을 아시는지요?"

늙수그레한 주인장에게 그가 묻는다.

말이 주막이지 표식도 없는 두 칸짜리 초옥이다. 아낙은 국밥을 끓여낸 뒤 당연히 그가 유숙할 걸로 알았던지 군불을 때는 중이고, 남자 주인장은 소반 너머에 앉아서 오래 쓰지 않은 듯한 어망을 고치는 중이다.

"팔봉산의 망월암?"

"예, 상봉에 자리잡은 비구니 암자요."

"알다마다."

"오래 전엔 암자가 비어 있었는데요."

"비어 있었지요. 거기 있던 비구니가 허이구 참, 망측한 일이지, 애를 낳지 않았습니까. 벌써 오래 전 일이지만요. 그 비구니 떠나곤 암자가 여러 해 비어 있었는데, 요즘은 다른 스님이 들어

와 산다우. 워낙 외진 곳이라서, 스님들이라 할지라도 사람살이
가 쉽지 않을 게야."

"애를 낳았다는…… 그 비구니는 그후 어찌 됐습니까?"

"하도 예전 일이라서 뭐…… 죽었다고도 하고 떠났다고도 하
고…… 왜, 망월암에 가시게?"

"예. 내가 대목인데, 절을 고칠 사람을 찾는다고 들었거든요.
한 시진이면 당도할 수 있지 않을까요?"

"허어, 어림없는 소리. 예전 그런 일이 있고 나서부터는, 뭐
거기 찾아가는 사람도 거의 없었으니까 길도 아슴할 거고……
이런 눈밭에선 한 시진에 어림없을 거유. 늦었어. 길이 닿을는지
모르겠지만, 가더라도 내일 새벽에 떠나야지, 지금은, 하이구우,
이런 날씨에, 큰일날 짓여."

주인장이 급하게 손사래를 친다.

순리를 따져본다면 주인장의 말이 백번 지당하다. 벌써 미시未時
가 다 지나고 있지 않은가. 산길인데다가 눈이 쌓여 있을 테니 평
소보다 두 배 세 배 시간이 걸릴 건 정한 이치이다. 눈 쌓인 산속
에서 어둠을 만나면 꼼짝달싹 못하고 노숙을 해야 할 참이니 얼
어 죽기 십상이 아닐 수 없다.

그는 그러나 속으로 고개를 가로젓는다.

눈은 여전히 함박눈이다. 이대로 밤새 내려쌓인다면 내일은

더욱 가지 못할 게 뻔하다. 더구나 내일이라고 날이 갠다는 보장도 없다. 예전에 그랬듯 어쩌면 열흘 스무 날씩 길이 완전히 끊길지도 모른다.

"방값은 안 받으리이다. 그거 밥값이나 내고……"

"아뇨. 떠날 겁니다. 내가 워낙 길로 떠도는 위인이라서요. 국밥, 잘 먹었습니다. 오다가다 또 뵙도록 하지요."

"하이구우, 미친 짓이라니깐!"

"예전에도 여러 번 가본 길인걸요 뭐."

그는 주인장의 만류를 한사코 뿌리치고 사립문께로 나온다.

고샅길로 한참을 걸어나오다가 뒤돌아보니 주막집 주인 내외가 사립문 앞까지 나와 서서 멀어지는 자신을 바라보고 있다. 죽음의 길로 떠나는 사람을 배웅하는 자태이다. 그는, 걱정 마세요, 속으로 말하면서 두어 번 손짓을 하고 다시 길을 잡는다. 그의 기억이 맞다면 머지않아 서너 가지 화전을 일구고 사는 웃말이라는 마을이 나타날 터이고, 웃말에서 망월암까진 가파른 비탈길이 계속될 것이다. 팔봉산의 남서편 기슭을 훑고 내려온 바람이 제법 맵다. 해안가를 걸어올 때에는 불지 않던 바람이다. 눈바람이라서 앞이 잘 뵈지 않는다.

그는 벙거지를 눈썹까지 내려쓴다.

길은 조금도 무섭지 않다.

오랜 세월 풍상을 마다하지 않고 길에서 길로 떠돌았던 경험 때문이 아니다. 이제는 기억조차 할 수 없는, 생生의 첫머리부터 그랬다고 그는 생각한다. 아주 어렸을 때부터, 그는 오히려 길로 나와 흐를 때가 마음이 제일 편안했다. 두렵고 불안한 모든 것들은 머물러 있을 때 만나는 것들이었지, 흐르는 길에서 만나는 것들이 아니었다. 흐르는 길에서 보는 모든 것은 그가 흐르듯 함께 흘렀고, 함께 흐르는 느낌으로 보는 모든 것은 서로 경계가 없이 한통속이 되고 말았다.

흐르면서 보는 삼라만상은 기실 얼마나 꽉 찬 세계인가.

그는 바람이 불수록 잰걸음을 놓는다.

예상대로 웃말마을이 다가든다. 마을은 사람이 살지 않는 듯 적막하다. 삽살개 한 마리가 두어 번 짖는 듯 마는 듯하다가 그를 뒤쫓아온다. 발목까지 파묻히는 눈길이다. 마을을 오른쪽으로 밀쳐내고 에움길을 돌아 빠지자 오르막이다.

그는 오르막 앞에서 멈추고 고개를 돌려 삽살개를 본다.

삽살개 역시 멈춰 서더니 그의 시선을 피해 눈안개로 뒤덮인 팔봉산 상봉 쪽을 무심히 올려다본다. 짐짓 시치미를 뗀 표정이 신계와 평산 사이에서 오래 전 그를 쫓아오던 어린 혜련 스님을 꼭 닮은 것 같다. 혜련 스님이 만약 이 세상 사람이 정말로 아니라면, 그 혼백이 삽살개의 눈 안에 박혀 있을지 모른다고 그는 잠깐 생각한다. 무심한 삽살개와 멈춰 선 그 사이로, 어린 나비 떼만큼 몸을 불린 눈꽃들이 푸짐하게 날린다.

"스님……"

그는 삽살개를 향해 합장하고 고개를 숙인다.

"그만 집으로 돌아가시지요. 길이 험한걸요."

그의 목소리를 따라 삽살개가 한번 이쪽 편을 쓱 돌아보더니, 놀랍게도 곧 돌아서서 마을 쪽으로 내려간다. 뛰는 것도 아니고 걷는 것도 아닌, 건들거리는 걸음이다. 삽살개의 발자국이 바람 때문에 금방 형체를 잃고 스러진다. 그 자신은 물론 삽살개와 삽살개의 발자국도, 나무도, 산도, 길도, 한통속이 되어 흐르고 있다. 가슴 깊은 곳에서 알 수 없는 충만감 같은 것이 은은히 솟아나 온몸으로 퍼진다. 혜련 스님이 살아 있든 죽었든 상관없다고 그는 이윽고 생각한다. 중요한 사실은 혜련 스님이 수없이 오고 갔던 그 길 위에 자신이 다시 돌아와 서 있다는 사실이다.

삽살개가 보이지 않게 되자 길은 다시 텅 빈다.

발자국조차 빠르게 지워지고 없으니, 좀전에 그곳까지 뒤쫓아온 삽살개는 환영이었던 것 같다. 몸이 눈송이처럼 가볍다.

그는 성큼 비탈길로 발을 내딛는다.

운판

혜련 스님이 처음 머리를 깎은 것은 열여섯 살 이른 봄이었다고 했다. 해주에서 열셋에 태안으로 시집온 혜련 스님의 막내이모가 백화산 밑 태을암 지척에 살았던 게 인연이 됐다. 막내이모는 절을 드나들며 태을암의 부엌일을 도맡아 했고, 본래 선원으로서, 해주 은율 의주까지 오가는 해운선을 따라다녔던 이모부는 부러져내리는 돛대에 맞아 반편처럼 된 후부터 태을암의 화부火夫로 살았다. 혜련 스님은 그래서 자연스럽게 불법에 들어가는 삼귀의三歸依의 길로 들어섰다. 자비로운 부처님 품에 들고, 거룩한 가르침에 귀 기울이고, 존귀한 스님들께 귀의하는 것이 삼귀의였다. 불교에서 말하는 인연법으로 보면, 이것이 있으므로 저것이 있고 저것이 있으므로 이것이 있을진대, 반역자로서 아버지가 처단된 것은 물론이고, 산에서 갓난쟁이 동생을 잃고 죽어가는 어머니까지 외진 동굴에 버려둔 채 떠나올 때부터, 혜련 스님의 그 길은 아마 정해져 있었을 터였다. 죽어가는 어머니를 버려두고 왔다는 것은 혜련 스님의 심중에 똬리 틀고 있는 가장 깊은 원결怨結이었다.

망월암은 본래 완성된 암자가 있던 곳이 아니었다.

누군가 오래 전, 암자인지 뭔지 건물을 짓다 말고 버려둔 것을 혜련 스님 스스로 이태에 걸쳐 억척을 부려 짓고 들어앉아 망월암이라 이름을 붙였다고 했다. 부처님을 모신 법당과 법당에 이어붙여낸 요사채는 너와집으로, 근동에 있는 해송을 베어 지붕으로 삼았고, 뒤편에 별채로 지은 건물은 초옥이었다. 말이 별채지 그가 그곳에 머물 때의 별채는 지붕이 새고 구들이 내려앉아 헛간이나 다름없었다. 애당초 망월암에 발걸음을 한 빌미도 암자로 올라가는 갈림길에 표지석을 새겨 세워달라는 주문과 함께, 법당 지붕 위의 너와들과 별채의 구들을 손볼 사람을 찾는다는 전갈을 듣고서였다. 청구도를 세상에 내놓고 그에 따른 『동여도지』 편찬을 서둘 때였으니까 아마도 무술년1838 정월이었을 것이다. 『동여도지』 편찬 자료를 확인하기 위해 태안 일대의 성지성地城와 진보鎭堡와 진도津渡 등을 뒤지고 다니느라 두 달 넘게 태안반도를 떠나지 못하고 있을 때였다. 아니, 젊은 날 태안에 들어온 왜인 비적을 다섯 명이나 때려잡은 적이 있다고 큰소리치곤 했던 아버지의 족적을 찾아 헤매는 길이었는지도 몰랐다.

처음 며칠은 스님 얼굴을 똑바로 볼 기회가 없었다.

스님은 밤이 깊어 자리에 누울 때를 빼곤 거의 하루 종일 불기라곤 없는 너와집 법당에서 나오질 않았다. 무슨 업장이 그리 많은 건지, 어쩌다 문틈으로 들여다보면 쉴새없이 오체투지로 부처님께 절을 올리고 있는 스님의 뒤꼭지만 보일 뿐이었다. 수많은 절에 머물러봤지만 이처럼 일구월심 원력願力을 바치는 스님을 만나는 일은 드물었다. 법당은 차디찬데 천 배 만 배를 바치고 있는 스님의 파르스름한 뒤꼭지는 땀에 젖어 투명체처럼 빛났다. 그 원력이 법당을 벗어나 화살처럼 이쪽 편으로 쏘아져나오는 느낌이었다. 어떤 순간은 문틈으로 들여다보고 있는 그 자신이 오히려 더 고통스러워 숨을 멈추고 뒷걸음질친 적도 있었다.

풀어야 할 원결이 깊고 깊어 그리 보였겠지요.

혜련 스님은 나중에 말했다.

문틈으로 들여다보곤 했던 그이가 혜련 스님이었고, 혜련 스

님이 오래 전 신계와 평산 사이에서 그를 뒤쫓아왔던 어린 소녀
였다는 것을 피차 알게 된 것은, 절에 머물고 이레나 지난 다음
의 일이었다.

너와지붕을 손보려면 썩은 너와를 갈아낼 새 너와가 필요했
다. 늙수그레한 공양보살의 시숙이 새 너와를 반동이나 구해놨
다고 했고, 그걸 가져오려면 늙수그레한 공양보살이 직접 시숙
을 찾아 마을로 내려갈 수밖에 없었다.

눈이 내리기 시작한 건 새벽부터였다.

공양보살이 절을 떠나자마자 눈송이는 이내 누에고치만큼 자
라 천지를 가렸다. 바다와 하늘이 한 몸뚱어리로 들러붙어 경계
가 없었다. 오시를 넘기면서 쌓인 눈이 한 뼘을 넘었고 저물녘엔
한 자가 됐다. 그러고도 눈은 사흘 밤낮을 그치지 않았다. 기온
까지 계속해서 뚝 떨어져 볕이 들어도 눈이 녹지 않는 게 또 문
제였다.

어렸을 때…… 해주에서 사셨지요?

어떤 저녁, 밥상을 밀어주며 스님이 물었다.

그가 해주에서 산 것은 향리인 토산현에서 도망쳐나온 열 살
때부터였다. 그는 놀라서 혜련 스님을 처음으로 똑바로 바라보
았다. 어떻게 해주를 아시나요, 라고 그가 물어볼 차례였지만 쉽

게 말문이 터지지 않았다.

해주에서 머문 것은 삼 년 남짓이었다.

해주댁의 친정오라버니인 육손이 아저씨는 사선私船 만드는 일에 종사하는 조선장造船匠이었다. 바다로 나가는 당도리선唐道里船을 만드는 기술은 해주에서 육손이 아저씨를 따를 자가 없다고 했다. 손가락이 여섯 개였지만 배 밑바닥에 내려가 저판底板 사이로 가새長楔를 통과시켜 쩍지게 판을 짜맞출 때의 육손이 아저씨는 날렵하기 이를 데 없었다. 어린 그는 주로 선미재船尾材를 깎거나 판재의 틈 사이에 물막이로 밥을 치는 일을 했다. 판재 틈새를 막는 물막이밥은 대나무 속을 긁어모아 콩기름을 섞어 만들었는데, 대나무 속을 긁어모으는 일도 어린 그의 차지였다. 삼 년이 지나서야 이물이나 고물에 횡판橫板을 가로지르는 일을 겨우 맡을 수 있었지만, 떠나고 싶은 마음에 오금이 저려, 끝내 조선장이 일을 그만둔 것은 그의 나이 열네 살 무렵이었다.

나중에…… 큰 조선장이가 되실 줄 알았었지요.

혜련 스님이 덧붙였다.

웬걸요. 해주에선 삼 년 만에 떠났는데요, 라고 그가 간신히 대답했고, 알아요, 라고 스님이 금방 추임새를 넣었다. 헤어지고 수십 년, 이 외진 암자에서 어린 시절 보았던 그 소녀를 다시 만나다니, 참으로 놀라운 재회가 아닐 수 없었다. 혜련 스님은 그

시절 해주 인근의 수양산 아랫마을에 있는 큰이모네에 얹혀살았
다고 했다. 일 년이면 몇 차례씩 큰이모를 따라 해주시장에 나왔
다가 틈을 봐서 조선거리로 달려와 판재들을 깎고 있는 그를 몰
래 훔쳐보곤 했다는 말도 덧붙였다. 돌이켜보니 그 자신도 신계
평산 사이에서 처음 만났던 어린 혜련 스님을 해주 집터에서 몇
번쯤 부딪쳤던 것 같았다. 우연인 줄 알았는데, 우연이 아니라
그쪽에서 그를 보기 위해 일부러 눈앞에 알짱댔던 모양이었다.

　뭐랄까요, 그냥 기대도 좋은, 오라버니 같은 느낌이었어요.

　그랬던가요……

　가슴이 벅차서 그는 말끝을 제대로 맺지 못했다.

　해주 장에 큰이모가 나가는 날을 늘 손꼽아 기다리며 살았던
시절이었어요. 오라버니를 뵐 욕심으로요. 워낙 어리고 가슴에
맺힌 게 많았던지라…… 해주까지 길잡이해준 분이라 여기고
그랬던 게지요.

　……

　혜련 스님은 자연스럽게 그를 오라버니라고 불렀다.

　큰이모를 따라 해주 장으로 나갈 양이면 전날부터 잠이 잘 오
지 않았다고 했다. 선미재를 깎다가 허리를 들어올리면 저만큼
국밥집 마당귀에 서서 이쪽 편을 바라보고 있는 계집아이의 맑
은 눈빛과 맞부딪칠 때도 있었다. 종이에 싼 인절미나 누룽지를

국밥집 울타리에 걸어놓고 가져가라면서 손짓하던 계집아이 모습도 떠올랐다.

까맣게 잊혀졌던 기억들이었다.

한번 실마리가 풀리자 기억은 또다른 기억을 불러내고 또다른 기억을 불렀다. 신계 평산 사이에서 처음 보았던 풍차 쓴 계집아이가 국밥집 앞의 그 계집아이라는 걸 깨달은 것은, 계집아이가 인절미를 국밥집 울타리에 걸어놓고 가져가 먹으라고 손짓을 했을 때였다. 내게 인절미를 갖다준 적도 있었지요, 라고 그가 말했고, 오라버니는 처음 만났을 때, 찐 감자를 갯가 돌 위에 놓아주었는걸요, 혜련 스님이 고요히 웃으며 맞장구를 쳐주었다. 그때 제 나이 불과 일곱 살이었어요. 아버지 어머니 다 잃고…… 해주로 가서 이모네를 찾으라는 어머니 말 따라 혼자 가던 길인데, 오라버니가 길잡이가 돼주셨지요. 길잡이는커녕 그는 한사코 계집아이를 쫓아보내려고만 했었다. 찐 감자를 돌 위에 내려놓아준 것도 쫓아보내기 위해서였다. 오라버니는 아마…… 모르셨을 거예요. 평산을 넘어서부터는 알아차리지 못하게 멀찍이 떨어져서 쫓아갔는걸요. 그땐…… 지금처럼 눈이 늘 내렸어요. 평산에서 해주까지…… 그 산속…… 오라버니 발자국이 없었으면 길을 잃어 얼어 죽었을지 몰라요. 오라버니는 처음으로…… 혼자 세상에 나선 저의 길잡이가 돼주신 분이세요.

그때 어린 스님이 쓰고 있던, 풍차가…… 생각나요.

예. 어머니가 씌워주신 것이었어요. 제 나이 일곱 살 때…… 어머니는…… 산에서 돌아가셨지요……

산이라면?

고달산이라고 혹 아시는지요. 죽어가는 어머니를 고달산 상봉에 두고 산을 내려온, 모진 사람이었습니다, 제가.

그게 언제?

고달산이라는 말에 가슴이 털썩 내려앉았다. 밤새 이야기는 끝이 없었다. 참으로 깊은 인연이었고, 놀라운 만남이었다. 고달산 상봉에서 엇갈리며 맺은 인연이 길로 나와 해주로 이어졌다가 이십여 년 만에 태안반도 고절한 암자에서 다시 만나 맺어지고 있었다.

눈이 그치고 나선 저녁마다 달이 밝았다.

달빛 아래에선 바다와 땅과 집과 나무들의 경계가 다 모호해졌다. 혜련 스님은 밤에도 자주 법당에 있었고, 그는 불기 없는 별채 문구멍으로 달빛을 받고 있는 멀고 가까운 바다를 내다보았다. 표지석을 새기느라 무리를 해서 그랬던지, 낮부터 몸이 까무룩 가라앉는 듯하다가 눈앞이 아슬아슬 신열이 나기 시작한 것도 달이 휘영청 밝은 저녁이었다.

저녁 예불을 끝낸 혜련 스님은 마당귀 우물가에 서 있었다.

신열에 들떠 그런 것인지, 그날은 멀고 가까운 느낌도 없고 밝고 어둔 명암도 없었다. 관절들이 시시각각 주저앉는 것 같기도 했다. 문구멍으로 내다보았더니, 키 작은 우물가의 사철나무 위로 솟아오른 혜련 스님의 옆얼굴이 환영처럼 눈에 들어왔다. 왜 그런지 모를 일이나 바로 그 순간, 고달산 상봉의 굴속에서 아침 햇빛을 사선斜線으로 받고 있던 여자의 젖가슴이 벼락치듯 떠올랐다. 간밤에 죽어라고 빨았던 젖가슴엔 그 자신이 이마로 눌렀던 자국이 너무도 선명히 남아 있었다. 그때까지만 해도 그 여자가 혜련 스님이 버리고 온 어머니라고까진 아귀를 맞추어 생각하지 못했는데, 그러나 달빛 사이로 솟아난 혜련 스님의 옆얼굴을 보고 있자 웬일인지 이마 자국 때문에 기형적이었던 그 젖가슴이 생생히 되살아났다. 그이가 바로 혜련 스님의 어머니였다. 어린 딸을 살리려고 그 어머니가 살차게 일곱 살 혜련 스님을 떠나보낸 직후, 그가 그곳에 당도했던 것이었다.

신열이 더불어 가파르게 솟아나고 있었다.

그날 밤의 달빛은 깊고 찐득하고 원융圓融했다.

아니, 그저 원융하기만 한 것이 아니라 음흉해 보였다. 부드럽고 원융한 광채 뒤에 차갑고 뾰족한 수천수만의 칼끝을 감춰놓은 것 같았다. 석 자가 넘음 직하게 내려쌓인 눈 때문에 바다와 산의 구분도 전혀 없었다. 천지만물이 다 흰빛에 젖어 있었고, 젖은 것들이 젖은 대로 포개지고 쌓여져, 이를테면 달빛은 중층의 희끄무레한 막을 이루고 조금씩, 그러나 급격하게 제 품을 넓혀가고 있었다.

그것은 고요하지만 포악했다.

그 무엇도 감히 달빛의 진군을 막아낼 수 없을 것 같았다. 달빛이 닿으면 바다도 녹아서 달빛이 됐고 산도 녹아서 달빛이 됐다. 우물가에 선 혜련 스님의 옆얼굴은 모시가면을 쓴 것처럼 이미 원융한 흰빛이었다. 아버지도 눈 쌓인 고달산 기슭의 흰빛 속에서 죽었고, 평안도 북단 어디쯤에서, 형 또한 달빛과 같은 흰빛에 뼛골이 꿰뚫려 죽었을 터였다. 그는 신열에 들뜬 채 문구멍을 통해 어릿어릿, 혜련 스님을 숨죽이고 보았다. 혜련 스님의 이목구비가 달빛을 받아 잔물잔물 녹아들기 시작하고 있었다. 살이 녹고, 코뼈, 턱뼈, 잇몸이 녹고, 두개골도 곧 녹아 내려앉겠지.

안, 안 돼요, 스님. 그곳에 있음 안 된다구요!

소리치려고 했지만 목청이 터져나오질 않았다.

바다도 달빛과 만나 곧 녹아 없어졌고 산도 삭아 없어졌다. 그는 그렇게 느꼈다. 손발이 부들부들 떨리고 앞니가 딱딱딱 소리

내며 부딪치고 있었다. 달빛이 빠른 속도로 삭아 내려앉기 시작한 혜련 스님의 눈과 코와 귓구멍을 통해 재빠르게 내장과 뼛골 속으로 흘러드는 게 환히 보였다. 혜련 스님이 녹아 없어질 차례였다.

스님……

그는 간신히 손을 뻗어 별채 문을 왈칵 열어젖혔다.

토방 아래로 몸이 굴러떨어진 건 순식간의 일이었다. 혜련 스님이 깜짝 놀라 고개를 이쪽으로 돌린 것과 그가 혼절한 것은 거의 동시였다. 토방 아래로 굴러떨어진 그의 몸은 그야말로 불덩어리였다.

열이 아직 그대로예요. 더 주무세요.

혜련 스님의 말이 멀리서 들렸다.

여닫이문 창호에 밝은 햇빛이 가로질러 비치고 있는 걸 슬쩍 일별하고 나서야 그는 비몽사몽, 아침이 왔다는 걸 알아차렸다. 밑자리가 뜨뜻한 걸로 보아 지금 그가 누워 있는 방은 아마 혜련 스님의 방인 것 같았다.

안 돼. 일어나야 돼.

그러나 마음뿐이지 몸은 너무 무거워 방바닥에 착 들러붙어 있었다. 물소리가 나고, 차가운 수건이 이마 위로 얹어졌다. 혜

련 스님이 밤새 그 옆에서 그를 지키고 있었던가보았다. 뼈마디
는 아직도 여전히 통째로 끓는 물 속에 있었다. 처음부터…… 불
기 없는 별채에서 주무시게 해서는 안 되는 것이었어요, 라고 말
하는 혜련 스님의 목소리가 아주 멀리 들렸다. 혜련 스님의 젖은
손이 다시 이마로 왔다. 요와 이불도 그가 깔고 덮었던 것이 아
니었다.

그는 눈을 다시 감았다.

눈이 석 자나 쌓였으니, 길이 터지려면 두 이레 세 이레가 걸
릴지도 몰랐다. 전생에 이미 이루어져 현생의 결과를 초래하는
숙세인연宿世因緣이란 말이 불현듯 떠올랐다. 그것은, 어떤 예감
이라고 불러도 좋을 감정이었다.

스님의 젖은 손이 관자놀이 솜털들을 슬몃, 스치고 지났다.

봄날, 죽순들이 숨가쁘게 뻗어나올 무렵, 대나무숲 한가운데
서 맡았음 직한 냄새가 혜련 스님으로부터 비밀스럽게 그에게
건너오고 있었다. 그는 여전히 비몽사몽간에 있으면서 그러나
어느 순간, 말할 수 없이 깊고 푸른 갈망을 느꼈다. 죽음에 대한
갈망인 것도 같고 죽음을 넘어서는 그 어떤, 혁신에 대한 갈망인
것도 같았다. 안타깝지는 않았다. 안타깝기는커녕, 먼 길을 걸어
서 마침내 어머니의 집에 당도한 것처럼 따뜻하고 포근한 느낌

이 들었다. 모든 사람의 목숨을 살리는 더 완전한 지도에 대한 차갑고 옹골진 갈망과 달리, 그것은 따뜻하고 자애로운 갈망이었다. 잠이 때맞추어 그를 가만가만 끌어당겼다.

그는 이윽고 고요히 잠들었다.

눈길을 헤치고 간신히 당도한 망월암에서 일찍이 어린 순실이를 그에게 데려왔던 늙수그레한 공양보살을 다시 만난 건 정말 행운이 아닐 수 없는 일이다. 공양보살은 절을 아주 떠나 살다가, 몇 년 전 남편을 저세상으로 먼저 보낸 뒤, 이태 전에 다시 망월암으로 돌아왔던 모양이다.

늙수그레한 공양보살은 눈썰미가 좋았다.

한눈에 그를 알아보고 아이구, 김목수 맞네, 했으나 오히려 그는 공양보살을 알아보지 못해 눈만 꿈적꿈적하고 있었을 뿐이다. 어린 순실이를 약현마을로 데려올 때의 펑퍼짐한 중늙은이 보살은 어느새 백발노파가 되어 있었고, 이가 다 빠져 합죽한데다 주름살투성이요 허리까지 잔뜩 굽어 있었기 때문이다. 그가 전해준 순실이 소식을 듣곤 한참이나 우는데, 소리만 날 뿐이지 늙어서 눈물조차 나오지 않는다. 공양보살 때문에, 스무 해가 얼마나 긴 시간인지 그는 새삼 섬뜩하게 느끼고 확연히 본다.

아침.

아침공양을 마치고 난 뒤끝이다.

어제 내렸던 눈은 다 꿈이었다는 듯 햇빛이 쨍쨍하다. 그는 바랑을 메고 대지팡이를 짚은 채 토방 아래 내려서 있고, 늙은 스님은 토방 위에 서서 먼바다를 슬쩍 바라보고 괜히 헛입맛을 다시고 있다. 간밤에 내려쌓인 눈이 어림잡아 한 자는 됨 직해 보인다. 골짜기나 굽잇길은 바람에 휩쓸려온 눈 때문에 내디디면 발이 무릎까지 눈 속으로 빠져들 게 틀림없다.

"아무래도 좀더 유하시다 눈이 녹은 후에……"

"괜찮습니다. 워낙 험한 길을 많이 다녀봐서요. 그나저나 공양보살님이 어디 계신가요? 마지막으로 한번 더 뵙고……"

"좀전까지 예 있었는데……"

노스님이 부엌 쪽을 시늉으로만 돌아본다.

예전과 달리 요사채가 한 채 더 늘어난데다 법당에 기와를 올려, 망월암은 전에 비해 훨씬 절 티가 난다. 요사채 뒷마루에 나와 앉아 있던 젊은 두 비구니가 그와 시선이 부딪치자 얼른 바다 쪽으로 고개를 돌린다. 햇빛 때문에 바다는 수천의 은빛 비늘을 화사하게 매달고 있다.

"이건, 예전에 없던 건데요."

그가 부엌 앞에 걸린 운판雲版을 가리킨다.

운판은 이름 그대로 뭉게구름 모양으로 자른 쇠판으로, 흔히 재당齋堂이나 부엌 앞에 달아두고 공양시간 등을 알릴 때 두들겨 소리를 내는 법구法具의 한 가지다. 구리로 만든 운판이 좀더 품격이 높다 하겠는데 망월암 운판은 얇은 쇠판으로, 여기저기 녹이 슬어 운판 안에 눌러새긴 진언眞言이 잘 보이지 않는다. 그는 손차양으로 햇빛을 가리고 미간을 모은 뒤 운판을 들여다본다.

南無阿彌陀佛

녹이 슬어 분명하진 않지만 운판에 음각된 건 '나무아미타불' 이다. 서툰 글씨로, 절 식구 중의 누가 얇은 쇠판을 구해다가 정과 끝을 이용해 여섯 글자를 소박하게 새긴 듯하다. 글씨체가 어딘지 모르게 낯익어 보인다. 그는 글씨체에 눈을 박고 운판을 가볍게 두들겨본다. 시작은 거친 쇳소리가 나지만 끝의 울림은 의외로 부드럽다.

"내가 빈 절로 들어올 때부터 이게 걸려 있었다우."

노스님이 그처럼 손차양을 하며 설명을 보탠다.

바로 그때 가슴 어딘가에 찌르르 하는 동통이 날카롭게 지나간다. 찬물에 손을 담갔을 때같이 온몸이 서늘해지면서 눈앞으로 그것과 다른 몇몇 글자가 다급히 떠올랐기 때문이다. 그는 숨을 죽이고 더욱 미간을 모으고서 운판의 글자를 보고, 환영으로 떠오른 글자를 또 본다.

孺人海州鄭氏之墓

환영으로 떠오른 글자는 고달산 상봉, 누가 만들었는지 모를 돌무덤 사이에서 보았던 각지석의 여덟 글자다. 이리저리 아귀 맞춰볼 때 틀림없이 혜련 스님의 어머니이자 죽어가면서 어린 그에게 젖을 물려주었던 바로 그분, 유인 해주 정씨. 그런데 그 각지석의 글씨들과 지금 그가 보고 있는 운판의 글씨체가 서툰 솜씨는 물론이고 삐친 획들과 거친 작업방식까지 너무도 닮아 있지 않은가.

늙수그레한 공양보살이 뒤란에서 나온다.

그는 운판과 공양보살을 번갈아 본다. 간밤에, 혜련 스님에 대해 생사여부는 고사하고 아무것도 아는 게 없다고 버티던 공양보살이다. 보살은 눈 속의 산을 내려갈 그를 염려해서 헛간을 뒤져 설피雪皮를 찾아가지고 온 모양이다. 발에 붙여 신으면 눈 속으로 깊이 빠지지 않도록 고안된 눈신발이 설피인데, 보살이 들고 온 설피는 칡등걸로 촘촘하게 마무리돼 한눈에 봐도 질이 좋아 보인다.

"옛수, 이걸 신고 가시구려."

"보살님, 이 운판 말인데요, 이거…… 혜련 스님이 손수 만든 거지요?"

"뭔 소리인지…… 난 그런 거 잘, 잘 몰라요."

공양보살이 당황해 얼굴을 붉힌다.

"이런 글씨체를 황해도 토산과 곡산 사이…… 고달산 상봉의 돌무덤에서도 봤어요. 혜련 스님의 고향이 곡산현이지요. 내가 눈썰미 좋다는 건 보살님도 잘 아시잖아요? 혜련 스님의 글씨들을 내가 왜 못 알아보겠어요? 더 속일 생각은 마세요. 예전, 내가 이곳에 머물 때는 없었던 것이니까 틀림없이 나중에 혜련 스님이 만든 거예요. 이제 알 만한 것은 다 알았으니, 더이상 감추려 말고 말을 해주세요. 살아 있다는 건 알아요. 이게 그 증좌지요. 고달산에서 혜련 스님이 새긴 각지석을 보고 이미 알았던 일인걸요. 지금 어디에서…… 어떻게 지내는지…… 보살님은 다 알고 계시지요?"

"……"

"보살님!"

"그, 그게…… 이 운판은 절을 떠, 떠날 때 만들어 달았던 것이구…… 그때…… 그러니까 순실이를 김목수한테 데려갈 때…… 그러니까 거기가……약, 약현마루던가 뭔가, 암튼 그날 헤어지고…… 다시는 못 만났다우. 헤어질 때 황해도 고향에 들렸다가…… 경상도 어디, 따뜻한 남녘 바닷가로 간다는 말은 했지만서도……”

“그럼 순실이 데려올 때, 그 약현골 우리집까지…… 혜련 스님도 함께 왔었다는 겁니까?”

“그게…… 어떻게 된 것인가 하면…… 스님은 고개 위에 숨어 있고…… 한사코 내게 순실이를 데려가라고 하셔서…… 순실이를 놓고 되짚어 올라오니 스님은 이미 거기 없습다. 그게 끝이라우……”

“세상에……”

그는 중얼거린다. 보살에게 맡겨 어린 순실이를 그에게 보내고 약현마루에 숨어서서 그가 딸을 처음 만나는 걸 보고 있는 혜련 스님 모습이 가뭇가뭇 떠오른다. 혜련 스님은 아마 순실이를 그에게 맡기고 난 뒤 곧장 어머니의 유해를 수습하고자 고달산 상봉으로 찾아갔던 모양이다. 가슴이 찢어지는 듯 아프다.

“가신다는 데가…… 경상도 어디……라곤 말씀 없으셨나요?”

그가 한참 만에 간신히 묻는다.

“태을암에 가 물어보시면 혹시……”

“……”

그는 비로소 발작적으로 대지팡이를 들어 운판을 친다.

운판이 휘우뚱휘우뚱, 까들막거리면서 쇳소리를 낸다. 청둥
오리 몇 마리가 팔봉산 정수리를 넘어오더니 바다 쪽으로 가파
르게 내리꽂힌다. 노스님이 두 손을 합장하며 나무관세음보살,
웅얼거린다. 나무南無는 부처님의 정토淨土로 돌아간다는 뜻이다.
절을 떠나기 전에 마지막으로 운판에 '南無阿彌陀佛'을 새기고
있는 혜련 스님의 모습이 본 것처럼 아련히 떠오른다. 혜련 스님
은 당신의 염원과 갈망을 그 여섯 글자에 새겨넣었을 것이다.
　그는 이윽고 설피를 발밑에 단단히 동여맨다.
　부처님의 정토에 가려면 십만억 리 불국토를 지나가야 된다
는 말이 가슴을 치고 들어온다. 길은 끝나는 법이 없다. 앞서 걷
는 자가 지도를 만든다. 그는 새삼 가슴이 부풀어오르는 것을 느
낀다. 먼 길이 그를 기다리고 있기 때문이다.
　"보살님, 설피 고맙습니다."
　그의 목소리는 어느새 맑고 청랑하다.

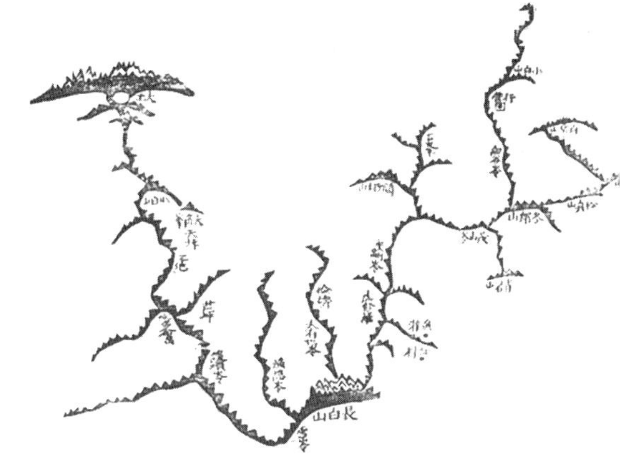

제3장 국경

평생 꿈꾸어온 것이 무엇이었던가.

조정과 양반이 틀어쥔 강토를 골고루 백성에게 나눠주자는 것이고, 조선이라는 이름의 본뜻이 그러하듯, 강토를 세세히 밝혀 그곳에서 명줄을 잇고 있는 사람살이를 새롭게 하고자 한 것뿐이다. 땅의 흐름과 물의 길을 잘 몰라 떠도는 사람은 더이상 없어야 한다. 그뿐이다.

편권

'선명(鮮明)하다'는 것은
'해 뜨는 동쪽(日)에서 달 지는 서쪽(月)까지의 넓은 지역을 밝혀주어(明)
사람을 새롭게 한다(鮮)'는 뜻으로 볼 수 있고
'땅이 동쪽에 있어 해를 가장 먼저 밝힌다'는 뜻도 있다.
그래서 조선(朝鮮)이라 한다.
_김정호, 대동여지전도 서문

태안을 등지고 나서도 그는 계속 해안을 따라 걷는다.

고달산에서 해주를 거쳐 태안으로 달려내려올 때와 달리, 마음이 한없이 느긋하다. 망월암을 나온 뒤 태을암에 들렀다가 곧 남행길로 들어선 참이다. 더구나 이 서해안 지역은 이미 대동지지에 수록할 편목별 내용들을 거의 확인해둔 뒤라서 일에 대한 부담도 없다. 그저 낮엔 주유천하周遊天下 걸음새로 걷고 밤엔 아무 곳이나 밤이슬만 피하면 된다. 혜련 스님을 찾아 만나든 만나지 않든, 그것이 뭐 그리 다르겠는가.

회자정리會者定離라 일렀으니, 만유무상萬有無常이다.

혜련 스님이 남해 어느 곳에서 살아 있다는 것을 확인한 것만 해도 큰 은덕이 아닐 수 없다. 더구나 살아서 부처님 품 안으로 다시 돌아갔다 할진대, 어디 있든지 간에 혜련 스님에겐 당신 머리 둔 곳이 곧 불국토佛國土일 터이다.

그는 보령, 서천, 옥구를 차례로 지난다.

그사이, 동장군이 스리슬쩍 꽁무니를 빼기 시작해 옥구의 비옥한 들판을 지날 땐 묘허가 내준 털토시가 오히려 부담스럽다. 오며 가며 길에서 만났던 사람들을 다시 만나는 재미도 쏠쏠하다. 먼 길을 떠다니는 사람들은 떠다니는 게 보통 생업인지라, 이곳에서 만날 때도 있고 또 저곳에서 만날 때도 있다. 벌써 몇 번째 와봤던 길이니까 더욱 그렇다. 몇 차례나 신세를 졌던 방앗간 주인은 아직도 방앗간 주인으로 늙어가고 있고, 전라도 충청도를 종횡무진으로 누비고 다니는 보부상이나 상단 접주들은 여전히 제 길로 활기차게 흘러다닌다. 이쪽 편에서 혹시 못 알아보

면 저쪽 편에서 먼저 알아보고 반색하여 달려든다. 말하지 않아
도 미리 알아서 보부상끼리 베껴가지고 다니는 새로운 필사본
지도를 대지팡이 속에 넌지시 말아넣어주는 사람들도 많다. 길
에서 만난 연분은 길에서 다시 만날 때에 제일 반갑다. 길동무끼
리는 인심도 후해서 먹고 자는 일에도 네 것 내 것이 따로 없다.

"아이구 이 사람, 고산자!"

"허어, 이게 누구여. 그때, 곡성에선가, 마지막 만나고 첨일세
그려. 그게…… 오 년쯤 됐던가."

"갑인년에 만났으니 오 년이 아니라 칠 년일세. 곡성이 아니
라 나주 장터였지, 아마. 그나저나 노심초사하시던 지도인가 뭔
가는 다 그렸는가."

"뭐 그럭저럭……"

"임자 만나면 줄려고 내 전라도 땅 보부상 놈들 갖고 다니는
지도는 모조리 베껴놨다네. 숙소 안 정했으면 우리 방으로 함께
가세."

"그땐 춘부장을 모시고 다녔었는데……"

"세상 뜬 지 한참 됐네."

이런 식이다. 주막에 들러 막걸리라도 한 잔씩 나누다보면 골
골마다 다르게 지난 사람들의 꿈도 환히 짚이고, 여한도 짚이고,
무엇보다도 그들이 밟고 지나온 땅의 형승形勝은 물론 잡초에 묻

힌 고읍과 고성, 봉수대, 역참, 누정樓亭, 토산土産, 사원 등이 한 달음에 짚여나온다. 먹고살기 위해 길을 따라 흐르는 사람들의 머릿속에 간직된 지도는 그 길흉과 고저, 완급은 기본이고, 역사, 풍속, 산물에 이르기까지 관아가 갖고 있을 군현도와는 비교가 안 될 만큼 섬세하고 정확하다.

그들에겐 지도가 곧 목숨줄이기 때문이다.

나라가 권력을 유지하기 위해 지도를 비변사 비밀곳간에 한 사코 감춰두고 있을 때에도 그들은 먹고살기 위해 스스로 지도를 그려 동행자와 기꺼이 나눠 갖는다. 대동여지도를 완성하고 방대한 지지를 편찬하는 데 있어 제일의 조력자는 그러므로 그들이다. 그들은 심지어 일찍이 그 어떤 지도에도 나타나지 않았던 비옥한 땅을 찾아내기도 하고, 잡초에 묻혀 유실된 의미 깊은 성지나 진보鎭堡를 드러내어 끊어질 뻔한 역사를 올곧게 되살리기도 하며, 그곳으로 가는 길과 다리를 만들어 기꺼이 국토를 시간과 공간 사이로 넓혀놓기도 한다. 상단의 유명한 접주나, 패랭이 쓰고 물미장勿尾杖 짚고 다니는 늙은 행상들 사이에서, 그가 지도에 미친 사람으로 소문난 것은 이미 오래 전의 일이다. 게다가 관아에서 돈을 주고 그에 따라 지도를 그리는 사람이 아니라 스스로 백성의 안위와 생업을 위해 지도에 미쳤다고 알려진바, 골수 보부상이나 상단 행수 들과 그가 호형호제할 수 있는 것은,

떠도는 그로선 크게 다행스런 일이 아닐 수 없다.

변산을 지나 고창을 넘어드니 목포가 지척이다.

목포 유달산 기슭의 매화들은 벌써 꽃망울을 맺고 있다.

그는 한때 군자감軍資監에서 종팔품 봉사奉事 직책을 맡았다가 벼슬아치들의 붕당정치가 싫다고 낙향해 있는 봉사 어른댁 사랑에 들었다가 위당 신헌의 소식을 듣는다. 오랫동안 무주에 유배됐다 돌아와 도성에 머물러 있던 신헌이 삼도수군통제사三道水軍統制使를 제수받고 통영으로 내려갔다는 소식이다. 삼도수군통제사는 충청, 경상, 전라도의 모든 수군을 거느린 종이품의 막강한 관직으로서, 그가 유배되기 전 역임했던 금위영대장에 비해서도 영전이나 다름없다. 마침내 신헌이 화려하게 명예를 회복한 셈이다.

그는 곧 목포를 떠나 나주, 장흥을 지나 순천까지 나아간다.

이제 완연한 봄이다.

봉사 어른의 친절로 복색도 가볍게 갈아입고 나온 참에, 매화가 피고 곧 산수유가 올라와 산천이 아름답기 이를 데 없는지라, 나아가는 걸음걸음이 가볍고 튼실하다. 순천에서 동진해 광양으

로 간 뒤 하동골을 내다보며 섬진강을 돌아넘는다. 물가에 피어
난 매화들이 섬진강 맑은 물에 거꾸로 박혀 있다.

고개를 들어도 꽃이요 고개를 숙여봐도 꽃이다.

부지런한 농부들은 벌써 밭갈이를 시작한 터, 시시때때 샛밥
을 얻어먹는 재미도 흡족하다. 작년에 흉년이 든데다가 관의 가
렴주구가 심해 먹고사는 건 피폐하기 이를 데 없을지라도, 밑바
닥 삶에서 우러나는 인정의 샘은 여전히 마르지 않는다. 지리산
에서 흘러내린 물이 화개골 골골을, 혹은 성난 듯, 혹은 찡그린
듯 흘러와, 하동벌을 적시고 쪽빛 남해로 흘러든다. 산천경개 빼
어나고 기화요초 푸르게 돋아나니, 비록 가난할망정 들녘 일터
에서 농부들의 노랫소리가 끊이지 않는다. 천지가 수륙만리, 끝
없이 넓다 하지만, 이처럼 빼어난 강토가 다른 데 또 있을 리 없
을 것 같은 생각이 절로 든다.

동국의 화개들은 병 속의 별천지라네
선인이 옥베개를 밀치고 깨어보니
세상은 홀연히 천년이 지났구나

일찍이 청화산인이라 불리었던 이중환이 살기 좋은 고장을
가려 뽑아 두루 살피고 나서 상재한 지리서 『택리지』에 보면, 이

부근 일대를 묘사한 이런 시가 나온다. 신미년1571에 한 스님이 바위 사이에서 우연히 종이 한 장을 주웠는데, 거기에 시가 씌어 있었으며, 필법은 세상에 전해 내려오는 고운 최치원의 그것과 똑같았다는 것이다. 최치원은 신라 진성왕 사람으로, 청화산인이 『택리지』를 펴낼 때를 기준 삼아도 무려 팔백여 년이라는 시간이 떨어져 있다. 『택리지』에 나오는 스님이 주운 시가 최치원의 글씨일 리는 없으려니와, 그만큼 이곳의 경개가 빼어나다는 뜻일 터이다.

선경이 아니면 한숨 자는 사이 어찌 천년 세월이 흘러가겠는가. 게다가 더욱 가슴 뿌듯한 것은 한소끔 잠 속에서 천년이 훌쩍 흘러갈 만한 선경이 여기, 섬진강 주변에만 있는 게 아니라는 사실이다. 동북방 경흥慶興으로부터 남쪽 기장機張에 이르기까지 3,615리, 동쪽 기장에서 서쪽 해남海南에 이르기까지 1,080리, 남쪽 해남 땅으로부터 북쪽 땅끝 통진通津에 이르기까지 1,660리, 또 통진에서 서북방 의주義州에 이르기까지 1,686리가 다 영롱하고 아름답다. 이 빼어난 강토를 품 안에 들여놓고 한눈에 보아 알도록 지도로 그려낼 수 있는바, 생각하면 그 자신, 얼마나 복받은 사람이라 할 것인가. 가슴이 뜨겁고 눈이 밝아져서 그는 꽃그늘 밑에 오래오래 앉아 있다. 어디에 있든지, 그리운 혜련 스님도 이 아름다운 남해 어디에 살아서 깃들여 있을 터이다.

매화꽃이 무리져 강물로 연방 투신하고 있다.

신헌이 삼도수군통제사를 제수받은 걸 축수하고자 통영에 내려와 있던 혜강 최한기를 만난 것은 정말 행운이다. 통영에 내려온 지 꼭 사흘이 지났다고 하니, 이리 우연히 만나는 것이 미상불 범상한 인연이 아니구나 싶다.

"아이구, 혜강!"

"이 사람, 어디를 떠돌다가 오나?"

두 사람은 정인을 만난 듯 손을 부여잡는다.

혜강 뒤에 서 있는 이들은 오주 이규경五洲 李圭景과 난고 김병연이 아닌가. 오주거사로 더 알려진 이규경은 충청도에 살고 있어 오다가다 들러 신세를 여러 번 졌던 참이라 낯설지 않고, 김병연은 청구도를 완성했을 때, 혜강이 한양의 다방동 어느 기생집에 몇몇 실학자들과 함께 불러 생일잔치를 해주던 날 만나고 처음이다. 금강산 삼일포 근처에서 처음 우연히 만났을 때의 김병연은 불과 스물서넛 됐었을 것이고, 다방동에서의 김병연은 서른이 채 되기 전이었던 듯하다.

모두 반갑게 수인사를 나눈다.

오주거사는 다섯 살 위로서, 사석에선 형님이라 부르는 처지라 맞잡는 손이 정답기 그지없다. 혜강이 한양에서 내려오며 오주거사의 집에 들렀다가 동행해온 모양이다. 평생 벼슬도 마다하고 향리에 묻혀 살아온 오주거사는 천문, 역수曆數, 역사, 지리, 서화에 두루 밝아 고금사물古今事物을 꿰뚫는 반듯한 사람으로서, 방대한 저작물 『오주연문장전산고五洲衍文長箋散稿』로 실학자들 사이에 이미 문명이 높았는데, 여러 해 만에 만났는데도 여전히 얼굴은 유순하고 눈빛은 청정하다. 그이에 비해 김삿갓 난고는 늘 그렇듯, 찌그러진 삿갓에 철 지난 도포를 걸치고 있으나, 예전의 기백과 총기 서린 눈빛은 온데간데없이, 바싹 마르고 주름살투성이인 게, 속병이라도 깊이 든 것 같은 얼굴이다. 혜강과 그에 비해 네 살이나 아래지만, 혜강과 그는 물론이고 오히려 오주거사보다 더 늙어 보인다. 행색이 애련해, 어찌어찌 통영에 흘러들어온 난고를 신헌이 수소문해 불러다가 방 한 칸을 내주고, 벌써 열흘째 몸조섭을 시키고 있다 한다. 아래위 사람들을 두루 잘 챙기는 신헌의 인품은 예전처럼 여전히 넉넉하고 정답다.

세병관洗兵館은 위풍당당한 건물이다.

그 동안 여러 번 통영에 들렀으나 통제영統制營 안뜰까지 세세히 둘러보는 것은 처음이라서 그는 계속 벌린 입을 다물지 못한다. 세병관을 중심으로 여러 건물들이 즐비해서 통제영 자체가 하나의 큰 도성을 이루고 있다. 세병관에 이어 백화당, 운주당이 팔작지붕을 떠받들어 서 있고 중영中營과 병고兵庫와 12공방들과 내아內衙들이 열을 지었으며, 수강루受降樓와 망일루望日樓가 추녀를 맞댄 듯 우뚝하다.

"조선 수군의 기개가 절로 느껴지네그려."

"그럼요. 임란 때 같은 고초야 어디 또 겪겠습니까."

오주거사가 말하고 혜강이 맞장구를 친다.

혜강은 묘허를 통해 순실을 피신시키려고 그가 도성을 황급히 벗어난 그날의 일을 모두 들었던 모양이다. 묘허가 대동여지도를 보다 작은 규모로 축약하여 목판본 지도를 새기려 하고 있다는 이야기를 그는 듣는다. 떠나기 전에 이미 묘허에게 허락을 해두었던 일이다. '대동여지전도'라는 이름도 함께 상의해둔 바 있으니, 묘허로서는 그 작업을 속도감 있게 추진할 것이다. 하기야 대동여지도는 휴대하기 간편한 목판본으로 제작했다 하더라도 분량이 서책 한 권이요, 그걸 목판으로 만드는 데 드는 비용 또한 일반 백성으로선 큰돈이 들 터이다. 그런 점에서, 본래의 대동여지도보다 규모가 작고 휴대가 간편하며 알아보기 쉽게 제작된다면, 지도를 모든 백성에게 골고루 나눠주고 싶은 그의 꿈에 부합하는 의미 있는 작업이 될 것이라고 그는 생각한다.

한양으로 돌아가면 묘허와 함께 그 일에 매달리고 싶다.

통제영 곳곳을 감회 깊게 돌아보고 내아로 들어오니 떡 벌어진 술상이 일행을 맞는다. 바닷가답게 해산물로 맛깔스럽게 만들어낸 안주들이 일품이다. 바다가 내다보이는 사랑방도 통제사와 어울릴 만큼 그들먹하다.

위당이 먼저 손수 술을 따른다.

무주의 유배지로 마지막 찾아가 만난 것이 무오년이었으니까 위당의 술을 받는 게 벌써 여러 해 만의 일이다. 동여도를 내놓은 그 이듬해였을 것이다. 술을 좋아하는 위당을 위해 진달래주 한 동이를 메고 초옥에 찾아들었을 때, 뒷짐을 지고 마당가에 서서 천지 가득 피어 있는 봄꽃들을 처연히 바라보고 있던 위당의 눈빛이 잊히지 않는다. 무인의 신분이면서도 문인 못지않게 인문에도 깊은 식견을 가졌던 위당으로서는 치세의 꿈을 다 접고 오랫동안 벽지에 유배되어 있던 시절이 정말 고통스러웠을 것이다. 그가 청구도, 동여도를 완성시키고 마침내 필생의 꿈이었던 대동여지도를 그려낼 수 있었던 것은 뭐니뭐니 해도 위당의 도움이 제일 컸던 게 사실이다. 위당이 없었다면 비변사 깊은 서고에 비밀스럽게 감춰져 있는 수많은 지도들을 어찌 볼 수가 있었겠는가. 때때로 재물의 도움을 받은 것도 여러 차례이거니와, 훌륭한 지도야말로 국가 방위의 근간이라 여기고 중인 신분의 그를 비변사에 드나들 수 있도록 하거나, 비변사의 전국도, 군현도 등을 고루 살필 수 있게 해준 것이야말로, 대동여지도를 완성하게 하는 데 있어 결정적 지원이라 하지 않을 수가 없다.

고산자를 위해 돕는 게 아니오.

위당의 목소리가 아직도 들리는 듯하다.

나라에서 할 일을 나라에서 녹을 받는 이보다 고산자가 더 힘을 내니, 고산자를 돕는 게 나라를 돕는다 생각해서 하는 일이오. 내게 조금도 고마워할 필요가 없소.

위당 신헌은 그런 사람이다.

너른 세상의 산과 물, 산의 이어짐과 물의 이어짐, 그리고 사람살이의 온갖 터전과 그 통로와 그 역사와 그 요해要害를 어찌 혼자 더듬어 살펴 다 그려낼 수 있겠는가. 대동여지도를 그린 것은 혼자 발품을 들여 그린 것이라기보다, 수많은 사람들의 발품을 더 많이 활용하여 완성해낸 것이다.

"그해가 정사년 봄이었던가."

위당이 호방하게 웃으며 말머리를 푼다.

"고산자가 무주 유배지로 가져다준 진달래주 맛이 상기도 선연하오. 그때는 유배가 풀릴지 말지, 이러구러 한세상이 가는구나, 매일 아득했었는데, 어느날 고산자가 진달래주 한 동이를 등에 지고 사립문 가에 서 있었지요. 얼마나 반갑고 고맙던지, 그보다 더 귀한 선물이 없었다오."

"웬걸요. 대감의 마음을 알면서도 해드릴 수 있는 게 아무것
도 없어서……"

"그 진달래주 오래 두고 아껴 마셨지, 허헛."

위당이 손사래를 치면서 큰 소리로 웃는다.

나이로 치면 위당이 일곱 살이나 아래지만 종이품 당상관 벼
슬이다. 본래 호방하고 강직할 뿐 아니라 사람을 좋아해서 두루
신망을 얻고 살아온 사람인지라, 오랜 유배생활을 거쳤음에도
웃음새에 여전히 구김살 하나 없다. 난고 김병연이 술잔을 들고
기생이 없어 술맛이 안 난다고 타박을 할 때도 위당은 그냥 너털
웃음을 내뱉는다.

위당은 그러면서 김병연에겐 술을 반잔씩만 따른다.

몸을 망쳤으므로 금주가 당연할 터이지만 먼 곳에서 귀한 진
인들이 합류했으므로 반잔이라도 주는 것이라고, 위당은 웃으며
덧붙인다. 조부 김익순의 대역죄로 일찍이 멸문지화를 입은 것
도 모자라, 조부에 대해 아무것도 모르고서, 젊은 혈기로 천둥에
개 뛰어들듯 그 조부를 비난하는 시를 써 출사의 발판으로 삼으
려 했다가, 제 스스로 발등을 찍은 걸 뒤늦게 알고 좌절해 떠돌
이 문객으로 삼십여 년이나 살았으니, 평생 잡도리당한 몸이 제
구실을 하지 못하는 게 사필귀정이라 할 터이다. 위당은 그를 속
으로 크게 가엾이 여기는 눈치가 역력하다.

"내 난고가 썼다는 시를 전해 듣고 유배지에서 한참 웃었네."

"무슨 시 말씀입니까?"

"거 왜 숫자로 절묘하게 얽어 쓴 시 말일세. 二十樹下三十客^{이십수하삼십객}이요 四十村中五十食^{사십촌중오십식}이라 했던가. 허헛. 쉰밥이나 얻어먹고 돌아다녔으니 지금 술도 변변히 마시지 못할 몸이 된 게 당연하지. 아무 소리 말고 예서 술 삼가고 몸을 추스른 다음에 떠나시게."

"대감께서 이런 시는 모르오리다."

"어디 읊어보시게."

"千里行裝付一祠^{천리행장부일사}하니, 餘錢七葉尙云多^{여전칠엽상운다}라, 囊中戒爾深深在^{낭중계이심심재}하련만 野店斜陽見酒何^{야점사양견주하}하도다."

"천리를 지팡이 하나 의지해 떠돌다보니, 주머니에 남은 건 엽전 일곱 닢이 전부구나. 그래서 남은 엽전만은 주머니 속에 깊이 간직해두려 했건만, 석양의 술집 앞에 이르니 어이 그냥 지나칠 수 있으리오?"

"소인, 태생이 이러할진대, 술이 반잔이라니, 이게 대체 말이 되는 일이옵니까, 대감!"

"허허, 그럼 술잔을 채울 테니 어디 엽전 일곱 냥 내놓게나."

"차라리 벼룩이보고 간을 내놓으라 하시지요."

좌중이 한바탕 웃음꽃이 핀다.

위당은 할 수 없는 노릇이라는 듯 난고의 술잔에도 술을 가득 채운다. 화제는 종횡무진 돌다가 오주의 『오주연문장전산고』에 이른다. 오주거사가 집필한 이 서책에 하늘을 나는 비거飛車에 대한 이야기가 나오기 때문이다. 오주는 임란 때 실제로 있었다는 이 비거를 소개하면서 '넷이 탈 수 있고 생김새는 따오기와 비슷하며 가죽으로 만든 주머니를 두들겨 이 안에 들어 있는 바람을 일으켜서 하늘에 차車를 떠오르게 했다'고 기술한 바 있다. 위당은 비거에 대해 큰 관심을 보인다. 삼도의 방위를 짊어진 위당으로서는 미상불 귀가 번쩍 트이는 정보였을 게 틀림없다. 하늘을 날아다니는 비거만 있다면 적을 물리치는 것이야 여반장처럼 쉬울 것이다. 그러나 오주거사라고 해서 전설처럼 전해내려오는 그 비거의 구조나 모양까진 알고 있을 리가 없다.

밤은 깊고 취흥이 사뭇 도도히 흐른다.

사랑방 벽엔 활이 여럿 걸려 있다.

위당은 활쏘기가 능해서 소문으로는 백 보 밖에서 내달리는 토끼를 쏘아 맞힐 수가 있다고들 한다. 남창 아래로 놓인 품격 있는 쌍문갑이나 뒤쪽에 늘어선 사방탁자 위에도 지필묵이나 서책 대신 활과 화살촉이 얽혀 있다. 무소 뿔로 만든 성능 좋은 각궁角弓도 보이고 쇠뿔을 이용한 향각궁鄉角弓, 쇠로 만든 철궁, 대나무를 활용한 죽궁도 보인다. 쏘기 위해 모아놓은 활이 아니라 연구하기 위해 모아놓은 듯하다. 비거에 특별한 관심을 보였다시피, 수군통제사로 내려온 뒤 부쩍 활에 대한 관심이 많아진 모양이다. 해전에서 활은 공격과 방어의 기본 무기이다. 화살도 제일 작은 편전片箭에서부터 유엽전, 장전, 철전, 화전 등 갖가지가 다 구비돼 있다.

"활을 많이 연구하시는가보우."

혜강이 슬쩍 편전 하나를 들었다 놓는다.

"그야 당연하지요. 왜놈들 조총은 사정거리가 짧지만 우리 활은 그게 길거든. 저놈들의 조총을 초전에 제압하려면 활밖에 없어요. 개선하고 개량할 점이 없나 살피고 있지요. 특히 혜강 형님이 지금 잡았다 놓은 거, 그걸 편전이라 하는데, 화살의 으뜸이지요. 공중으로 쏘아올리면 대략 일천 보나 날아가 갑옷도 뚫고 투구도 뚫거든."

"일천 보나?"

"그러믄요. 수평으로 조준해 쏴도 다른 화살의 두 배 이상 나가지요. 왜놈들 조총은 날아와봤자 백오륙십 자에 불과하니까, 편전은 수전水戰에서 그 위력이 대단하다고 봐야지. 문제는 발사하는 통아筒兒예요. 통아만 잘 개량하면 조총 따위야 앉아서도 격퇴할 수 있는데."

"지금도 왜놈들이 노략질을 하러 온단 말이오?"

"오다마다. 얼마 전에도 거제도 쪽에 왜놈들이 들이닥쳐 사람도 여럿 상하고 노략질당한 재물이 수월찮다는 장계를 받았어요. 뭐 바다를 흘러다니는 비적들 짓이라곤 하지만 대마도 도주가 눈감아주지 않고서야 이놈들이 감히 예까지 들이칠 리가 없지요. 불끈하는 마음으로야 대마도는 물론이고 저놈들 말로 뭐 오키나와라던가, 언필칭 유구琉球까지 한바탕 모조리 쓸어버리고 싶지만……"

"대마도는 본디 우리 조선 영토 아닙니까?"

취기가 오른 난고가 무심코 내던진 말이다.

뜻밖에 선뜻 대답하는 사람이 없다. 대답을 하는 사람만 없는 게 아니라 취흥이 도도한 난고만 빼곤 곤혹스럽고 불편한 기색이 역력하다. 그렇지만 난고는 취흥 때문인지 짐짓 눈치없는 체할 요량인지, 한 발 더 나아가 불편한 분위기에다 기름을 붓는다.

"새로 그렸다는 고산자 지도에 대마도가 있소, 없소?"

"……"

"내가 본 동국팔도여지도나 해동지도나 여러 조선 전도엔 대마도가 다 조선 땅으로 나와 있어서 묻는 것이외다. 농포자 정상기 선생의 동국지도는 또 어떻습니까."

"난고 이 사람, 취했네그려."

오주거사가 좌중의 눈치를 살피며 한마디 끼워넣는다.

"취하긴요. 그냥, 소인은 워낙 그런 데 백면서생이라 몰라서 묻는 거외다. 하지만 뭐 지도야 모를지라도, 『동국여지승람』에서 대마도를 경상도 동래현으로 못박아놓은 건 읽어본 적이 있습니다만."

그는 대답 대신 조용히 술잔을 비운다.

성종 때 편찬한 『동국여지승람』엔 "對馬島…… 舊隷我鷄林未知何時爲倭人所據……"라고 분명히 기록하고 있다. 대마도는 예부터 경상도 계림에 소속되어 있었는데 언제부터 왜인이 와서 살게 되었는지 잘 알 수가 없다는 뜻이다. 아니 그보다 먼저 『고려사』에서부터 대마도가 우리 땅이라고 기술돼 있는 것은 위당이나 혜강도 알고 있을 터이다.

실록의 기록들도 이와 다르지 않다.

건국 초기엔 태조가 우정승 김사형金士衡을 시켜 대마도를 징벌한 바 있고, 세종 때 역시 징벌군을 대마도 두지포豆知浦에 상륙시켜 도주의 항복을 받아냈을 뿐 아니라 대마도가 확실히 조선 영토로 귀속된 것을 세상에 천명했으며, 더 나아가 대마도 도주의 정무보고를 경상도 관찰사가 받도록 문서로써 예시하기에 이른다. 대마도 도주에게 종일품 판중추부사判中樞府事 겸 대마도

주도절제사對馬島州都節制使라는 벼슬을 내리고 이에 합당한 녹을 책정해 신하의 도리를 다하도록 한 것은 세조 때의 일이다. 역사적 근거가 그처럼 깊을진대, 웬만한 지도에서 대마도를 우리 땅으로 그려넣는 건 당연한 일이 아닐 수 없다. 동국팔도여지도나 흔한 조선 전도만 그런 것이 아니다. 조선팔도총람도 그러하고, 체계적인 축척지도로 칭송받는 농포자의 동국지도도 그러하다. 농포자의 동국지도엔 대마도 표식과 함께 대마도 경계에 '日本界'라고 씌어 있는 것이 다를 뿐이다. 일본과의 경계를 대마도 끝으로 본 것이라 할 수 있다.

물론 대답할 말이 없는 건 아니다.

대답할 말이 없기는커녕 일도양단하듯 치고 나가 말할 수도 있다. 가장 소박한 대답으로 치면 나는 대마도를 내 눈으로 확인한 적이 없소, 라고 일단 말하는 것이 순서일 것이다.

그 동안의 조선 전도라는 게 다 어떠했던가.

농포자의 동국지도를 비롯한 몇몇 지도를 빼곤, 대부분의 지도가 합리적인 실측은 고사하고 회화적인 정서와 관습적 모방에 의존해 주먹구구식으로 그려져왔던 게 사실이다. 심지어는 남의 지도를 그대로 베껴내기 민망해 땅의 방면과 산수의 크고 작음을 상상력에 따라 조금씩 뒤바꾸어 내놓은 지도도 있다. 모든 고을의 방면과 거리와 산수를 정확히 실측할 수는 없을지라도, 최소한 존재의 유무조차 확인하지 않은 곳을 남의 지도만을 흉내 내어 천연스럽게 그릴 수는 없는 노릇이다.

지도란 어디까지나 사실을 기반으로 삼아야 한다.

정치적인 문제나 판단은 그후의 일이다. 이쪽에서 말을 내뱉고 나면 감정이 도도히 끓어오른 난고는, 그따위 소박한 생각으로 어찌 산하를 그리고 역사와 인물을 채록하여왔느냐 더 크게 힐난하고 나올 터이지만, 어쨌든 그것이 가장 정직한 일차적인 대답이다.

그러나 더 중요한 대답은 두번째다.

두번째로 말해야 할 원칙에 대해선, 불편한 침묵을 견디고 있는 그를 대신해 혜강이 방패막이로 나선다. 설명이 쉽지 않은 문제라 망설이고 있는 그의 심경을 알고 혜강이 스스로 지원군으로 나선 것이다.

"하나만 알고 둘은 모르고 하는 소리일세, 난고."

"그게 무슨 말씀이시오?"

"지도란 객관적 사실이지 않은가. 지도를 그리는 사람이 감정에 따르거나 정치적 판단을 앞세우면 그 지도는 필연적으로 오류를 불러오게 돼 있어. 무조건 국토를 넓게 잡아, 문제가 있는 곳을 모조리 내 강토로 잡아넣는 것은 지도를 그리는 사람들의 애국이 아니야. 청담공론을 배척하고 실사구시의 자세가 가장 필요한 것이 지리학이요, 지도 제작이라 할 수 있네.”

“그럴 수도 있겠으나, 그래도 감정이란 것이……”

“이를테면…… 난고 자네가 예를 든 해동지도만 봐도 그렇지. 자네야 뭐 자유분방한 문객이니 거기까지 세세히 살피진 못했을 것이네만, 지도란 일정한 축척이 우선 중요한데, 해동지도만 해도 각 지역을 동일한 비율로 축척하지도 않았을뿐더러 실제 방향조차 실증적으로 반영하고 있지 않거든. 제일 정확하다고 믿는 규장각에서 제작한 지도가 이럴 정도라면 다른 지도들은 말할 것도 없지. 고산자의 대동여지도는 그런 면에서 획기적이라 할 것이네. 축척과 방위가 놀랄 만큼 정확하고 실증적이라 그 말일세. 게다가 지금까지 사용하지 않은 알아보기 쉬운 그 기호들 좀 봐. 놀랍게 과학적인 발상이라 하지 않을 수 없어. 실학정신의 기본이란 이런 것일세.”

“하지만 때에 따라선……”

오주거사가 넌지시 끼어들어 토를 단다.

“지도 제작자가 자신의 욕망이나 지향을 지도로써 구현할 수는 있는 거 아닌가. 마음속의 이상이 없는 자는 없을 터이고, 그 이상에 맞춰 실제 세계를 첨삭하거나 과장할 수도……”

“그거야 문객들이나 하는 짓이지요.”

그가 비로소 낮고 또렷한 어조로 쐐기를 박는다.

"저는…… 감히 말씀드리지만, 실제 생활에서 사용하기 위한 지도를 그리고자 합니다. 이용후생입지요. 제 선친께서 일찍이 실제와 다른 지도로 억울하게 작고하셨습니다. 관아에서 내준 지도였어요. 지도란 사람살이의 흥망은 물론이고 목숨줄이 달려 있는 겁니다. 대마도가 역사적으로 우리 강토냐 아니냐를 말하는 것이 아닙니다. 심정적으로는 나도 대마도, 우리 땅이라 하고 싶습니다. 그러나 인문학적 이상이나 정치적인 목적, 판단은 제 소임이 아닙니다. 그런 것은, 다시 말해 대마도를 우리 강토로 그려내도록 하는 일은, 여기 계신 대감 같은 분의 소임이지요."

"나는 고산자의 말에 전적으로 동의합니다."

혜강이 빈 술잔을 채우며 어조를 높인다.

"더구나 고산자로 말할 것 같으면, 나라의 녹을 먹는 관리가 아닙니다. 비변사나 규장각 관리라면 당대의 정치적 이념이나 전략에 따라 국토를 달리 정해 그릴 수도 있겠으나, 그에 비해 고산자는 객관성을 엄격히 유지할 수 있는 위치에 있다 하겠지요. 고산자는 정치적 판단이 필요하거나 그 근본이 유동적이거나 한 곳은 일단 뒷일로 미루어둔 것이고, 그것은 실학에 바탕을 둔 과학자로서 금도를 지킨 것이라 봅니다. 어떤 당대의 위정자가 여기저기를 그리라고 해서 그린다면, 다음에 다른 권세자가 빼라고 하면 또 빼야 하지 않겠습니까. 실사구시의 과학이란 차가운 머리로부터 나와야 한다는 점에서, 나는 고산자가 정치적 판단이 뚜렷하지 않은 곳을 지도에서 우선 제외한 것은 올바른 처사라 봅니다. 대감 생각은 어떻습니까?"

말의 향방이 마침내 위당에게 이른다.

위당은 술잔만 비울 뿐 이 문제에 관해 계속 말이 없었기 때문이다. 애당초 문제를 제기했던 난고는 몸이 고단한지 끄덕끄덕 졸고 있고, 오주거사와 혜강의 시선은 위당에게로 날아갔으며, 그는 시선을 내려뜨려 술잔만 바라보고 있다. 그가 대동여지도를 그리면서 고심했던 것은 대략 대마도와 유구 문제, 두만강 끝의 녹둔도鹿屯島와 압록강 유역의 신도新島를 비롯한 몇몇 도서의 문제, 그리고 간도間島의 문제다. 그중에서 가장 손쉽게 결론을 내린 것은 녹둔도와 신도로서, 두 개의 섬이 모두 두만강과 압록강의 중심선에서 남쪽으로 내려와 자리잡고 있고 역사적 근거들이 뚜렷해 대동여지도에 포함시키기를 주저하지 않았으나, 대마도와 간도는 그 실존 여부의 확인과 함께 역사적 정치적 판단을 뒤로 미루어두었던 것이다. 답사를 통해 실존 여부를 확인하고 역사적 정치적 판단이 보다 공고해진다면 언제든 보완할 수 있다고 믿었던 것도 유보한 이유 중 하나이다. 그러나, 위당은 대마도나 간도의 문제들은 슬쩍 비켜가는 대신, 생각하지 못했던 엉뚱한 문제를 툭 끄집어낸다.

"우산도于山島, 독도는 어떤가."

"우산도라 하시면……"

"그 대동여지도 말일세. 우산도는 표기가 되어 있는가."

"우산도는 울릉도에서 동으로 너무 멀리 떨어져 있는데다가 워낙 작은 무인도라서 뺐습니다만."

"작은 섬이라고 빼다니, 정치적인 판단을 해야 할 땅이라던가, 그 우산도가?"

"아닙니다!"

그는 명료하게 고개를 젓는다.

우산도라 하면 울릉도에서 동쪽으로 이백 리 이상 떨어진 두 개의 돌섬이다. 많은 지도들이 울릉도 바로 옆에 그리거나 울릉도와 경상도 사이에 그리고 있는데, 그것은 아마 울릉도 옆의 죽도竹島를 잘못 그린 것일 터이다. 죽도까진 그 자신도 눈으로 확인한 적이 있다. 위당이 금위대장으로 있을 때였으니까 벌써 십오 년여 전의 일이다. 풍랑을 만나 죽을 고비를 넘기면서 울릉도에 갔을 때는 이른 봄이었고, 우산도를 직접 보고자 배를 띄운 것은 늦봄이었던 것으로 기억된다. 두 달 넘게 울릉도에 머물면서 세 번이나 배를 띄웠지만 풍랑 때문에 끝내 우산도를 못 보고 번번이 되돌아와야 했던 일들이 하나하나 눈에 선하다.

"그럼 직접 못 봐서 뺐다?"

설명을 막 시작하려는데 위당이 다그친다.

"풍랑 때문에 보지 못한 것도 사실이긴 합니다만……"

"천륜을 어길 셈이네그려. 안 그렇소, 고산자? 자고로 울릉도와 우산도는 모자관계요. 우산도를 일러 자산도子山島라 부르는 것도 그 때문이지요. 어머니가 있으면 그 자식이 딸리는 게 천륜이거늘, 어찌하여 모자를 떼어놓는단 말인가. 우산국이라 하는 것도 울릉도와 우산도를 묶어 말하는 것은 고산자도 잘 알 터이니."

"알다마다요. 신라 때부터 우리 국토였지요."

"신라는 물론 수백 년에 걸친 고려조에서도 울릉도, 우산도를 합친 우산국은 언제나 조정에 토산물을 조공으로 바쳐왔소. 더 나아가 우리 조선조에 들어와선 관원들을 울릉도로 보내 그곳 백성들을 보살핀 것이 한두 번이 아니지요. 세종 때만 해도 김인우金麟雨를 파견할 때 직함을 그 뭐냐, '우산무릉등처안무사于山武陵等處按撫使'로 정한 일이 있고."

"실록엔 우산국을 울진현조蔚珍縣條에 기록하면서 '두 섬이 정동正東쪽 해중海中에 있는데 날씨가 청명하면 서로 바라볼 수 있다'고 적고 있습니다."

오주가 위당의 말을 잇고 혜강이 덧붙인다.

"태종 임금 때 정한 울릉도 공도정책空島政策이 좀 문제였습지요. 그게 아니면 우산도까지 들어가 사는 사람이 생겼을지도 모를 일인데. 섬을 비우자는 것이 애당초 다 백성의 안위를 생각해 방위책으로 그런 것이지만, 그게 수세적인 자세라, 그사이 왜인들이 빈틈을 파고들어 노략질을 일삼기도 하고."

"공도정책이라는 거, 건국 초기에나 있었던 말이고, 울릉도에 읍邑을 두자는 말도 뭐, 한두 번 나왔습니까. 동래 사람 안용복安龍福 일로 하여, 일본 막부에서조차 울릉도와 우산도 일대를 조선 영토로 인정하여, 이곳에서의 일본 어민들 고기잡이를 일찍이 금지한 도해금지령渡海禁止令이 내려진 바 있고……"

"정상기 선생의 동국지도엔 우산도 자산도가 정확히 표기된 걸로 아오만?"

"표기는 됐으나 지도의 생명이라 할 거리축척이 정확하다곤 말할 수 없다고 봅니다."

그가 눈을 들어 위당의 시선을 똑바로 받는다.

구차한 설명까지 일일이 해야 하나 하고 망설이고 있었으나, 논의가 이 지점에 이르고 보면 솔직하게 고백하지 않을 수가 없다. 우산도는 사람이 살지 않는 작은 돌섬이다. 정상기의 동국지도가 필사본 채색지도인 것과 달리 대동여지도는 대량으로 찍어낼 수 있는 목판본이다. 엄연히 내 국토요 눈으로 확인한 땅이라 할지라도 수천 개에 이르는 모든 섬을 어찌 모두 새겨넣겠는가.

눈으로 확인을 했든 안 했든지 간에 울릉도 이백여 리 밖 바다 한가운데, 두 개의 돌섬이 이마를 맞댄 우산도가 자리잡고 있다는 것과, 그것이 우리의 영토라는 걸 의심한 적은 없다. 그가 지도 제작과정에서는 물론이고 특히 지지地志를 편찬할 때 가장 소중히 생각해 명백히 그 근거를 밝히고자 하는 편목들이 있다면, 이미 사라졌거나 사라져가고 있는 고읍이나 성지, 진보, 진전陳田, 전고典故 등이다.

역사적인 근거야말로 사실과 실증의 근거라고 그는 믿는다.

그가 편찬해온 지지가 다른 이들의 지지와 확연히 다른 점도 거기 있다고 본다. 그런 관점에서 그가 우산도의 존재 유무는 물론 그것의 정체성을 조금이라도 의심한다고 비방한다면 천부당만부당한 일이다. 그는 우산도에 대한 모든 역사적 사료들을 확인했으며, 그만큼 확신하고 있다.

"다시 말씀드리지만 지도의 생명은 축척의 정확성입니다."

그의 어조는 고요하면서도 팽팽하다.

"백리척百里尺을 이용한 농포자 정상기 선생의 팔도도八道圖나 동국지도를 폄하할 생각은 전혀 없습니다만, 도서지방의 분율이나 축척에 있어 동국지도가 정확하다는 건 좀 어폐가 있다고 봅니다. 동국지도도 여러 필사본이 있겠습니다만, 가령 제가 본 어떤 필사본의 경우, 울릉도 옆에 우산도가 바싹 붙어 있습니다. 이는 명백히 축척을 잘못 표기했다고 봅니다. 울릉도에 머물며 우산도를 오고간 사람들을 통해 확인한 바에 따르면, 우산도는 울릉도에서 이백여 리 가까이 떨어져 있는 섬인 게 확실합니다. 그런데 많은 지도가 그 거리를 무시하고 그리고 있어요. 솔직히 말씀드리고자 합니다. 제가 우산도를 대동여지도에서 뺀 것은, 제일 큰 현실적인 이유가 바로 판각 때문이에요. 대동여지도가 목판본 지도라는 걸 염두에 두고 제 설명을 들어주세요."

대동여지도는 아래위와 좌우로 접는 분첩절첩식이다.

전 국토를 남북으로 백이십 리 간격, 스물두 첩으로 나누고 한 첩帖을 다시 동서 팔십 리 간격으로 나누어, 접으면 하나의 서책이 되도록 고안하고, 때에 따라선 그 서책에서도 필요한 첩과 절折을 빼내어 간편히 휴대할 수 있게 한 것은, 지도의 효용성을 최우선으로 고려했기 때문이다. 울릉도는 열다섯번째 첩의 가장 오른쪽 절로 배치된바, 만약 우산도를 새기려면 울릉도에서 우산도가 이백 리는 안 된다고 쳐도 최소한 팔십 리 간격의 절이 두세 개가 더 필요해진다. 그중에서도 두 절은 바다뿐이다. 그렇다고 해서 축척을 무시하고 다른 지도들이 그렇듯 울릉도에 바짝 붙여서 그릴 수도 없는 노릇이다. 그러니 새기는 것도 불편하거니와, 아무것도 없는 빈 목판을 끼워맞춰 지도를 찍어내는 것도 여간 불편한 게 아니다.

더구나 우산도는 사람이 살지 않는 섬이다.

대동여지도를 그릴 때 그의 뜻은 지도로써 사람살이를 이롭게 하자는 것에 두었으니, 목판본으로 제작하면서 사람이 살지 않는 모든 작은 섬까지 하나도 빼놓지 않고 모조리 새겨놓을 수는 없는 노릇이고 그럴 필요성도 없다. 필사본과는 사정이 이렇게 다르다. 대동여지도는 펼쳐놓으면 동서로 대략 스물두 척이나 되는데다가 목판만 해도 앞뒤를 다 이용한다고 해도 육십이 넘는다. 판각 자체의 어려움 때문에, 그가 스스로 그렸던 동여도에 수록된 지명을 대동여지도에서 오히려 오천여 곳이나 뺀 것도 그렇거니와, 그러저러한 제작과정의 어려움이나 효용성 때문에 우산도를 뺀 것은 사실이다.

그러나 잘했다는 건 아니다.

효용성 때문이라 해도 다 새겨넣지 못한 게 마음 아픈 일임엔 틀림없다. 하물며 위당이 지적한 것과 같은 오해와 질타는 말해 무엇 하랴. 위당과 혜강은 평생 그를 돕고 지지해준 동지이자 친구이자 지원자이다. 그는 그래서 더욱 오랫동안 세세히 설명한다.

"하긴 그도 그렇겠네. 안 그렇소, 위당?"

설명을 듣고 난 혜강이 위당의 동의를 구한다.

"판각의 불편함 때문이라든가 목판본 문제라든가 하는 제 설명이, 지도 제작자로서 아주 당당한 변명이라곤 생각하지 않습니다. 하지만 목판본이라는 한계는 현재로선 제 능력 밖의 문제입니다. 우산도를 뺀 건 오로지 그 때문이니, 우산도에 대한 제 충정만은 대감께서도 알아주시기 바랍니다."

"알겠소이다, 고산자. 나도 뭐 그 충정을 의심한 건 아니고."

위당이 그의 잔에 넘치게 술을 붓는다.

종로에서 뺨 맞고 한강에 나가 눈 흘긴다고, 대마도 문제에서, 위당이 고위관리로서 딱 부러지는 말을 보탤 수 없으니까 억하심정으로 공연히 우산도 문제를 꺼냈던 모양이다. 밤이 이슥해서 바닷물결 소리가 아주 가깝게 들린다. 우산도와 달리, 대마도는 부산포에서 볼 때 불과 하룻길이라는 데 그의 생각이 미친다. 날씨가 좋으면 하룻길도 채 걸리지 않을 터이다.

"대감께서 도와주시겠습니까?"

"무엇을 말이오?"

"부산포로 나가 대마도를 한번 다녀오고 싶습니다. 우리 역사의 흔적이 거기 있으려니와, 지금이야 왜인들이 몰려와 살고 있다지만, 본디 우리나라에서는 우리 땅으로 여겨온 터전이니 한번 세세히 둘러보고……"

"두루 형편을 살펴본 연후에……"

위당이 말꼬리를 흐리고 술잔을 냉큼 비운다.

하기야 부임한 지 몇 달 되지 않은 위당이다. 원칙을 존중하는 강직한 그의 성품으로 보아 그런 문제를 즉흥적으로 대답할 리는 없다.

취한 난고가 그 순간 털썩 옆으로 쓰러져 눕는다.

바닷바람이 점점 강해지고 있는 모양이다. 난고를 방으로 데려가라고, 수하를 부르는 위당의 까랑한 목소리 사이로 쑤와아 하고 바닷소리가 몰려든다. 수천수만의 기마떼가 지쳐 들어오는 것 같다. 벌써 술시戌時가 이슥히 저물고 있다. 한양에서라면 성문을 닫으라고 인정人定을 알리는 종소리가 진즉 들렸을 것이다. 순실이의 애련한 모습이 바닷소리를 따라 쏴와아 덮쳐오다가 속절없이 꺼진다. 그리고 이내 뒤쫓아 떠오르는 건 혜련 스님의 얼굴이다. 혜련 스님의 얼굴은 순실이와 달리 여기저기 지워져 안개 속에 서 있는 느낌이다. 남쪽 바다 어디쯤 있다 했으니, 아마 지금쯤 그이도 이 바닷소리를 듣고 있을까. 바람의 길을 요요히 그려낼 수 없듯이, 그리움의 길도 또렷이 그려낼 수 없는 사람의 한정限定이 애달프다.

그는 남은 술잔을 들어 단숨에 털어넣는다.

위당은 끝내 그의 대마도 행을 딱 부러지게 수락하지 않는

다. 도쿠가와 막부幕府와 천황 사이에 분란이 크게 생겼다는 말
을 다음날 전해 듣는다. 연전에 도쿠가와 막부에서 천황의 칙
령을 받지 않고 서양 제국들과 조약을 맺음으로써 반목이 일어
난데다가 막부에서도 권력 계승을 둘러싸고 암투가 심한 터라
안위 문제를 장담할 수 없다는 것이다. 대마도는 공식적으로
다이묘 소宗씨의 봉토이다. 일본 막부와 멀리 떨어져 있다고 하
지만 왜인들의 정변이 크다면 대마도 도주도 그만큼 예민해질
건 틀림없다.

"더구나 요즘 아라사하고도 문제가 있다 하오만."

"아라사는 대마도에서 먼 나라인데……"

"아라사가 대마도의 토지를 사용하고자 한다는 거요. 이래저
래 대마도 도주가 마음 편할 리 없으니 다음을 기약하는 게 좋을
것 같습니다. 그보다 이 참에 차라리 남해안의 상세도를 그려보
심이 어떠하오?"

"대동지지 편찬을 위해 남해안은 한 바퀴 돌아볼 참이었습니
다, 대감."

그는 마지못해 그렇게 대답하고 만다.

난고가 전라도로 떠난 건 그 이틀 후이다.

전정殿庭에 고시하는 과거시험인 정시문과庭試文科와 식년문과

式年文科 시험을 통해 수십 명의 새로운 급제자들이 출사했다는 소문이 통제영 안에까지 술렁거리고 휘돌아나가는 북새통에, 행장을 꾸리는 난고의 어깨는 무겁기 그지없어 보인다. 세상을 잘못 만나 출사의 꿈을 일찍 접었다 하나 마음에 옹이진 정한이야 왜 없겠는가. 위당이 여러 날 몸조섭을 시킨 것도 효과가 없는 듯하다. 죽으러 떠나는 사람 같다.

"대감께서 쫓아내는 것도 아닌데 서둘긴……"

"아닙니다. 통제영 내아라니, 도무지 나하곤 짝이 안 맞아서요. 너무 오래 묵었습니다. 내, 풍찬노숙으로 속병이 깊이 든 건 틀림없는 듯한데, 이 김삿갓, 죽더라도 길에서 죽어야지요. 남이야 뭐라 한들, 나만큼 자유롭고 분방하게 산 인사 있음 나와보라 하세요. 다음 세상에선 그까짓, 반상의 구분도 없고 제도의 올가미도 없는 미륵세상에서 태어나 살랍니다."

"무슨 소리. 임자 나이 이제 막 지천명을 넘겼는데……"

혜강이 듣다못해 혀를 차고 돌아선다.

해안가 포구로 걸어나가는 난고의 뒷모습이 아득하고 쓸쓸하다. 수수깡처럼 마른데다가 키도 한 뼘쯤은 줄어 보이는 게 그냥 빈 삿갓이 둥 떠가는 것 같다. 저래가지고서야 전라도까지 갈 수 있을지 모를 일이다. 혜강 뒤로 슬쩍 비켜서서 난고의 뒷모습을 배웅하는 오주거사의 눈빛에도 이슬이 서린다. 그것이

이 세상에서 난고를 보는 마지막 모습이 되리라는 예감이 가슴
을 친다.

난고에겐 시가 있고 그에겐 지도가 있다.
난고는 일찍이 세상사 무상함을 깨달아 제도의 억압이 없는
바람결에 제 몸과 마음을 풀어놓았고, 그는 바람 속을 걸을 때에
도 모두 풀어놓아선 안 되는 것이 있다 하여 한사코 그림 속에
천하를 옮겨놓으려 했다 할 것이나, 난고나 그나, 살고 죽는 꿈
이 평생 풍우설상風雨雪霜에 있었을진대, 시작하고 끝나는 길이
뭐 다르다고 할 것인가.
가슴이 짠한데 바다는 저 혼자 소리가 높다.

전라도 동북 땅 어디라 했던가. 적벽강의 흔들리는 일엽편주
에 허깨비 같은 몸을 뉘고 정한 많은 생을 마감했다는 난고 김병
연의 소식을 바람결에 전해 들은 것은 그로부터 일 년여 후의 일
이다. 통제영 해안가를 걸어나가던 그이의 그림자가, 예감했던
대로, 그때 이미 저승까지 아득하게 뻗쳐 있었던 것이다.

발

이 해 저 해 해가 가고 또 끝없이 가네

이 날 저 날 날이 가고 또 끝없이 오네

해가 가고 달이 왔다 또 가고 나니

하늘의 시간과 사람 일이 다 이 가운데 있네

年年年去無窮去

日日日來不盡來

年去月來來又去

天時人事此中催

_난고 김병연, 「是是非非詩」

통영의 통제영을 중심으로 삼아, 말발굽 형태의 해안을 돌아 부산포로 가려면, 고성과 진해와 귀산포龜山浦를 거쳐 김해 금정金井을 차례로 지나가야 한다. 해안이 워낙 꼬불꼬불해서 지도에서 보기와 달리 꽤 오래 다리품을 팔아야 부산포에 당도할 수 있다.

통제영에서 서쪽 길도 마찬가지다.

통영에서부터 고성현의 서남쪽 밑자락을 따라 내처 나가면 곧 사천泗川에 닿을 테지만, 사천에서부터 남쪽 방향을 잡아 곤양昆陽과 노량露梁을 거쳐 남해도를 휘돌고 다시 북진, 하동과 광양까지 나가는 길도 역시 만만치 않은 먼 길이다.

통제영을 출발하면 길은 어쨌든 곧 두 갈래가 된다.

어느 쪽으로 방향을 잡을 것인가를 우선 선택해야 한다. 위당은 부산포 일대를 둘러보라 권했으나 통제영을 벗어나고부터 그는 속으로 곧 고개를 가로젓는다. 진해와 부산 사이를 오고간 것은 한두 번이 아니다. 굽이굽이 휘돌아간 해안선은 물론이고 점점이 놓인 크고 작은 섬들도 손바닥 들여다보듯 들여다볼 수 있다. 그렇다고 통영과 광양 사이의 해안선이 꼭 낯설다는 것은 아니다. 일찍부터 왜구의 노략질이 많았던 곳이고 임란의 상처가 깊었던 지역이라서, 대동여지도를 그릴 때에도 지리적으로 가장 세세히 살피고 역사적 근거들을 꼼꼼히 확인한 곳이 바로 남쪽 해안이다.

"그럼 예서 헤어져야 하겠네."

오시가 채 못 돼 고성현 인근에서 혜강이 손을 내민다.

사방이 봄꽃이요, 바람은 따뜻한 것이 말 그대로 명주바람이다. 혜강과 오주는 진해, 함안, 창령을 거쳐 안동을 돌아 충청도를 넘어갈 요량이니, 이미 행선지를 남해, 하동 방면으로 잡은 그와 헤어지지 않을 도리가 없다. 유가의 본향이라 할 안동 일대는 오랫동안 혜강이 가보고 싶어하던 곳이다. 가는 길에 평소 혜강이 흠모해 마지않던 남명南冥 선생의 유적들도 서서히 둘러볼 요량인지라, 헤어지고자 손을 내밀면서도 혜강의 표정엔 밝은 서기가 뚜렷하다.

"언제쯤 한양에 올 것 같은가."

"묘허에게 맡겨놓고 온 순실이도 걱정이긴 하네만……"

"순실인 걱정 말게나. 묘허를 통해 잘 있다는 말을 듣고 떠나왔거든. 그나저나 어디를 지향하고 가는 걸음인가. 대동지지 때문인가."

"우선…… 남해도로 갈 생각이네. 찾아볼 사람도 있고…… 진즉부터 마음먹었던 일이야. 잘 다녀가게. 오주 형님도 편히 가시고요. 혜강한테 붙잡혀 이거, 고생이 많으십니다."

"고생은 무슨. 천지에 화색花色 가득한데, 허어, 혜강과 동행했으니 내 복이랄밖에."

"그럼 두 분, 훗날에 또 뵙겠습니다."

두 이레를 넘겨 마침내 또 혼자가 된다.

그는 곧 사천 땅으로 접어든다.

남해도를 둘러보기로 한 것은 통영에 들르기 전부터 이미 마음속으로 정해놓은 일이다. 명주바람을 타고 걸으니 발걸음이 가벼워 마치 미끄럼을 타는 것 같다. 한참 만에 혼자 된 것도 마치 철 지난 옷을 벗은 듯 좋고, 길로 다시 나선 것도 제 물을 만

난 듯 좋다. 등뒤에선 불암산, 망림산, 문수산의 연봉들이 따라
붙고, 앞에선 사량도蛇梁島를 비롯한 오막조막한 섬들이 일구월
심의 자태로 들이닥친다.

한 시진이 안 돼 망림산 아래 수대포水大浦에 닿는다.

언젠가 하룻밤 묵어간 기억이 어슴푸레한 작은 포구다. 바람
이 없어 바다는 채색화 한 폭처럼 잔잔하다. 그는 바닷가에 나
앉은 주막에서 늦은 점심으로 국밥 한 그릇을 시켜놓고 갓 잡아
올렸음 직한 생선의 아가미를 뒤지고 있는 얽빼기 주모에게 묻
는다.

"근처에 비구니가 지키는 절은 없소?"

"근동에는 없소. 삼천포 어디 있다는 말은 들었소만."

"삼천포 어디에요?"

"그게 와룡산이라든가, 아님 천왕골이라든가……"

주모는 성미 느긋해 국밥은 말지 않고 계속 생선만 주무른다.

돛배 한 척이 삼천포 쪽의 섬 사이를 미끄러지듯 돌아나오는
걸 보면서 그는 입이 찢어져라 하품을 한다. 두어 달 전에 진주
에서 크게 민란이 일어났었다는 소문이 마음에 걸린다. 그가 지
나가야 할 사천까지 민란의 소용돌이가 밀어닥쳤음 직하다. 익
산과 함평의 민란에 대한 소문도 들린다. 벼슬하는 것이 백성들
의 고혈을 짜서 제 팔자 한번 크게 고치자는 수단이 된 세상이

니, 헐벗고 굶주린 백성들이 다투어 관아를 들이치는 건 사필귀
정의 결과가 아닐 수 없다. 민란은 유행병처럼 계속 번질 것이
다. 강토는 이리 아름다운데, 치세가 엉망이니, 희망이 없는 게
문제이다.

그렇지만 그로서 서둘 일은 전혀 없다.

충분히 먹고 쉬었으니 몸도 탱탱하고, 위당이 넉넉히 보태주
어 노자도 부족함이 없다. 산천경개 주유하면서 뭉그적뭉그적
남해로 나갈 심산이다. 입이 심심해 비구니 절에 대해 물어보긴
했으나 십중팔구, 혜련 스님은 남해도 어느 암자에 정처定處하고
있을 것이 틀림없다. 그런 짐작에 확신을 느끼면서도 통영으로
갈 때 짐짓 남해를 들르지 않은 것 역시 지금과 같이 서둘 일이
아니라고 여겼기 때문이다.

그리 쉽게 만나는 사이라면, 그리움이 어찌 깊어지겠는가.

그리움을 깊게 만드는 것은 일월성신의 세월일 것이고, 그리
움이 깊어지면 그만큼 풍상을 견뎌내는 힘도 강고해질 터이니,
서둘 것 없이, 차라리 그 끝을 미루는 게 좋겠다 싶었던 것이다.
그리고 지금도 그 마음의 본향은 그대로다. 얽빼기 주모가 국밥
을 천천히 준비해 그사이 해가 진다면, 이곳에서 파도 소리 베개
삼아 하룻밤 유숙하면 그만이다.

혜련 스님이 애당초 출가한 곳은 태을암이다.

태안 백화산 아래, 마애삼존불 옆의 태을암은 단군 영정을 모신 태을전太乙殿에서 이름이 유래한 유서 깊은 암자로서, 혜련 스님의 막내이모가 공양간 일을 돕고 불구가 된 이모부가 화부 노릇을 하고 있던 곳이다. 망월암의 공양보살이 이르기를, '경상도 어디 남녘 바닷가'에 혜련 스님이 정처해 있다는 소문을 들었다는 말을 접하고 나서, 그가 곧 백화산 아래 태을암을 떠올린 것은 이런 연유로서 자연스러운 일이 아닐 수 없다. 그는 당연지사, 망월암을 나와 곧 백화산으로 쫓아들어갔고, 그곳의 태을암에서, 남해도 어디에 일찍이 혜련 스님보다 먼저 출가한 태을암 출신 비구니 한 분이 은거하고 있다는 이야기를 들었던 것이다. 혜련 스님의 연고에 대한 강력한 귀띔이 아닐 수 없다. 혜련 스님의 이모 내외는 찾을 길이 없었으나, 남해도라는 말이 태을암 주지로부터 나왔으니, 마음만 먹는다면 찾는 것이야 여반장이지 않겠는가.

"국밥 먼저, 탁배기 한잔 주시구랴!"

그는 국밥을 기다리다 못해 투가리 깨지는 소리로 내지른다.

생선을 옹골지게 잡도리하고 막 일어서던 얽빼기 주모가 비로소 그를 힐긋 돌아보고 막걸리 항아리 앞으로 간다. 바람도 별로 불지 않는 것 같은데, 좀전에 섬 사이를 빠져나온 돛배가 금방 눈 속으로 다가들어온다. 저 작은 섬은 아마도 송도나 하도河島일 것이다. 주모가 항아리에 박힌 몽근 댓가지로 엮은 용수 속에서 탁배기를 떠낸다. 하오의 햇빛이 용수에 받혀낸 것처럼 맑아서, 섬들은 한 치씩 가뭇가뭇 가라앉는 듯하다. 그는 벽에 기대앉은 채 풀어질 대로 풀어진 얼굴을 하고 꾸벅꾸벅 졸기 시작한다. 성긴 꿈 사이로 해맑은 봄의 산하들이 느릿느릿 흘러가고 있다.

여행을 남해에서 끝내지는 않을 것이다.

대마도와 우산도는 물론이고 나선 김에 압록과 두만강을 건너 간도 일대를 다녀올 심산이다. 오래 전부터 생각해둔 일이다. 대동여지도에 붙여서 그리지 않더라도 대마도, 간도를 별도의 지도로서 완성하고 싶다.

국경에 대한 섣부른 판단을 할 마음은 추호도 없다.

그것은 실학이념으로 보나 과학도의 자세로 보나 금도를 넘어서는 것이 된다. 다만 대마도도 그렇거니와, 특히 간도는 이미 우리 백성들이 많이 건너가 터를 이루고 살고 있을 뿐 아니라 역사적으로도 우리 강토라는 주장이 일정부분 당위성을 얻고 있으므로, 이번 기회에 한번 그 지도를 그려보고 싶다. 하지만 이 역시 서둘 일은 아니다.

그는 간도의 어느 산야를 꿈속에서 헤매고 있다.

발이다.

비좁은 석굴을 쫓아 열 걸음쯤 들어왔을까. 갑자기 굴의 넓이가 좌우로 여남은 자 되게 넓어지더니 곧 새하얀 발이 눈앞을 가로막는다. 댓가지를 가늘게 쪼개 삼줄로 촘촘히 엮은 발이다. 발 너머 촛불이 켜져 있고 오래된 듯한 키 작은 돌부처가 촛불을 웅숭깊은 명암으로 받아내고 있다. 스님 한 분이 촛불을 향해 단아하게 앉아 있는 것이 보인다.

혜련 스님?

말은 그러나 목젖에 딱 걸려 있다. 촛불을 받아 길게 늘어난 스님의 그림자가 주춤주춤 다가선 그를 기다렸다는 듯이 제 품에 품어안는다.

바닷소리가 아득하게 멀다.

그가 어찌할 바를 몰라 엉거주춤 서 있는데, 석굴 입구까지 그를 안내해준 동자승이 방석과 찻잔을 들고 들어와 바닥에 내려놓더니 눈짓을 한다. 방석 위에 좌정하라는 눈짓이다. 동자승은 이제 막 열 살을 넘겼을까 말까 한 얼굴로, 피부는 까맣게 타서 청동빛인데 눈빛은 초롱하다. 하루 종일 걸어 남해도 땅끝의 굽잇길을 돌아들었을 때, 대나무숲에 둘러싸인 산문에서 혼자 길 끝을 바라보고 있던 바로 그 동자승이다. 혜련 스님보다 먼저 태안 태을암에서 출가했다는 주지스님에게 그를 안내해준 이도 동자승이고, 주지스님 곁에 바투어 다가앉아 있다가 주지스님의 명을 받들어 미리 이 석굴을 다녀온 이도 동자승이니, 동자승은 아마 먼 길을 휘돌아온 나그네의 심사를 어림짐작하고 있을 터이다. 그는 동자승의 눈짓을 좇아 좌정한 스님의 등을 보고 방석에 앉는다. 나무발을 사이에 둔 스님과의 거리는 불과 예닐곱 자가 채 되지 않아 보인다.

동자승이 익숙한 솜씨로 차를 따른다.

다관 주둥이에서 김이 솟고, 찻물이 떨어지는 찻잔에서 맑게 울리는 물소리가 난다. 찻잔은 순백색이다. 동자승이 또 차를 들라는 시늉으로 눈짓을 보낸다. 그는 찻잔을 두 손으로 잡으면서 동자승에게 고맙다는 뜻을 담아 눈짓으로 화답을 보낸다. 동자승이 씩 웃고 발소리를 전혀 내지 않는 걸음걸이로 석굴을 빠져나간다. 하얗게 드러났던 동자승의 가지런한 잇속이 잔상으로 남는다.

발 너머의 스님은 여전히 미동조차 없다.

절 동쪽 마당으로 빠져나와 가파른 벼랑길을 스무 걸음쯤 내려온 곳에 숨은 듯 자리잡은 석굴이다. 석굴에서부터 거의 수직으로 떨어져내린 절벽 아래엔 바다가 있을 뿐이다. 절벽을 때리는 바닷소리가 아스라이 들린다.

그는 가만히 찻물 한 모금을 입에 문다.

최근에 첫 잎을 따 만든 일번차인 모양이다. 차의 순정한 향기가 입 안으로부터 파장을 지어내며 전신으로 퍼져나간다. 석굴로 들어와 스님의 뒷모습과 딱 마주쳤을 때, 잠시 아침 서기처럼 가슴속에 번지던 화기火氣가 향기로운 차의 훈향 때문에 조금씩 가라앉고 있다.

혜련 스님은 지금 천일기도중입니다.

주지스님의 말소리가 아직 귓가에 얼쩡거린다. 천 일 동안 이 석굴에서 나오지도 않는다는 것인지, 천일기도 중 며칠이 지나갔는지, 그런 건 말하지 않아 알 수 없다. 굴은 사방이 암석으로 둘러싸여 정결하고 오붓하다.

“……스님!”

한참 만에 그가 참지 못하고 먼저 운을 뗀다.

낮은 목소리를 냈는데도 굴속이라 목소리가 울려 그는 찔끔 목을 꺾는다. 무르익은 봄날의 따뜻한 하오. 남해도의 땅끝이다. 동자승이 먼저 석굴을 다녀나왔으니 스님은 당신의 등뒤에 와 앉은 사람이 그라는 것을 알고 있을 터이다.

혜련 스님은 그러나 아무 대답이 없다.

노량에서 나룻배를 얻어타고 남해도로 들어와 모답포毛畓浦에서 하룻밤 유숙할 땐 봄비가 왔고, 남해와 평산포 사이의 산을 넘는 날엔 바람이 너무 심해 눈을 뜰 수 없을 정도였으며, 다시 상주포로 내려올 땐 날이 좋았다고 그는 회상한다. 고성을 떠난 후 열흘 만에 노량 앞바다를 넘었고, 남해로 들어와 문전걸식하다시피 한 것 역시 열흘이 가까우니 통영 통제영을 나선 날로 보면 어언 세 이레가 지난 셈이다. 삼천포 부근의 와룡산에서 산도적을 만나 노잣돈을 빼앗기지 않았으면 보다 빨리 남해에 이르렀을 터이다. 그때 만났던 산도적은 진주민란에 가담했다가 관군에게서 도망쳐온 기골이 장대한 뱃놈이다. 이후, 스무 날이나 걸식하다시피 해서 왔으니 행색과 몰골이야 거울에 비춰봐 알 일이 아니다.

이곳이 남해도 상령上巓 기슭이던가.

한편에선 지나온 삼천포 앞바다가 보이고, 고개를 돌리면 망망대해 남해가 눈 안에 드는 걸 보건대, 미조彌助가 가까운 곳이 틀림없다. 새삼 돌아온 굽잇길들이 두서없이 떠오르는데 스님은 여전히 말이 없다. 기다리다 못해 차츰 부아가 나는 느낌이다. 얼마나 먼 곳을 돌아 이곳에 왔는지 알면, 하다못해 돌아앉기라도 해야 예가 아닌가.

그의 목소리가 그래서 좀 샐쭉해진다.

"혜련 스님, 저…… 고산자 김정호외다!"

"……"

"아주…… 먼 길을 걸어왔습니다. 좀 돌아보세요. 황해 고달산에서 해주를 지나…… 태안을 거쳤다가 오는 길입니다. 혜련 스님도 다 아시는…… 바로 그 길입지요. 고달산 상봉엔…… 예전처럼…… 눈이 쌓여 있었어요……"

그는 그 대목에서 갑자기 말을 더 잇지 못하고 만다.

고달산 골골이 흐르고, 굶주림과 추위와 관군의 포악에 의해 이곳저곳에 죽어 없어진 사람들이 흐르고, 아침빛에 그 명암이 잔인하게 갈라져 있는 해주 정씨, 고달산 상봉 동굴 속에 죽은 여자의 젖가슴이 떠오른다. 혜련 스님의 어머니다. 어른용 풍차를 쓴 열 살도 안 된 어린 혜련 스님의 모습도 아직 뚜렷하다. 땅으로도 먼 길이고 일월성신 시간 속으로도 먼 길이다. 불현듯 콧날이 찡하고 울려서 그는 남은 찻물을 한 번에 삼킨다. 찻물이 목울대를 넘어가는 소리가 경망스럽다. 공간과 시간을 아우르는 길의 먼 끝에 우두커니, 순실이가 서 있다.

"순실이는…… 다 컸습니다."

다시 한참 만에 그가 말허리를 잇는다.

도대체 무슨 말을 하자고 그 먼 길을 찾아왔는지 모를 일이다. 혜련 스님은 여전히 돌부처가 돼 정지돼 있다. 그러나 그는 느끼고 안다. 세필로 정지된 혜련 스님의 가냘픈 양 어깨 위로 숙세

인연의 가파른 파장이 지나가고 있다. 촛불이 펄럭하고, 혜련 스님의 그림자도 펄럭한다.

"애비가 변변치 않아 고생이야 많지요."

해가 지는지 석굴 안은 아까보다 어둑하다.

"하지만…… 잘, 건강하게 컸습니다. 짝을 맺어주지 못해 마음에 걸리지만요, 그거야 뭐 연분이 닿아야 할 일, 저나 나나 크게 마음 두지 않고 삽니다. 고달산에 올라갔다가 혜련 스님이 어머님의 유해를 수습해놓은 걸 보고 살아 계시다는 걸 알았습니다. 제가 너무 늦게 가 뵌 것이지요. 순실이를 망월암 공양보살께서 약현골 내 집에 데려올 때…… 고갯마루에 숨어 그 모든 걸 스님께서 보고 있었다는 것도 이제 압니다. 생각하면…… 참 독한 분이세요, 혜련 스님은……"

"…… 처사님!"

혜련 스님이 이윽고 가만히 침묵의 빗장을 푼다.

"처사님께서 아시는 혜련 스님은…… 이미…… 이곳에 없습니다."

"……"

"여기는 아미타불이 계시는 도량이고, 아상我相을 버리고자, ……오로지 하심下心의 길을 묻는 곳입니다. 풍진세상 멀리 돌아오셨으니…… 그만 요사채로 나가 쉬시지요. 나무관세음보살……”

“돌아앉아 얼굴이라도……”

“제겐…… 얼굴이 없습니다. 만사…… 앞과 뒤가…… 하나
인 것을…… 그리 먼 길을 다니시고도 모르시겠습니까.”

“혜련 스님!”

“……지심귀명례 삼계도사 사생자부 시아본사……”

갑자기 혜련 스님이 소리를 높여 염불을 외기 시작한다.

바닷소리가 혜련 스님의 염불 소리에 놀라 자취를 감춘다. 촛
불이 가파르게 일렁거리고 있다. 혜련 스님의 뒤꼭지는 이미 캄
캄하고 촛불의 불빛을 받은 정수리는 하얗다. 일념一念 염불이
다. 마음의 간격이 없이 입으로는 오로지 부처의 말을 하고 귀로
는 오로지 부처의 말을 듣는 것이 일념 염불이거니와, 이제 더이
상 혜련 스님이 그에게 화답하지 않으리라는 걸 그는 이내 깨닫
는다. 말로써 시비를 가릴 일 없고, 가벼운 것과 무거운 것을 나
눠 논쟁할 일이 없으며, 옳은 것과 그른 것을 찾아 싸울 일이 없
으니, 그것이 시시비비의 갈등을 없애는 법으로서 이른바 멸정
법滅淨法이다. 지금 내 앞에 앉아 일념으로 염불을 외는 것은 과
연 혜련 스님인가. 그이가 아닌지도 모른다. 얼굴조차 볼 수 없
으니 더욱 그렇다.

어둠이 등뒤로 파죽지세 밀려와 있다.

그는 한동안 우두커니 앉아 있다가 이윽고 일어나서 앞을 향해 석례삼배釋禮三拜의 예를 올린다. 첫번째 절로 몸身과 말口과 뜻意의 삼업三業으로 공경을 지극히 하고, 두번째 절로 부처님佛과 진리法와 스님僧의 삼보三寶에 귀의하고, 세번째 절로 탐욕貪과 분노嗔와 어리석음痴의 삼독三毒을 없애도록 하자는 게 석례삼배의 뜻이다.

석굴을 나서니 바닷바람이 선뜩하다.

머리와 가슴속은 이미 서늘히 비어 있다.

방금 막 석굴을 나섰는데도 석굴 안에서의 모든 게 꿈인 듯하다. 절 마당에 서서 이편을 살펴보고 있던 동자승이 쪼르르 쫓아내려온다. 소리만 있을 뿐 어둠에 잡아먹힌 바다는 캄캄해서 보이지 않는다. 땅끝이다.

다음날 아침.

석굴 입구의 나무문짝이 단단히 닫혀 있는 걸 그는 본다.

너무 지쳐서 곤히 자고 난 뒤, 절 뒤란의 대나무숲이 바람에 저희끼리 몸 섞는 소리 때문에 잠을 깨고 난 다음의 일이다. 간밤에 무슨 일이 있었던가. 자다가 꿈자리에 놀라 잠을 깨서 더듬더듬 석굴 앞까지 잠깐 내려왔던 일이, 꿈이었는지 생시였는지

모를 일이다. 혜련 스님이 숨죽여 울던 소리를 들었던 것 같기도
하고 안 들었던 것 같기도 하다. 깊은 동굴을 울려나오는 어떤,
낮은 피리 소리를 들었던 것도 같다.

"혜련 스님은 이른 새벽, 떠났습니다."

주지스님이 수건으로 찻잔과 숙우를 닦으며 말한다.

"어디로 가신다는 말씀은 없었습니까."

그는 대답을 듣지 못할 걸 알면서 그냥 묻는다.

"수행자가 탁발을 하거나 순렛길을 떠나는 건 당연한 일이지
요. 원효대사께선 수행자를 위한 발심수행장發心修行章에서 이렇
게 일렀습니다. 세월이 지나, 어느새 하루가 한 달이 되고, 한
달이 또 쌓여 한 해가 되고, 한 해 두 해가 바뀌어 흐르다보면
어느덧 죽음에 이른다. 부서진 수레는 구르지 못하고 늙은 사람
은 닦을 수 없다. 그러니 어찌 마음 닦고 도를 통하는 일이 급하
지 않겠는가, 하구요. 요즘 혜련 스님이 바로 그런 마음으로 삽
니다. 몸도 그다지 건강하지 않으시니, 수도에 마음이 급할밖에
요. 먼 길을 오신 분이니 처사께서 절에 여러 날 머물며 충분히
쉬실 수 있게 돌봐드리라는 당부의 말씀을 하시고 떠났으니, 쉽
게 돌아오진 않을 것입니다. 원기가 충분히 도실 때까지 예서 편
히 유하다 가시지요. 그리고 참, 이걸 처사님께 전해드리라고 했
습니다."

"혜련 스님…… 병세가 깊으신가요?"

"병세가 깊다기보다…… 해는 지는데 갈 길은 먼 나그네의 심정이다, 그 말입니다."

주지스님이 말끝을 흐리고 잘 접힌 비단보자기를 내민다.

혜련 스님의 솜씨인 듯 굽은 소나무와 달이 수놓아진 보자기다. 망월암 마당 끝의 늙은 소나무와 그 위로 두둥실 떠 있던 달이 보자기에 겹쳐 떠오른다. 그는 조심스럽게 보자기를 푼다. 손끝이 푸르르 떨리고 가슴에 또 불기가 서린다. 보자기에 싸여진 것은 열 살 때 토산현을 도망쳐나와 고달산을 넘다가 바랑째 잃어버렸던 어머니의 은비녀다.

아, 어머니……

그는 은비녀를 품에 안아본다. 죽은 혜련 스님의 어머니 때문에 놀라서 그만 고달산 상봉의 암굴에 놓고 왔던 것을, 혜련 스님이 순실이를 그에게 보내고, 그 길로 고달산에 이르러, 당신의 어머니 유해를 수습할 때 주워왔던 모양이다. 바랑은 썩어 삭았을 테니, 은비녀만 그 동굴에, 죽어가면서도 기꺼이 그에게 젖을 먹였던 혜련 스님의 어머니 유해와 남아 있었을 것이다. 그는 다시 보자기에 은비녀를 싸서 몸에 지니고 주지스님에게 하직인사를 올린다. 그 자신을 피해 혜련 스님이 절을 떠났으니 속세의 몸인 그가 떠나 스님을 돌아오게 해야 하는 게 도리 아니겠는가.

"기운을 얻으시고 떠나시지 않고요."

"아닙니다. 오랜만에 따뜻이 잠들어 원기는 다 회복했습니다. 혜련 스님께 정말 성불하기 바란다고 차후라도 전해주십시오."

"어디로 가시는 길이신가요?"

"글쎄요. 인연이 닿으면 대마도나 간도로 가보려구요. 하도 여기저기 다녀봐서, 거기 빼놓고는 발걸음을 안 해본 곳이 더이상 없어서요."

"그럼, 편히 가시지요."

그는 웃고 주지스님은 미소만 짓는다.

동자승이 산문까지 따라 내려온다. 드문드문 서 있는 소나무 사이로 산죽山竹들이 한참 자라고 있다. 날씨는 청랑하기 그지없다. 바닷바람에 댓잎들이 서로 부딪쳐 수런거리는 소리가 듣기 좋다. 동자승이 산문에 멈춰 서서 합장하고 묻는다.

"저기, 산 넘어 산 너머엔 무엇이 있나요?"

"산 넘어 넘어서도 또 산이 있지."

"바다 너머엔 무엇이 또 있을까요?"

"바다 너머에 또 땅이 있고 땅 너머엔 또 바다가 있답니다, 스님. 먼 곳으로 구름처럼 둥실둥실 떠다니고 싶은 모양이네요. 어린 스님이……"

"크면요……"

"그런 날이 올 겝니다. 그럼 안녕히 계십시오."

그가 합장해 머리를 숙이고 산문을 나온다.

열 걸음쯤이나 걸었을까. 문득 뒤돌아보았더니 어린 동자승이 합장한 그대로 서 있는데 어쩐지 눈가가 젖은 느낌이다. 합장한 도톰한 동자승의 손이 가히 무색의 꽃송이처럼 어여쁘고 아련하다. 들어가세요, 스님. 언젠가는 스님의 소망대로, 어쩌면 나보다 더 먼 땅을 지나고 물을 건너가게 될 것입니다. 그는 속으로 말하면서 한번 손짓을 갸볍게 하고 뒤돌아서 걷는다. 부지런히 걸으면 하루 만에 남해를 관통할 수 있을 것이다. 깊은 밤 석굴을 울리면서 흘러나오던 피리 소리 같은 것이 귓가에 남아 있다. 그게 정말 혜련 스님의 울음소리였다면 스님의 갈 길도 앞으로 많이 남아 있다는 뜻이 된다. 부디 모든 원결怨結을 다 갚으시지요, 스님. 그는 쓸쓸하게 중얼거린다.

어느 방향에선가 뻐꾸기가 뻐꾹뻐꾹 운다.

금전서미 金錢鼠尾

삭풍은 나무 끝에 불고 명월은 눈 속에 찬데
만리변성에 일장검 짚고 서서
긴 파람 큰 한소리에 거칠 것이 없어라.
_김종서, 『청구영언』

그는 목포에서 보름을 기다린 뒤 봄철도 기울기 시작한 오월 중순, 태안, 강화, 해주를 거쳐 평안도 정주定洲 인근까지 올라가는 상선을 얻어탄다. 저판의 길이가 오십 척이 넘고 천 석의 짐을 실을 수 있는 번듯한 해운선이다. 무안의 곡물과 강진에서 만들어진 도자기를 싣고 올라가는 상선으로, 마침 해주에서 낯을 익힌 영위領位가 주선하여 조선 수리공으로 배에 오를 수 있게 된 것이다. 돛대를 늘 감시하고 배 밑바닥의 저판들을 살피며 선고船庫나 갑판의 썩은 판재들을 갈아내거나 수선하는 일이 그의 주된 일이다. 사달이 생기지 않는 한 특별히 바쁘거나 힘든 일은 없다. 그는 이번이야말로 형이 홍경래의 난 와중에 참수됐다고 소문난 정주성과 박천 의주 일대를 둘러보고, 강을 넘어 간도로 넘어갈 요량이다.

간도는 광대한 땅이다.

압록강 건너편을 서간도라고 부르고 두만강 건너, 송화강 상류와 백두산 동쪽 지역을 북간도라고 이르기도 한다. 간도는 두만강, 압록강과 천산산맥 흑산산맥 등으로 둘러싸인 드넓은 땅으로, 함경도나 평안도 북부에 비해 비옥한 토질을 갖고 있다. 처음엔 강을 건너가 농사만 짓던 사람들이 차츰 탐관오리들의 압제와 가렴주구에 못 이겨 식솔을 이끌고 아예 간도 깊숙이 들어가 터를 잡아 사는 사람들이 늘어난 것은, 땅이 비옥했기 때문이기도 하지만 오랜 세월 동안 이 일대가 주인 없이 비어 있었기 때문이다. 세금에 시달릴 일도 없었고 관아의 노역에 시달릴 일도 없었던 것이다. 청나라가 일어나고 백두산과 간도 일대에 크게 관심을 드러내기 전까지만 해도 그랬던 것이 틀림없다. 우리의 조상이 세웠던 고구려나 발해의 터전이었다는 것도 심정적으로 영향을 미쳤을 법하다.

그러나 최근엔 사뭇 분위기가 다른 모양이다.

청이 제 민족의 발생지라 하여 간도 내륙은 물론 백두산 일대와 압록강, 두만강 유역에서 걸핏하면 국경 문제를 들고 나왔고, 그 경비를 강화했다는 소문이 들린다. 자칫하면 백두산이 통째로 저희 땅이라고 우기면서 나올지도 모를 일이다. 이에 우리 조정에서도 얼마 전 간도에 살고 있는 백성에게도 세금을 물리고,

그 경계를 당당히 청나라에게 선포해야 한다는 공론이 한 차례 있었다고 한다. 무릇 나라와 나라를 가르는 경계가 두만강입네 압록강입네 하는 명쾌한 실선實線으로만 나뉠 수는 없다.

강을 경계로 삼는다 한들 그 강줄기가 어디 한둘이던가.

선분보다, 어떤 백성이 살고 있고, 어떤 역사적 배경을 갖고 있으며, 어떤 물줄기와 산맥으로 묶였는가 하는 것이 우선이다. 간도 지역이 어느 나라 땅인가 하는 것은 그가 아는바, 아직도 지역별로 세밀하게 정해진 게 없고, 그 역사적 징표들도 불분명하다. 숙종조에 이르러 백두산 정계비를 세우고 서쪽은 압록강을 국경으로 삼고 동쪽은 토문강土門江으로 경계를 삼는다 했으나, 그 토문이 과연 어떤 물줄기를 말한 것인지는 확실하지 않다.

여러 가지 지도들만 해도 그러하다.

가령 농포자 정상기의 동국지도엔, 백두산으로부터 간도 쪽 동북 방향을 향해 구부러진 실선을 그어 표시하고 토문강원土門江原이라고 밝히고 있다. 다른 지도에도 이런 표식이 여럿 보인다. 이는 송화강 상류를 토문강으로 본 것이다. 그렇다면 송화강 아래쪽의 드넓은 간도 지역이 조선 땅으로 편입될 터인데, 청국은 토문강을 두만강, 그러니까 도문강圖們江이라 한사코 주장하고 있으니 결론이 날 리 없다.

시비가 남은 국경 문제는 예민하고 유동적이다.

과학적 탐구와 빈틈없는 실측으로 지도를 그려야 하는 개인
이 감히 국경 문제를 감흥에 따라 이리 그리고 저리 그릴 수는
없는 노릇이다. 그가 간도를 둘러보고자 하는 것은 그러므로 국
경에 대해 분연한 소신을 세우자는 것이 아니다. 대마도도 그러
하고 간도도 마찬가지다. 여력이 있다면 별도의 상세도로서 대
마도와 간도의 지도를 완성해보고 싶다. 우리 역사의 그림자가
오랜 세월 그곳에 걸쳐 있고, 우리 민족이 부분적으로 살고 있기
때문이다. 게다가 기회가 된다면 간도를 넘어 더 깊이 들어가 이
참에 청국의 문물을 두루 살펴보고 싶기도 하다.

배가 곧 출항한다.

아침해가 불쑥 솟아오르자 점점이 섬들이 떠 있는 목포 앞바
다가 수천수만 물비늘을 매달면서 서늘히 다가든다. 그는 이물
에 앉아 바다를 보고 멀어지는 땅을 본다. 이제 스무 날 안에 정
주 의주를 건너 가을이면 간도로 들어서게 될 것이다. 뒤꼭지만
빼고 머리를 삭발하다시피 한 청나라 사람들의 유난스런 변발
모습이 눈앞을 가뭇가뭇 스치고 지나간다.

금전서미金錢鼠尾라고 했던가.

뒤꼭지에 몇 가닥만 머리를 길게 길러 쥐꼬리처럼 땋아내려

서 서미라 하고, 그 땋아내린 머리가 엽전의 가운데 네모난 구멍에 들어갈 정도가 돼야 한다 해서 금전이라 한다는 설명을 해준 것은 혜강이다. 오주거사와 혜강은 지금쯤 헤어져 충청도와 한양의 집에 당도하고 있을 터이다. 청나라 사람들이 너나없이 금전머리를 하고 떼지어 돌아다니는 그림이 상상 속에 떠오르자 빙그레 웃음이 난다.

그러나 생각하면 북방길이다.

자고로 북방의 사람들은 춥고 척박한 땅을 지키고 살았던바, 반역으로 억울하게 잡혀 죽거나 전쟁에 내몰려 북풍한설 찬 서리, 고향에 돌아가지 못해 뼈저린 정한 남기고 죽은 이 많을 테니, 길로 흐르는 나그네에게도 먹고 자는 일이며 꿈자리까지, 아마도 많이 신산할 것이다. 더구나 경계를 넘어 낯설고 물선 간도 땅임에 더 말해 무엇하랴. 그곳엔 아는 보부상 접주도 없고 진즉에 그려 품은 지도도 없다. 겨울이라도 닥치고 보면 얼어붙은 두만강 압록강 가, 만나느니 내 강토를 지키다가 죽은 혼백뿐일는지도 모른다. 그래도 이제부터 갈 길은 적어도 그에겐 신천지다. 대동여지도 밖의 산과 물은 또 어떻게 맺어지고 풀어지면서 흐르는지 궁금하다.

그는 아하, 크게 심호흡을 해본다.

그는 여름에야 오래 전 홍경래의 반란군이 장렬한 최후를 맞이했던 정주성定州城에 닿는다. 관군이 열여드레 동안 땅굴을 파고 들어가 성 밑에 화약을 쟁여놓고 폭발한 다음에야 비로소 무너뜨릴 수 있던 단단한 정주성이다. 성을 폭발하기 위해 관군이 쟁여넣은 화약이 무려 천팔백 근이나 됐다고 한다. 그 최후의 전투에서 죽은 반란군이 홍경래를 비롯해 수백이요 체포돼 참수된 백성이 수천여 명이나 된다고 들은 일이 있다. 형이 어디서 어떻게 죽었는지 알아보는 일은 거의 불가능한 일이다. 더구나 세월이 많이 흘렀으니 수소문할 데도 없다. 놀라운 것은 나이 많아 그때를 기억하고 있는 백성 중엔 아직도 오십여 년 전 정주성 전투에서 죽은 홍경래가 아직 살아 있다고 굳게 믿는 사람들을 만날 수 있었다는 사실이다.

"그분이 다시 돌아와 새 세상을 열 거여!"

주막에서 만난 노인은 확신에 찬 얼굴이다.

"난이 벌어졌을 때 노인장께선 연세가 어떻게 되셨는데요?"

"서른 살이 채 못 됐었지 아마. 먼 데서 그분을 뵌 것이 딱 한 번이었는데 얼굴이 옥같이 희고 어깨가 떡 벌어진 게 가히 관운장을 닮았었어. 죽을 분이 아닐세. 세월도 그분에게는 비켜간다고들 믿네. 그때 잡혀 죽지 않으려고 강을 넘어간 사람들이 부지기수인데, 그 사람들도 다 장군님이 돌아올 날을 기다리고 있다고 들었네."

"그럼 압록강 건너, 그 난에 참여했다 살아 도망친 사람들이 많이 살고 있단 말인가요?"

"많다마다. 더러 섬으로 들어간 사람들도 있고."

"섬이라면 이를테면 신도를 말하시는 겁니까?"

"압록강에 섬이 어디 신도뿐이던가."

노인을 만난 것은 선천 북방의 안의安義이다.

곽산과 선천을 지나 안의에 들른 것은 한여름의 일이다. 열일곱 살 때쯤이었던가, 해주를 떠나 동가식서가숙하며 압록강을 쫓아 백두산까지 나아갈 때, 일 년여 동안 노잣돈을 마련하고자 일했던 대장간이 안의에 있기 때문이다. 마음씨 좋았던 대장간 주인은 이미 병사해 없고 그 아들이 가업을 이어가고 있었는데, 놀랍게도 그를 한눈에 알아보고 반긴다. 대장간은 그사이 규모가 크게 늘어나 어여번듯하다.

그는 그곳에서 충분히 쉰 다음 천마산天馬山을 넘어 의주로 간다.

의주의 여름은 활달하기 그지없다.

청나라에 오고가는 상인들이 전국에서 모여들고, 그들을 기찰하고 국경을 경계하는 군졸들이 길을 휩쓸고 다닐 뿐 아니라,

압록강 상류에서 벌목한 나무들이 뗏목으로 엮여 흘러와 연방 강 포구에 닿는다. 뗏목 사이로 섬을 오가는 나룻배와 생선과 고기잡이 배가 뒤섞여 압록강 또한 분주하기 그지없다. 그는 의주를 근거지로 삼고 머물면서 한동안 신도를 비롯한 압록강 하류의 섬들을 둘러본다. 노자가 충분하지 않아 시시때때 날품팔이를 하고 한뎃잠을 자는 여행이라 행색은 영락없이 거지꼴이다. 그렇지만 살이 빠지고 행색이 험할 뿐 다리의 힘은 다져질 대로 다져져 오히려 더 옹골차다. 그가 인근의 섬에 관심을 두는 것은 최근 들어 청나라가 시도 때도 없이 몇몇 섬들을 제 나라 것이라고 우기는 일이 종종 발생했기 때문이다.

신도는 장자도獐子島라고도 불린다.

『세종실록지리지』에 이르기를 '춘추春秋로 안변사按邊使에게 망제望祭를 지내게 하고 있다'고 한 그 섬이다. 압록강 물이 바다로 쏟아져나가는 지점에서 멀지 않은 곳에 자리잡은 신도는 주로 소금 굽는 사람들이 살고 있다. 일찍부터 먹고살 길 없는 명나라 청나라 사람들이 은근슬쩍 들어와 살다가 때로 조선 관헌들에게 붙잡혀오기도 했던 섬으로서, 평안도 용천부龍川府 소속이다. 소금밭은 물론이고 비단의 원료로 사용하는 질 좋은 갈대가 많이 나서 비단섬이라고 불리기도 한다. 노적도露積島, 사자도獅子島, 영도永島, 말도末島, 양도洋島, 초개도草介島, 장도長島 등 여러 섬이 신도 주변에 흩어져 있다. 섬의 둘레는 십오 리쯤 되고 요동에서 육십여 리, 용천에서 또 십여 리쯤 된다. 높은 봉우리와 깊은 골 짜기가 없고 땅이 기름져 논과 밭만 해도 백 섬지기가 넘으니, 미상불 청나라가 탐을 낼 만하다.

그는 신도를 비롯한 여러 섬을 측량해 기록한다.

대부분 대동여지도에 이미 기록한 섬이지만, 세세히 측량을 하고 진도津渡와 교량과 토산土山까지 두루 살핀 건 첫 경험이다. 소중한 우리의 강토이니 어느 한 가지도 소홀히 하거나 빠뜨릴 수는 없다. 여름이 그렇게 훌쩍 기운다.

압록강을 넘으려다 우리의 군졸에게 붙잡힌 건 초가을이다.

이곳저곳을 쫓아다니면서 지도를 그리는 수상한 자가 있다는 말을 의주현에서 미리 듣고 있었던 모양이다. 그는 사흘 밤낮으 로 변경을 지키는 진지 막사에 붙잡혀 모진 곤욕을 치르고서야 풀려난다. 그가 일찍이 청구도를 그리고 동여도를 펴낸 지도쟁 이라는 걸 알아본 종팔품관從八品官의 봉사奉事가 없었다면 더 큰 고초를 겪었을 것이다.

그는 사흘 후에야 간신히 작은 나룻배를 얻어탄다.

위화도威化島를 징검다리 삼아 압록강을 넘어가는 나룻배다. 위 화도와 북방에서 마주 보고 있는 것은 대동여지도에도 표식해놓은 권토산權土山이다. 그는 나룻배를 내리자마자 한달음에 권토산을 왼쪽으로 밀어내고 곧 구련성九連城에 닿는다. 그곳까지는 오래 전 발걸음을 해봤던 곳이다. 더 북행길 잡아가면 망우望隅가 있고 금석산金石山, 세포細浦가 있고, 이윽고 안시성安市城에 닿는다는 걸 그는 알고 있다.

가을빛이 점령군처럼 밀어닥치는 중이다.

가을이 깊을 때쯤, 요동을 대강 살핀 다음 북동진하여 백두산 북서쪽 지역으로 방향을 잡는다. 숙종조에 세운 백두산 정계비엔 분명히 청국과의 경계를 서쪽은 압록강, 동쪽에선 토문강으로 삼는다 하여 ‘西爲鴨綠 서위압록, 東爲土門 동위토문’이라 쓰고 있다.

정계비 자리는 대동여지도에도 표식을 해둔 바 있다.

그는 이번 기회에 무엇보다 먼저 백두산 북방 일대와 그 강줄기를 살펴 기록할 요량이다. 여러 가지 여지도나 농포자의 동국지도에 따르자면 ‘土門江源 토문강원’을 두만강 본줄기와 구별해 백두산에서 동북 방향으로 따로 표기한 걸로 보건대, 토문강은 두만강이 아니라 송화강 상류를 가리킨다고 보는 것이 얼핏 보아 타당하다. 백두산이 압록강과 두만강은 물론이고 송화강의 발원인 것은 틀림없는 사실이지 않은가. 그렇지만 우리의 기록에도 토문을 두만강이라 본 이가 더러 있으니, 토문을 두만강이라 해석한 것이 청국만이라고 단정할 수는 없다.

그는 우선 그곳 지역을 눈으로 확인해보고 싶다.

어차피 그곳은 국경 시비와 관계없이, 우리의 수많은 백성이 이미 터를 이루어 사는 곳인바, 간도 일대를 일일이 둘러보고 압록강을 따라 내처 동진해, 두만강 하류에 자리잡은 녹둔도까지 가볼 일이다. 사차마도沙次ケ島나 사차도沙次島라고 불리기도 하는 녹둔도 또한 아라사가 때로 엉뚱한 소리를 하는 곳이기 때문이다.

녹둔도는 함경도 경흥부慶興府 소속이다.

경흥부 조산造山에서 이십 리 밖에 자리잡은 하천도河川島인 녹둔도는 남북이 칠십 리, 동서가 삼십여 리의 꽤 큰 섬으로서, 세종조 때 육진六鎭을 개척한 후부터 우리 백성들이 들어가 살아오고 있다. 역시 산이 없고 비옥하여 벼는 물론 기장과 수수와 귀밀 농사에 제격이고 연어와 붕어와 송어가 떼로 잡힌다고 한다. 처음엔 봄에 가 농사를 짓고 가을에 추수하는 이른바 춘경추귀春耕秋歸 방식으로 사람들이 드나들었으나, 육진의 개척으로 어느 정도 살림터가 안정된 곳이다.

간도엔 겨울이 빨리 오고 그만큼 길며 모질다.

때를 잘 맞추지 못한 것은 큰 실수였지만 실수라는 걸 알았을 때는 이미 간도 깊숙이 들어와 되돌릴 길이 없게 된 다음이다. 초가을에 의주를 떠났는데 혼강渾江에 이르렀을 땐 벌써 한겨울, 그가 혼강에서 남진하다가 청나라 병졸에게 붙잡혀 몸뒤짐을 당하게 된 것도 그런 점에서 보면 사필귀정이 아닐 수 없다. 서간도 일대를 휘돌아 관전寬甸, 통화通化, 혼강을 둘러본 다음, 이대로 동진해 백두산에 가는 것은 무리라고 생각해 남행하다가 우리 땅 압록강이 빤히 바라보이는 지점에서의 일이다. 모진 겨울이 아니었다면 그런 실수는 없었을 것이다.

그 동안의 고통은 필설로 표현할 길이 없다.

석성石城과 관주 일대를 지날 때는 짐승에게 붙잡혀 잡아먹힐 뻔한 일이 한두 번도 아니고, 사람이 살지 않는 회룡산回龍山을 넘을 땐 굶주림과 추위에 차라리 죽는 게 낫겠다는 생각을 한 것도 여러 번이었으며, 통화와 혼강 사이에선 얼어붙은 강을 건너다가 얼음이 깨져 강물에 빠지는 바람에 구사일생 살아난 적도 있다.

간도는 오랫동안 비어 있던 땅이다.

하루 종일 걸어도 민가 하나 만날 수 없는 경우가 흔하다. 특히 간도 지역은 대흥안령大興安嶺을 비롯한 험산들과 요허遼河 송화강

등 여러 강의 지천에 둘러싸여 있어 접근하기가 쉽지 않다. 산으로 들면 길을 잃고 낮은 데로 내려오면 습지가 지천이다. 더구나 청이 들어서면서 백두산을 자기들 조상의 발상지라 주장하고 성역화하면서 한동안 사람의 접근을 막아왔기 때문에 더욱 그렇다.

그야말로 팔한지옥八寒地獄을 차례로 지나가는 것과 같은 길이다.

팔한지옥의 어떤 곳은 살이 얼어 터져서 푸른 연꽃처럼 보이게 된다 했거니와, 얼음장 밑으로 곤두박질쳤다가 간신히 빠져나왔을 때의 온몸은 푸르딩딩해서 사람의 그것이 아니었다, 고 그는 회상한다. 그런데도 그 고통을 견딘 것은 물론 지도 때문이다. 대나무지팡이 속에 꼼꼼히 말아숨긴 압록강 하류지역과 죽을 고비를 넘기며 지나쳐온 서간도 일대의 상세한 초벌지도는 예전에 그 누구도 그린 적이 없었던 지도일 것이다. 간도에 넘어와 살고 있는 우리 백성들에게서 얻어온 채색지도도 한두 장이 아니다. 목숨을 버릴지언정 전무후무한 그 지도들은 보존해 가져가야 한다.

배고픔보다 더 견딜 수 없는 건 추위다.

설한풍이 하루가 멀다 하고 몰아닥치고, 광활한 저지대를 통과할 땐 바람조차 가릴 만한 숲도, 언덕도, 굴도 없다. 왜 겨울이 닥치고 있다는 걸 간과했을까. 더구나 혼강에서 백두산 북쪽 지역에 이르는 곳은 거의 사람이 살지 않는 곳일 뿐 아니라 길도 없다. 방향을 조금이라도 잘못 잡았다간 죽음과 당장 맞닥뜨릴 터, 이제라도 살아서 나머지 간도 땅을 돌아보려면 우선 겨울의 모진 한파를 피하고 보는 게 상수다. 그가 혼강에서 압록강 쪽으로 남진해온 건 그 때문이다. 혼강에서부터 압록강까진 임강臨江이 흐르고 있다.

"임강 끝에서 강물을 넘으면 우리 땅 후주가 가깝지요?"

"가깝다마다. 지척이지."

혼강에서 만난 조선 사람의 대꾸가 시원하다. 후주厚州는 아주 오래 전에 산을 넘다가 다리가 부러져 두 달쯤 머물렀던 마을이다. 고기를 낚거나 화전을 일구고 사는 후주 사람들의 따뜻했던 인정이 상기도 잊히지 않는다. 예전에 지나쳐갔던 기억이 맞다면 압록강 지류인 임강이 본류와 만나는 지점에서 강을 건너가면 곧 이평梨坪이다. 이평에서 강을 따라 남동진하면 한나절 안에 죽전竹田, 나신동羅信洞에 닿고, 나신동을 지나면 이내 후주에 닿을 것이다. 그곳으로 가서 겨울을 나고 봄에 다시 북간도로 넘어올 요량이다.

그러나 그의 계획은 임강 끝에서 무산된다.

이곳까지 청국 수비대가 나와 있다는 것이 놀랍다. 국경 수비보다 압록강 북쪽의 사슴이나 사향, 산삼 따위의 자연자원을 지키는 일이 수비대의 더 큰 임무였다는 걸 안 것은 나중의 일이다. 하기야 청국이 국경에 관해 수시로 말도 안 되는 시비를 걸어오던 시절이어서, 우리 조정에서도 무조건 문제를 일으키지 않으려고 월강죄越江罪를 따로 두어 다스렸으니, 국경 수비대가 그 변방까지 나와 있었던 게 특별히 이상할 것도 없다. 오히려 이상했던 것은 늘 용의주도하게 앞뒤를 재면서 돌아다니는 게 익숙한 그가 그때만은 아무런 경계도 하지 않고 있었다는 사실이다. 더구나 이평은 혜산惠山과 만포滿浦로 갈라지는 교통의 요충이 아닌가. 그런데도 그는 아무런 경계도 하지 않고 너무 배가 고파 강 마을의 빈집을 기웃거리다가 청나라 병졸에게 덜컥 덜미가 잡혀 군막軍幕까지 끌려가고 만 것이다.

"너는…… 조선 첩자냐?"

금전서미를 한 군교軍校가 묻는다.

챙이 둥글고 꼭대기가 붉은 것이 그곳의 군막에서 우두머리임에 틀림없다. 청국말이 반절이고 조선말이 반절이다. 좌우에 시립侍立한 두 명의 군졸 중에서 한 명은 조선말이 유창하다. 본래 조선 사람인 듯, 이편에서 말귀를 못 알아듣는 눈치가 보이면 냉큼 그자가 설명을 보탠다. 피는 못 속인다고, 조선 사람인 듯한 군졸의 눈빛엔 안타깝고 애련한 기색이 가득하다. 그에 비해 군교는 키가 땅딸하고 어깨가 떡 벌어진 체구지만, 때가 새카맣

게 낀 손과 싯누런 앞니, 눈곱이 덕지덕지 앉은 모양새가 들짐승에 가깝다. 그는 물론 황급히 고개를 가로젓는다.

"그럼 이것이 다 무엇이냐."

"……"

대답을 안 하자 몽둥이가 어깨로 날아온다.

바랑에서 나온 나침반과 거리를 재는 데 쓰는 그가 만든 줄자와 지필묵과 대나무지팡이를 뒤져 꺼낸 여러 가지 초벌지도들이 두서없이 앞에 놓여 있다. 그는 어깨에 몽둥이를 맞고 태질당한 개구리처럼 자빠진다. 손이 뒤로 묶인 채 무릎 꿇어 앉았다가 자빠졌으나 얼른 일어날 수도 없다. 환도를 들고 시립해 있던 또다른 군졸이 상투를 잡아 불끈, 그를 다시 일으켜 앉힌다. 어깨뼈가 빠지는 것 같다. 그는 그렇지만 비명조차 지르지 못한다. 환도를 든 군졸이 금방이라도 목을 칠 기세로 눈을 부라린다.

"누가 보냈느냐?"

"……"

"다시 묻겠다. 어떤 놈이 너보고 이런 걸 그려오라 하더냐?"

"아…… 아닙니다, 나리. 저는 강 건너 이평에 사는…… 산삼장사꾼이라서……"

"이놈이, 어따 대고 거짓말을……"

이번엔 환도를 든 자의 칼등이 날아온다. 칼등이 치고 지나갔

는데도 어깨 한쪽 모서리에 피가 배어나온다. 어차피 뼈밖에 남
지 않아 한달음에 요절나고도 남을 육신이다. 요기를 해본 지도
하루가 지났고, 얼어붙은 발은 부어오를 대로 부어올라 검푸르
게 솟아올라와 있다.

마침내 이 변방에서…… 첩자로 몰려 내가 죽는구나.

그는 상체를 일으키려고 버둥거리면서 생각한다. 어떻게 말
을 지어낸다고 해도 서간도 일대를 상세하게 그린 초벌지도에
대해 상대편이 믿을 수 있게 설명할 수 있는 길은 없다. 군막 너
머로 얼어붙은 강이 보이고, 강 건너 아스라이 마을 한켠이 눈에
들어온다. 내 나라 강토가 저리 가까운데 갈 길이 없으니 저승보
다 멀다. 지도만 없었더라도 이런 취조는 받지 않았을 것이다.

환도를 든 군졸이 이윽고 칼집에서 쓱 칼을 뺀다.

"첩자가 아니라면, 지도를 그릴 리 없다!"

군교가 콧구멍을 씰룩거리며 오금을 탁 박는다.

모처럼 청명한 하늘이다. 막사의 벽 틈으로 흘러들어온 하오
의 햇빛이 군졸의 환도에 반사돼 쨍 눈을 찌르고 달려든다. 그는
눈을 감고 만다. 평생 흘러다녔던 수많은 길들이 한꺼번에 천지
사방에서 쏟아져 가슴속으로 들어오는 느낌이다. 그러면서, 고
단한 눈빛으로 먼산을 바라보고 서 있는 순실이가 눈앞을 스쳐
지나가고, 끝끝내 돌아앉아 있던 혜련 스님의 뒷모습이 보인다.

내겐…… 얼굴이 없습니다.

혜련 스님의 마지막 한마디가 고막을 울리고 있다. 혜련 스님에게서 전해 받은 은비녀는 이미 군교의 속주머니 속으로 들어가 있으니, 은비녀를 또 잃고 나면 저승에 가서도 어머니를 만날 수 없을 터이다. 어, 어, 어머니……라고, 그는 필사적으로 불러본다. 태어나고 단 한 번도 소리내어 불러본 적이 없는 이름이다. 무엇이 그리워 그 먼 길을 돌아 여기까지 왔는지 알 수 없으니 가슴이 속절없이 무너진다.

길이 끝나는 곳에 이르러 이런 죽음이 놓여 있었던가.

저들은 이곳에서 자신의 목을 치거나, 아니면 상급 관청으로 보내겠지. 어느 쪽 길이든 결과는 마찬가지다. 업력이 여기에 닿았다면 어디든, 이 팔한지옥을 넘어 사람의 선과善果에 이를 방도가 있을 리 없다. 억울한 것은 다만, 진즉 어느 지도에도 나타난 적이 없었던 간도의 상세한 초벌지도가 저들에게 넘겨지는 일이다.

평생 꿈꾸어온 것이 무엇이었던가.

조정과 양반이 틀어쥔 강토를 골고루 백성에게 나눠주자는 것이고, 조선이라는 이름의 본뜻이 그러하듯, 강토를 세세히 밝혀 그곳에서 명줄을 잇고 있는 사람살이를 새롭게 하고자 한 것뿐이다. 바른 지도가 있어 고루 백성들에게 나누었다면 아버지도 그렇게 죽지 않았을 것이고, 그의 평생이 풍진의 길로 나앉지도 않았을 것이다. 땅의 흐름과 물의 길을 잘 몰라 떠도는 사람은 더이상 없어야 한다. 그뿐이다.

『동사東史』에도 일찍이 이렇게 적혀 있지 않았던가.

東史曰 朝鮮音潮汕 因仙水爲名
又云鮮明也 現在東表日先明 故曰朝鮮

조선朝鮮이란 조선潮鮮이며, 그것은 천자天子가 있는 북쪽 나라라는 의미로 붙여진바, 선명鮮明하다 함은, 해 뜨는 동쪽日에서 달 지는 서쪽月까지 넓은 지역을 두루 밝혀明 사람을 새롭게 한다는鮮 뜻이다. 땅이 동쪽에 있어 해가 가장 먼저 밝히니 세상에서 가장 환한 곳이 조선이라는 뜻이기도 하다. 하지만 여기까지가 자신의 몫이라면, 이제 매달려 비굴하게 보전해야 할 남은 정한이 무엇이란 말인가.

"내가 첩자라 믿으면 목을…… 목을 치시오."

그는 이윽고 환도 앞으로 목을 길게 뺀다.

길게 늘어뜨린 군졸의 쥐꼬리 같은 변발 끝이 피 젖은 어깨에 닿는다. 변발 끝은 환도 끝이나 다름없다. 아, 이것이 국경이다, 국경은…… 칼이구나. 그는 속으로 부르짖는다. 얼어붙은 압록강변의 마른 갈대밭을 휩쓸고 가는 덴바람 소리가 무참하다.

　그는 부르르 떨며 눈을 감는다.

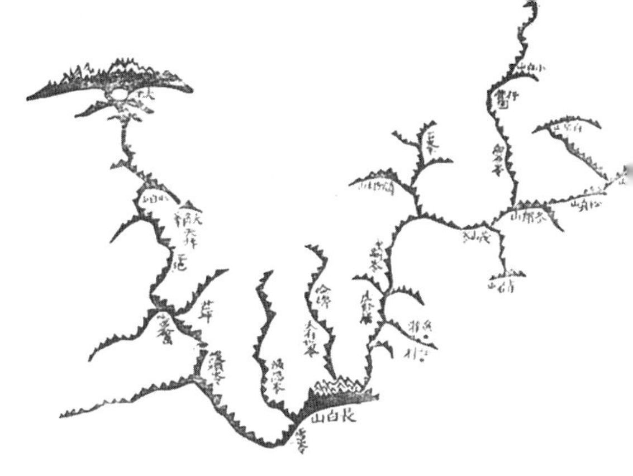

제4장 지도의 눈물

이제, 바람이…… 가는 길을 그리고, 시간이 흐르는 길을 내 몸 안에 지도로 새겨넣을까 하이. 오랜…… 옛산이 되고 나면 그 길이 보일걸세. 허헛, 내 처음부터 그리고 싶었던 지도가 사실은 그것이었네.

십자가

"저는 그것이 옳은 일이라고 믿었기 때문에 그렇게 했습니다."

_승지 남종삼의 말

마침내 우차牛車 두 대가 문을 나온다.

주로 시체들이 드나드는 소의문昭義門, 서소문이다. 의금부가 종로에 있으니 수레는 아마 육조거리 어귀에서 왼쪽으로 방향을 틀어 무교武橋를 넘은 뒤 곧장 군기사軍器寺 앞으로 우회해 관정동罐井洞 앞길을 지나왔을 것이다. 지나쳐온 길이 다 그랬을 테지만 특히 소의문 주변은 구경꾼들로 인산인해를 이루고 있다.

석축 위의 홍예문이 유난히 우뚝하다.

햇빛이 눈부시다. 수레가 성문을 빠져나온 순간 팔각지붕 용마루에 앉아 있던 새떼들이 우르르르, 그의 집이 있는 약현마루 쪽으로 날아간다. 문밖으로 얼굴조차 내밀지 말라고 엄히 일러 두었지만 순실이가 어떻게 하고 있는지 걱정이 돼서 그는 새떼 를 눈으로 따라가다가 약현골 자신의 동네를 슬쩍 살핀다. 마당 에만 나와 있어도 이곳 소의문 밖 너른 공터가 환히 내려다보일 터이다.

웅성거리던 사람들이 일제히 입을 다문다.

수레에 실려나온 두 사람은 그야말로 목불인견이다. 의금부에 서 받은 심한 고문의 흔적들이 곳곳에 남아 있다. 이미 극심한 태 형을 당한데다가 정강이를 하도 맞아 온몸이 피칠갑 상태로, 거 칠게 다듬어 만든 십자가에 묶여 있는 게 차마 바로 볼 수가 없 다. 그것도 그냥 수레 위에 뉘어 실은 게 아니다. 십자가가 수레 위에 세워져 있고, 그 십자가에 팔과 허리와 무릎이 단단히 결박 당해 있을 뿐 아니라, 머리채를 새끼줄로 묶어 십자가 꼭대기에 잡아맸으니 죽어가면서도 머리조차 아래로 숙일 수가 없는 형국 이다. 죄목과 이름이 십자가 끝에 매달려 있다. 그중의 한 사람은 오다 가다 몇 번 본 적이 있는 승지承旨 남종삼南鐘三이다.

"발판을 빼라!"

수레를 호송해온 금부도사가 소리친다.

나졸들이 달려들어 죄인이 간신히 밟고 선 발판을 뺀다. 다 부서진 죄인들의 몸뚱이가 그 바람에 바닥을 짚지 못하고 허공에 매달린 꼴이 된다. 허공에 뜬 몸이 바닥으로 자꾸 내려앉으니 결박당한 곳이 더욱더 옥죄어지면서 멎었던 핏물이 다시 배어나온다. 어떤 사람은 고개를 돌리고 어떤 사람은 눈가를 훔치고 또 어떤 사람은 몸을 부르르 떤다. 인산인해를 이루고 서 있는 그 많은 사람이 숨소리 하나 내지 않아 세상이 그야말로 텅 빈 것처럼 고요하다. 죄인들은 고통으로 입을 떡 벌리지만 비명소리는 새어나오지 않는다. 이미 반쯤 죽었기 때문이다.

수레가 다시 움직이기 시작한다.

소의문을 나선 다음 형장으로 정한 너른 공터까진 돌이 많은 비탈길이다. 수레가 숨가쁘게 들까불며 비탈길을 내려간다. 사람들이 자신도 모르게 한 발짝씩 뒷걸음질친다. 수레가 들까불수록 십자가에 잡아묶은 줄이 죄인의 팔과 허리와 무릎을 파고든다. 발판을 빼서 더욱 그렇다. 승지 남종삼이 먼저 실신하고 만다. 들까부는 나무십자가가 햇빛을 하얗게 튕겨내고 있다.

십자가를 처음 본 곳은 여주댁 안방이다.

여주댁 안방 동쪽 벽에 저런 형상의 작은 십자가가 걸려 있는 걸 본 적이 있다. 그가 먼 길을 떠나고 나면 혼자 남은 어린 순실이를 친딸처럼 돌보아준 여주댁이 언제부터 천주학과 가까이했는지는 확실하지 않다. 아마도 속병을 앓던 남편이 봉산封山에

들어가 나무를 베었다는 죄목으로 곤장을 맞은 뒤 장독으로 세
상을 하직한 다음의 일이었을 것이다. 어디서 들었는지, 속병에
효험이 있다는 말을 듣고 헛개나무 가지들을 한 짐 베어 짊어져
오다가 그이의 남편이 포졸에게 걸려들었던 모양이다. 속병까지
든 사람이 모진 태형을 어찌 감당했겠는가. 장독이 온몸으로 퍼
진 것은 당연지사였을 터이다.

남편을 잃은 여주댁 심정이야 말해 무엇 하랴.

예수라는, 하나님의 아들이 십자가에 못 박혀 죽고 부활했으
며, 그이야말로 왕 중의 왕으로서, 그이를 뺀 모든 사람은 본래
상하와 반상의 구별 없이 평등할 뿐 아니라, 그이를 믿고 따르면
죽어서 영원히 산다는 천국에 갈 수 있다고 말을 해준 것도 여주
댁이다. 여주댁이 순실이에게 준 십자가를 그가 빼앗아 다시 돌
려준 적도 있다.

수레가 곧 공터에 닿는다.

나졸들이 달려들어 십자가에 묶인 줄을 끊자 실신해 있던 죄
인의 몸이 돌밭으로 굴러떨어진다. 승지 남종삼이 그 바람에 눈
을 한번 떴다가 감는다. 언제 보아도 반듯하고 눈빛이 깊었던 사
람이다. 그러나 지금의 그는 영락없이 피에 잔뜩 젖은 걸레 같
다. 곧이어 나졸들이 속곳만 남긴 채 죄인의 옷을 모조리 벗기고
두 팔을 뒤로 잡아묶은 다음, 묶은 돼지를 꿰어들 듯 겨드랑이

사이로 긴 각기목을 꿰어든다. 죄인의 양쪽 귀에 화살을 꿰어넣는 것도 과정의 하나이다. 화살이 꿰어질 때 남종삼의 온몸이 부르르 떨리는 걸 그는 본다. 입 안이 바싹 말라서 금방이라도 마른 논바닥처럼 갈라질 것 같은 느낌이다. 또다른 나졸이 나서더니 이번엔 죄인의 얼굴에 물을 끼얹고 석회를 뿌린다. 석횟가루가 햇빛 속에서 하얗게 포말을 짓는다. 눈에 닿으면 눈알이 타들어가는 것이 석회다.

이제 조리를 돌릴 차례이다.

팔을 뒤로 돌려묶은 뒤 그 사이를 꿰어놓은 긴 각기목 양쪽을 어깨에 메고 구경꾼들이 가까이 잘 볼 수 있게 너른 공터를 한 바퀴 돈다. 남종삼이 앞서고 다른 죄수가 뒤를 쫓는다. 마치 짐승의 발을 묶고 꿰어들고 돌리는 것과 다름없는 형국이다. 이미 실신한 죄수들의 피칠갑이 된 몸이 돌밭에 질질 끌린다.

칼을 든 망나니들이 춤을 춘다.

망나니들이 막걸리를 머금었다가 번쩍 들어올린 칼날에 뿜을 때마다 찰나적으로 작은 무지개가 허공에 떴다가 사라진다. 남종삼은 물론이고 함께 죽을 죄수 홍봉주洪鳳周도 양반 신분이다. 더구나 남종삼은 불과 스물두 살에 진사시進士試에 급제했고, 일찍이 충주목사를 지냈으며, 얼마 전까지 승정원 승지로 있었다. 양반 신분이면서 반상의 유별 없이 평등한 세상이라니, 꿈꾸지 않았다면 이리 비참하게 죽기는커녕 호의호식하며 살았을 게 확실하다.

그이는 무엇을 감히 꿈꾸었단 말인가.

그 자신이 꿈꾸었던 것은 지도를 나누는 일에서 겨우 반상을 넘어서기를 바랐을 뿐이지만, 지금 죽어가는 그이가 꿈꾸는 세상은 아마도 보다 광대하고 무변無邊한, 어떤 불멸의 세상인 모양이다. 그렇지 않고서야 저런 굴욕과 고통을 사람으로서 어찌 견딜 수 있으랴.

마침내 한 바퀴를 돈 그들이 망나니 앞으로 끌려온다.

목을 대야 할 나무토막으로 된 도마가 나란히 놓여 있다.

도마 위에 목을 대면 망나니가 단칼에 토막을 칠 터이다. 나졸들이 겨드랑이 사이로 꿴 각기목을 빼고 나자 바닥에 쓰러져서 잠시 버둥거리던 그들이 한순간 허리를 쳐든다. 놀라운 의지가 아닐 수 없다. 무릎이 다 부서졌을 테니, 그것을 자갈밭에 대고 상반신을 들어올리는 것 자체가 놀랍다. 두 명의 죄수가 모두 실신했다 깨어나 있다. 특히 남종삼은 부서진 무릎을 자갈밭에 댄 상태에서도 순간적으로 머리와 어깨와 등이 수직을 이루어 평상시의 모습인 듯 곧다. 회칠이 된 얼굴에 햇빛이 사납게 날아가 박힌다. 회칠 때문에 그들의 눈은 다 타서 앞을 볼 수 없을 것이다. 그렇지만 어느 순간 그들은 눈을 번쩍 뜬다. 아니 그것은 그만의 착각이었는지도 모른다. 눈을 번쩍 뜬 남종삼의 시선이 에워싼 사람들을 하나하나 쓰다듬는 것처럼 훑고 지나간다고 그는 느낀다. 그의 몸이 휘청한다.

"형을 집행하라!"

죄목을 다 읽고 난 포도대장의 팔소매가 펄럭, 햇빛을 가른다.

나졸이 그들의 겨드랑이 사이에 꿰어 조리를 돌렸던 각기목을 들어 피 젖은 어깨를 후려친다. 나무토막처럼 앞으로 엎드려진 남종삼의 목이 자로 잰 듯 도마 위에 놓인다. 망나니가 먼저 남종삼의 목에 짐짓 칼을 내리치는 시늉을 한다.

그때 저만큼 뒤쪽에서 낮은 비명소리가 난다.

사람들이 혼절해 쓰러지는 한 여자를 일으켜세우는 게 얼핏 보인다. 망나니는 그러거나 말거나 칼춤을 추면서 입에 문 막걸리를 잘 갈린 칼날에 대고 확 뿜어낸다. 막걸리의 포말 사이를 통과해가는 햇빛이 또 부챗살만한 무지개를 만든다.

아, 순실이······

그는 비틀비틀 사람들 사이를 헤집고 뒤쪽으로 나간다. 얼핏 눈에 들어왔던 장면 속에서 쓰러진 여자가 순실이라는 걸 뒤늦게 깨달았기 때문이다.

회각

수년간 경영한 것이 다만 쓸데없는 빈말이 되었구나.
지나간 것이 이와 같으니 오는 것 또한 그러할 터……
금년에 내가 눈 속에 얼어 죽는다면,
내년에 누가 큰 그릇에 떡국을 먹는다 해도 내 알 바 아니로다.
_유성룡, 『징비록』

"웬일이세요, 형님?"

"나랑 같이…… 갈 데가 있네."

마포나루터 북쪽 끝이다. 주로 강을 따라 오가는 수참선水站船이나 소형 고깃배를 만드는 조선소에서 막 판재를 다듬고 있던 바우가 대패를 든 채 이마의 땀을 손등으로 닦는다. 몇 년 전과 달리 그이의 머리 위에도 서리가 하얗게 앉아 있다. 배의 밑판에 댈 삼판杉板을 깎던 중이다.

"지금 말인가요?"

"얼른 나서게나. 한시가 급하이."

"참, 형님도. 일하다 말고 가긴 어딜 갑니까?"

"순실이가 죽게 생겼네!"

거두절미, 그가 강팔지게 들이댄다.

오늘 안으로 도성을 빠져나가려면 서둘러야 한다. 이런 판국에선 도성 안에 있는 한 어디에 있든 안심할 수가 없다. 사세의 위급함을 비로소 눈치챈 바우가 이윽고 행장을 꾸려 나선다. 연전에 상처한 바우에겐 두 아들이 있었는데 이미 장성해 아비가 일하는 조선소에서 함께 일을 하고 있다. 그는 바우에게 맡겨 양주목에 있는 묘허의 별가別家로 순실이를 피신시킬 요량이다. 소의문 앞에서 승지 남종삼과 홍봉주의 목이 떨어지는 걸 본 순실이는 아직껏 제정신이 아니다.

"형님이 데려가야지, 길도 어둔 제가……"

"나는 비변사 부제조 영감을 만나야 하네."

"이럴 때 무슨 일로……"

"그럴 일이 있으이. 피차 약조를 단단히 한 일이니까 안 가면 더 큰 사달이 생길지 몰라. 서두르면 어둡기 전에 양주에 닿을 수 있을 게야."

"순실이 유숙할 곳은 누가 빌려준다 합디까?"

"전에 반년이나 가 있던 곳일세."

"천주학쟁이는 숨겨만 줘도 함께 목을 치는 세상이라서요."

바우가 말끝을 흐린다. 그이도 승지 남종삼의 처형 소식은 들어서 알고 있었던 모양이다. 남종삼, 홍봉주뿐만 아니다. 새남터에서는 서양 선교사 네 명이 오늘 또 목이 잘려나갔다고 한다.

이 기회에 천주학을 믿는 자는 그 누구를 막론하고 모조리 색출해 목을 벤다는 소문이 장안을 휩쓸고 있다.

흥선대원군은 무서운 사람이다.

주색에 빠져 지내면서 안동 김씨 일문에게 권력을 맡기다시피 했던 철종 임금이 승하한 것은 삼 년여 전인 계해년1863 겨울의 일이고, 뒤이어 흥선대원군의 어린 둘째아들 명복李命福이 고종 임금으로 등극했다. 말인즉, 궁중의 제일 웃어른인 풍양 조씨 신정왕후神貞王后가 수렴청정을 한다 하나, 모든 권세가 임금님의 아버지인 흥선대원군 수중에 떨어진 건 자명하다. 때맞추어 동학 교주였던 최제우와 그 일당이 처형됐고, 개혁을 앞세워 서원 철폐를 단행한 것도 그해 겨울의 일이다. 나는 새도 떨어뜨린다는 철종 임금의 장인인 김문근金汶根이 죽은 뒤로 안동 김씨 일문의 권세도 반 이상 흥선대원군 품 안에 들어가 있다. 더구나 흥선대원군의 아들을 고종 임금으로 낙점한 신정왕후가 누구인가. 기해년1839 천주교 박해를 일으켜 수많은 천주교인들을 처단한 장본인이라 해도 좋을 돈령부영사敦寧府領事 조만영趙萬永의 딸이다. 기해년 박해 때 죽은 이가 수백이라 들은 일이 있거니와, 이번엔 아마 그 열 배, 백 배를 넘을 터이다. 살얼음판 같은 세상이다.

“아…… 아버지……”

기다리고 있던 순실이가 비명처럼 소리치며 그를 향해 달려나온다. 봄이 오고 있지만 아직은 바람 끝이 차다. 달려나오던 순실이가 기우뚱하고 주저앉는다. 무서움에 진이 다 빠졌는지 얼굴은 팥죽색이고 손발은 와들와들 떨린다.

"저, 저기…… 아버지, 저기 좀……"

동행해온 바우가 안아올렸지만 순실이는 제정신이 아니다. 사시나무처럼 떨리는 팔을 들어 소의문 쪽을 가리킨다. 순실이의 손가락을 좇아 고개를 돌리던 그의 가슴이 철렁하고 내려앉는다.

여주댁이 끌려가고 있다.

약초밭 샛길은 밤새 얼었던 땅이 햇빛에 녹아 진창길이다. 관아의 추달이 이렇게 빠르다니, 놀랍다. 포교가 한 사람, 포졸이 네댓이나 된다. 오랏줄에 묶인 여주댁은 미리 각오하고 있었던 듯, 끌려가면서도 사뭇 당당해 보인다. 약초밭에 앉아 있던 쇠박새떼가 그들의 서슬에 우르르 날아올라 만리재를 넘는다. 아지랑이에 묻혀 그들의 뒷모습은 아슴푸릇하지만, 소리쳐 부르면 금방 뒤돌아볼 것 같은 가까운 거리이다. 여주댁네를 드나드는 사람들은 여주댁을 가리켜 모니카라고 부른다. 세례명이라 했던가. 이 동네에서 그런 식의 서양 이름을 쓰는 것은 여주댁뿐이다. 이제 모니카 여주댁은 피칠갑이 되고 사지가 뒤틀리는 모진 형장刑杖을 맞을 것이다. 여주댁네를 드나들던 모든 사람들의 이름이 줄줄이 불거져나오는 건 시간문제다.

"정신 차려라. 짐을 싸야 한다!"

그가 순실이의 손을 잡아끈다.

잡은 그애의 손이 돌쩌귀처럼 단단하고 거칠다. 그 동안 『대동지지』 편찬에 매달려 사는 아비를 돕느라 제대로 쉬어본 적이 없는 순실이다. 밥하고 빨래하는 것은 물론이고 소작으로 얻은 두 마지기 밭에 약초를 심고 가꾸어 거두는 것도 그렇다. 모든 살림을 도맡아 하면서도 밤이면 아비의 일을 거든다고 목판을 닦고, 소나무 그을음에 아교를 섞어 송연묵을 만들고, 경우에 따라선 밤늦게까지 판목을 만들거나 판각까지 돕는다. 다리 한쪽까지 불편한 애가 감당해야 할 노동력으로 보면, 가혹하기 이를 데 없다.

"저…… 아무 데도 못, 못 가요, 아버지!"

반은 마음줄을 놓은 아이가 이퉁을 부린다.

"가야 돼. 바우 아저씨가 데리고 갈 거야. 일 끝나면 아비도 금방 뒤쫓아가마. 도성 안에 있으면 안 된다!"

"아, 아버지……"

"그래도 이년이!"

그가 호되게 순실이의 뺨을 후려친다.

여주댁과 포졸들이 소의문으로 들어가는 게 어렴풋이 보인다. 햇빛이 좋은데도 어쩐 일인지 도성 안엔 안개가 아직 걷히지 않고 있다. 비변사 업무를 보고 있는 김성일을 만나기로 약조한 미시가 가깝다. 대동여지도 목판본을 처음 완성했던 신유년[1861]에 피나무 벌목 문제로 만났던 그 사람이다. 벌써 오 년 전의 일이다. 판목으로 쓸 피나무를 베어낸 산의 산주이자 비변사 낭청이었던 김성일이 약현골 그의 집 툇마루에 앉아 있던 모습이 상기도 잊히지 않는다. 경위선표經緯線表에 따른 정철조 황엽의 팔도분첩도에 비해 대동여지도가 얼마나 우수한지 설파하던 그 목소리도 환하다. 악연으로 처음 만났지만 지도에 대한 높은 안목과 식견 때문에 인상 깊었던 그이가 약현골까지 찾아온 건 이번이 세번째다. 대동여지도 목판본을 재간행한 재작년 찾아왔던 것이 두번째 방문이고, 어제 찾아온 것이 세번째다. 올 때마다 사슴가죽으로 잘 빚은 목화의 단아한 뒤태에 시선이 가곤 했던 사람인데, 그사이 품계가 올라 지금은 정오품 통덕랑通德郎이다. 병조에 소속되어 있으면서 계속 비변사 업무를 관장하는 것만 봐도 그이의 뒷배가 만만하지 않다는 걸 말해준다. 그런 그이가 느닷없이 찾아와 비변사 부제조 영감이 그를 만나 대동여지도 활용방안을 상의하고자 한다고 말하고 간 것은 어제 아침녘이다. 좋은 일이 있을 거라고 넌지시 귀띔하던 김성일의 웃는 얼굴이 눈앞을 스치고 지나간다. 부제조라면 비변사의 실질적인 수장으로 정삼품 당상관이다.

그는 곧 약현골 집을 떠난다.

사립문을 나무지렛대로 잠그고 고개를 드니 뿌연 안개 속의 소의문이 저만큼 내려다보인다. 한동안 돌아오지 못할 길인 줄 알고 순실이가 울음밑을 터뜨린다. 수많은 구경꾼들이 흩어지고만 소의문 앞 공터는 소름끼칠 만큼 잠잠하다. 참형을 당한 남종삼과 홍봉주의 머리가 바지랑대에 꿰어 세워져 있을 터이지만, 안개 때문에 다행히 잘 보이지 않는다. 그는 바우와 순실이를 재촉해 미동尾洞 앞을 지나 경교京橋를 넘어 돈의문敦義門으로 들어간다.

믿고 도움을 청할 사람은 묘허 최성환뿐이다.

곧 육조거리 어귀가 나오고 의금부가 저만큼 눈에 들어온다. 여러 명이 군문효수軍門梟首를 당한 뒤끝이라 그런지 거리는 의외로 한산하다. 그는 짐짓 의금부를 피해 수진동壽進洞 뒷골목을 돌아 종이점포들이 몰려 있는 길 안쪽의 묘허네 서책 제책방에 이른다. 때마침 묘허는 주문받은 서책의 장책粧冊 상태를 살피고 있다가 반가이 그를 맞는다.

"아이구, 형님, 오랜만이우. 순실이도 왔구나!"

"설명은 차차 함세. 사세가 급박하이. 순실이를 다시 양주 그

집에 좀 보내야 하겠네."

"이거…… 어쩐다?"

묘허가 대뜸 구름 낀 낯색을 하며 입을 쩍 벌린다.

그의 가슴이 다시 한번 철렁하고 내려앉는다. 설마 묘허까지 나를 내치려 하는가. 생각해보니 묘허를 이리 보는 것도 여러 달 만이다. 대동여지도를 크게 축소한 대동여지전도를 판각하던 작년 봄만 해도 문턱이 닳게 드나들던 곳인데, 그 일이 끝나고부터는 『대동지지』 마지막 부분을 보완하고 마무리하느라 주로 약현 골에만 처박혀 있었기 때문이다.

대동여지전도는 묘허의 머릿속에서 나온 것이나 다름없다.

대동여지도 목판본을 처음 완간한 직후부터 이미 시작된 일이다. 묘허는 모든 일에 머리가 빨리 돌아가고 손끝이 맵다. 아무리 분첩절첩식으로 휴대하기 편하게 만들었다 하지만 대동여지도는 전도를 펼쳐놓고 보면 세로만 해도 스무 자가 훨씬 넘는다. 접어도 큰 서책이 하나이니, 행장을 가벼이 꾸려 떠나야 할 길손에게 부담이 되지 않는다고 할 수는 없다. 묘허는 그래서 전국도를 한 장으로 간편히 품어 지닐 수 있게, 대동여지도를 대폭 줄여 목판본으로 만들자 제안해왔던 것이다. 대동여지도에 비해 작년 봄에 묘허와 함께 판각을 끝낸 대동여지전도는 세로가 겨우 석 자를 조금 넘는다. 길 가던 중 아무 곳에나 펼쳐놓아도 조선 땅이 한눈에 들어온다. 지명이 일부 누락됐다거나, 직선을 긋고 십 리마다 방점을 찍어 표시하지 못하고 거리를 숫자로 적은 것 정도의 결점은 참아도 좋을 만큼 휴대하기엔 정말 간편하다. 김성일이 부제조 영감을 만나러 올 때 대동여지전도의 목판을 가져왔으면 좋겠다고 넌지시 이른 것 또한 그 효용성을 알았기 때문일 터이다.

"왜 그러는가, 묘허?"

"형님한테 말씀을 안 드렸었나보군요. 그 양주에 있는 집 말인데요, 작년에 남에게 넘겼습죠. 의정부 참찬으로 있던 양반이, 양주로 내려가 살고 싶은데 적당한 집이 없냐고 하도 졸라대기에 그만……"

"그, 그랬던가……"

"저는 말년에 충청도 청원淸原으로 갈까 하고 있습니다. 제 본관이 충주이기도 하고요. 게다가 그곳이 산자수명山紫水明한지라……"

"하면, 내가 애를 데려갈 곳을 정할 때까지…… 그러니까 뭐며, 며칠만이라도 묘허의 사가 행랑방에…… 어떻게 안 되겠나. 알, 알다시피 워, 워낙 사세가 급한 까닭에…… 이거 염, 염치없는 부, 부탁이네만."

난데없이 자꾸 말이 더듬더듬 나온다.

굳게 믿었던 나무에 곰팡이가 낀 꼴이다. 혜강 생각도 났지만, 이런 판세에 아이를 데리고 혜강한테 갈 수는 없다. 묘허는 그와 마찬가지로 중인 신분이다. 교우를 맺은 것으로 치면야 혜강이 훨씬 더 오래되고 또 깊다 할지라도 혜강은 어디까지나 양반 신분이고, 그 집안 또한 번듯하다.

천주학쟁이를 잡아 죽이는 게 어디 단순한 문제인가.

기해년 박해도 알고 보면 시파時派였던 안동 김씨 일문과 벽파僻派인 풍양 조씨 일문의 붕당파쟁에서 비롯된 일이다. 이번에 일어난 사달 또한 단순한 것이 아니다. 항간에선 아라사가 군대를 앞세워 원산포元山浦까지 밀고 내려와 통상할 것을 압박한 일이 사달을 일으켰다 하지만, 내부에서 붕당 간의 미묘한 세력다툼이 끼어 있지 않다고 할 수는 없다. 이런 일 사이에 끼고 보면 아무리 수십 년 관포지교를 쌓았다 할지라도 양반과 상민의 계급을 뛰어넘는 것은 불가능하다. 반상 간의 우정이란 평화로울 때만 받아들여지는 유리그릇과 다름없다. 찾아간들 혜강으로서도 난처할 수밖에 없을 터이다.

"아이구, 형님!"

묘허의 목소리가 문득 어색하게 솟는다.

"제 집이야 뭐, 그게, 남는 방이 없기도 하지만서도, 제 생각으로는 여기, 바우 이 양반 계시는 마포나루가 더 포교들 눈에 안 뜰 것이고, 순실이야 뭐 큰 죄를 지은 것도 아니고, 그러니까 뭐냐 하면, 그것이, 제 집은 사대문 안인데다 코앞에 혜민서 장악원이 있고……"

"알겠네!"

그가 낮고 시무룩하게 잘라 말한다.

묘허답지 않은 어조와 수다가 끝내 마음에 남는다. 하기야 좀도둑을 잡아들여 태장이나 치는, 그런 죄목이 아니다. 십자가에 못 박혀 죽었다는 예수라는 이가 왕 중의 왕이라 했으니, 죄목은 반역이다. 천주학쟁이를 숨겨주면 숨겨준 사람 또한 참형으로 다스린다 할진대, 제 살길 찾아 서대는 묘허를 일방적으로 몰인정하다 몰아세울 수만도 없다.

그사이 미시가 다 지나고 있다.

여주댁이 문초를 받아 토설할 때까진 하루나 이틀쯤은 걸릴 것이다. 순실이 이름까진 대지 않을 수도 있다. 갈 데 없더라도 일단 도성을 함께 떠나는 것도 한 방법이 될 터이지만, 김성일과의 약속을 잘 지켜 이번 참에 안동 김씨 일족인 김성일의 눈에 들어두는 것도 나쁘지 않은 일이다. 말인즉, 풍양 조씨 세상이 왔다지만 아직은 조정 곳곳에 안동 김씨 세도가들이 꿋꿋이 자리를 보전하고 있다. 순실이는 단순한 꼬임에 빠졌을 뿐인바, 가까이는 위당이 종일품 판의금부사判義禁府事로 있고 오늘 만나기로 한 김성일이 아직 명줄 다 끊기지 않은 안동 김씨 일문이니, 설령 붙잡혀가도 죽음을 면할 길은 찾을 수 있지 않겠는가.

"그럼 바우, 우선 자네 집으로 애를 좀 데려가게."

"형님은 안 가시고요?"

"나는 만날 사람 만나고, 이내 그리 가겠네."

순실이는 금방이라도 쓰러질 것 같다.

바우를 따라 왔던 길을 되짚어가는 순실이의 뒷모습을 보고 있자 억장이 무너진다. 남해 땅끝의 석굴 속에서 꿈인 듯 생시인 듯 보았던 혜련 스님의 뒷모습이 순실이의 뒷모습과 겹쳐 흐른다. 처사님께서 아시는 혜련 스님은 이미 이곳에 없습니다. 짐짓 마음의 파장을 숨기려고 또박또박 살차게 말하던 그 목소리도 아직 귓가에 선연하다. 깊은 밤 석굴 속을 울리고 나오던 낮은 피리 소리 같던 그 울음소리도.

"들어가서 저하고 차나 나누시지요."

머쓱해진 묘허가 그의 소매를 잡는다.

"갈 데가 있네. 그나저나 대동여지전도 목판을 내가 짊어지고 갈까 하네만."

"대동여지……전도…… 말씀인가요?"

"대동여지……전도야 묘허하고 합작으로 목판을 새긴 셈이니까 내가 가져가는 것이 좀 서운할지 모르나, 이미 수십 장이나 찍어놓은 터, 목판을 좀 가져간들 뭐 어쩌겠는가."

"어디로 그걸 가져갈 요량입니까?"

"사실은, 내가 비변사 부제조 영감의 부름을 받았네. 예전에 거, 피나무 벌목으로 바우가 한성부에 붙잡혀갔을 때, 우리집에 찾아왔던 비변사 낭청, 생각나는가?"

"김성일, 그 사람……"

"지금은 정오품관이 됐어. 어제 내 집에 들렀으이. 시작이야 악연으로 만났다 하지만 관리로서 지도의 가치를 그만큼 알아보는 사람이 없어. 그분이 대동여지전도 목판을 좀 보자고 했네. 좋은 일이 있을 것이라 하더구만."

"알고 보니, 그 양반 춘부장께서 예전 형조참판까지 올랐었습지요. 지금 비변사 부제조 영감도 그 일족이라 들었고. 비변사야 아직 김씨 가문 일족이 틀어쥐고 있고…… 그런데 그 사람들을 믿어도 되겠습니까?"

"못 믿을 게 무언가?"

"악명이 높은 집안이라서 드리는 말씀이에요. 특히 형조참판까지 올랐던 그이 춘부장으로 말할 것 같으면……"

"일없네. 나는 한낱 지도쟁이일 뿐이야. 예전하고 사정이 다르지 않나. 대동여지도 목판본이 이 고산자 지도라는 건 이제 천하가 다 아는 바가 됐고, 더구나 대동여지전도로 말할 거 같으면, 벌써 시중에 목판본이 짜하게 나도는 판국인데, 내게 해코지 할 일이 뭐 있겠나."

"그렇지만 형님……"

"여러 말 말게, 묘허. 묘허 입장을 다 알아. 나래도 똑같이 했을걸세. 섭섭한 거 없네."

"그게 아니라, 그 집안이라면 그것이……"

"섭섭해서 이러는 게 아니라니깐!"

그의 말이 너무 살똥스러웠던지 묘허가 대거리를 차마 하지 못한다. 수십 년 지기 사이에 제 한 몸의 안위부터 챙기는 밑바닥이 드러나고 만 참이라 더욱 그렇다. 하기야 묘허가 뭐라고 말린다 해도 그로서는 받아들일 여유가 없다. 더구나 김성일은 순실이가 천주학을 가까이 한 적이 있다는 걸 아직 기억하고 있을 것이다. 그가 은근히 협박해 순실이를 양주로 피신시켰었지 않았던가. 지금 안동 김씨 일족인 그이의 뜻을 거스르는 것은 세상이 많이 바뀌었다 할망정, 스스로 섶을 지고 불구덩이로 들어가는 결과를 불러올지도 모른다. 그리고 속내를 바로 보면 묘허에 대해서도 왜 섭섭한 마음이 전혀 없겠는가. 그런 저런 감정이 꼬이지 않았다면 더 깊은 논의가 이루어졌을 일이지만, 지금으로서는 어떤 말이 오간다고 해도 오해만 깊어질 형편이다.

짐을 실은 우차가 때마침 골목으로 들어온다.

지나쳐갈 줄 알았던 우차가 묘허의 서책점 앞에 선다. 훤칠하게 생긴 젊은 마부가 묘허에게 절을 하고 우차 위에 실린 짐의 껍데기를 벗긴다. 묘허가 뒤편의 공방에 대고 일꾼을 부르는 걸로 보아 우차에 실려온 짐은 묘허의 짐이 틀림없다.

허어, 화각장이 아닌가.

무심히 보고 있던 그가 눈을 크게 뜬다.

하오의 햇빛을 받고 있는 화각장은 한마디로 절색이다. 이내 사층장 전신이 모습을 드러낸다. 골목 전체가 일시에 환해지는 느낌이 든다. 화각華角이란 투명도 높은 쇠뿔을 얇게 펴서 정성으로 갈아내 각지角紙로 만든 뒤 뒷면에 화려한 채색 그림을 그려넣어 목재에 붙여 만든 것이다. 그 공정의 정성과 정교함은 나전칠기하고도 비할 바가 아니다. 황소의 고추뿔만 골라 투명할 정도로 갈아내는 과정도 그렇거니와 석채石彩를 사용해 그림을 그리고 명태, 아교, 부레풀을 중탕해 만든 풀로 판재에 일일이 붙인 뒤, 상어껍질로 여러 날 문질러 광택을 내는 모든 공정이 그러하다. 뛰어난 장인이 만들어도 이만한 화각 사층장을 만들려면 반년 이상 이것만 붙들고 있지 않으면 안 된다. 해처럼 붉고 황금처럼 누런 색이 주조를 이룬데다가 그 사이로 박힌 화조花鳥 그림 또한 뛰어나서, 한마디로 말해 절세絶世를 머금은 듯 화려하고 기품 있다.

"안사람이 오래 전부터 갖고 싶어해서요."

묘허가 겸연쩍은 듯 뒤통수를 긁는다.

돌아보니 순실이는 이미 골목을 다 빠져나가 보이지 않는다. 그것이 마포나루까지 쓰러지지 않고 걸어갈 수나 있을지, 가슴이 사뭇 먹먹해진다. 어찌하여 어두운 그늘은 저리 어둡고, 밝은 빛은 이리도 끔찍하게 밝은가. 그는 먹먹해진 눈빛을 들어 막 우차에서 내리기 시작한 화각 사층장을 바라본다. 그것은 극상의 빛이다. 햇빛이 화각장의 속살을 통과해 그 안에 그려진 꽃과 새들을 막 깨우는 듯하다. 모란은 시각을 다투어 제 매무새를 활짝 열고 봉황은 날갯짓도 활달하지, 이내 허공으로 날아오를 것 같다. 그는 공연히 콧날이 찡해져서 이미 어제의 그 사람이 아닌, 묘허에게 오금을 탁 박는다.

"묘허에겐…… 세상이 태평성대네그려."

장죽

김성일은 왜 그를 사가私家로 불렀을까.

묘허에게 우격다짐을 부려 짊어져온 대동여지전도 목판은 본래 세 판으로 나누어 새긴 것을 대량으로 찍어내기 좋게 그 판을 붙이고, 붙인 자리의 틈을 아교풀에 버무린 톱밥으로 메워 실제로는 한 판이 되게 만든 것이다. 세로는 네 자가 안 되고 가로 역시 세 자가 채 되지 않는다. 박달나무 판목이다. 정갈한 안국방 길은 인적이 드물다. 단아하게 쌓아올린 담장과 드문드문 솟아오른 솟을대문들과 허공을 차고 나는 듯한 기와집 추녀 끝이 한 통속으로 어울려 장려壯麗하기 이를 데 없다. 안국방에서 가회방嘉會坊에 이르기까지, 고관대작들의 대저택들이 빈 곳 없이 꽉 들어차 있다.

그는 이윽고 걸음을 멈춘다.

솟을대문 너머에 본채의 용마루를 가릴 만큼 키 큰 오동나무

가 솟아 있는 것이 보인다. 통덕랑 김성일이 집을 찾을 때 표식
으로 삼으라 말해준 오동나무가 틀림없다. 말인즉, 자신의 연로
한 아버지도 대동여지도를 그린 그를 보고 싶어해서 집으로 부
른다고 했으나, 비변사 부제조를 만나는 곳이 김성일의 사가인
것이 어쩐지 마음에 좀 걸린다. 하기야 부제조 영감도 그와 재종
간이라 했으니까 아마 가까운 데 살고 있을 것이다.

미리 기다렸다는 듯 곧 대문이 열린다.

그는 지게를 진 채 청지기의 안내를 받아 솟을대문을 지나 행
랑마당으로 들어선다. 행랑채의 규모로 봐도 가히 종친이나 살
게 되어 있는 육십 칸은 됨 직한 대저택이다. 행랑마당을 가로질
러 중문을 지나니 곧 사랑마당이 나온다. 담장을 따라 후박나무
가 여러 그루 서 있고 후박나무 사이엔 석함石函이 서너 개 연이
어 놓여 있다.

호방한 웃음소리가 텅 빈 대청마루를 울리고 퍼져나온다.

댓돌 위에 신발이 여러 켤레 놓여 있는 것으로 보아 사랑방엔
적어도 대여섯 명의 사람들이 모여앉은 듯하다. 놋쇠재떨이인
가, 담뱃대 두들기는 소리도 나고 미세하지만 찻잔 같은 게 부딪
치는 듯한 소리도 들린다. 참판 벼슬을 지냈다는 김성일의 아버
지를 둘러싸고 앉아 김성일네 일족이 차를 마시고 있는 모양이
다. 그가 왔다는 것을 청지기가 이미 고했는데도 사랑방 문은 여

전히 열리지 않는다.

그는 지게를 받쳐놓고 마당 가운데 우두커니 서 있다.

한참이 지나도 방문이 열리지 않는다.

무엇인가 잘못돼가고 있는 게 확실하다. 이런 대접을 받자고 불쌍한 순실이를 바우에게 딸려보내고 여기까지 찾아온 게 아니다. 그는 아랫입술을 질끈 깨물고서 대청마루를 울근불근 올려다본다. 사랑방에 딸린 대청마루는 서까래가 말쑥이 드러난 연등천장에다가 반지르르하게 닦인 우물마루이고, 위로 접어올리도록 된 들어열개 창호 역시 깔끔히 올려져 보기에 단아하다. 보통 집보다 토방이 높고 대청이 그들먹한 게, 사람이 없는 빈 누마루를 올려다보고 있는데도 공연히 목이 움츠러드는 느낌이다.

불길한 예감은 영락없이 들어맞는다.

이윽고 사랑방에서 대청마루로 나온 것은 다섯 사람이다.

오른쪽에 앉아 있는 사람은 김성일의 부친인 전임 형조참판이 틀림없는데, 다른 이가 부축해 대청마루로 나왔을 만큼 노쇠했으나 궤상机床에 팔을 올리고 황금색 안석案席에 기대고 앉아 있는 앉음새는 생각보다 꼿꼿하고 어딘지 모르게 서슬이 퍼렇다. 묘허의 양주 별가에서 보았던 것보다 더 잘생기고 규모도 큰 백동화로가 청지기의 손에 들려와 그 옆에 놓여 있다.

왼쪽으로 떨어져 앉은 사람은 비변사 부제조 영감이다.

비변사를 의정부로 병합시킨 것은 작년 봄이다. 흥선대원군이 비변사의 권한을 축소할 필요가 있다고 여겨 그리 한 것인데, 안동 김씨 일문이 여지껏 틀어쥔 비변사의 권세는 여전히 드높다. 의정부로 병합시켰다고 하지만 사람들은 여전히 그이를 비변사 부제조 영감이라고 부른다. 대청마루에 앉아 있는 부제조 영감이 지중추부사知中樞府事이자 훗날 영의정에 오르는 김병학金炳學의 사촌아우라는 건 나중에 알게 된 일이다. 그러니까 대청마루에서 지금 그를 내려다보고 있는 그들은 모두 안동 김씨 문중의 좌장 격인 김좌근의 일족인바, 비천한 신분의 지도쟁이 하나 잡도리하는 것이야 여반장으로 여길 터이다. 부제조만이 퇴청하던 길인지 유일하게 관복을 입고 있다. 김성일과 나란히 시립한 젊은 남자는 아마 김성일의 동생이 되는 것 같고, 안석에 기대앉은 전임 형조참판 옆으로 시립한 사람은 의금부 도사인 모양이다. 하문하는 부제조 영감이 그렇게 말했으니 맞다고 봐야 한다.

"네가 대동여지도를 만든 김정호렷다?"

"네, 소인, 지도쟁이 김정호가 맞습니다."

이윽고 부제조 영감이 묻고 그가 대답한다.

"짊어져온 것이 무엇이더냐?"

"대동여지도를 축소한 대동여지전도 목판이옵니다. 저기 통덕랑 어른께서 가져오라 하시기에……"

"왜 그런 걸 만들었느냐?"

"……"

그는 질문의 속뜻을 몰라 대청마루 위를 빤히 올려다본다.

하문하고 있는 부제조보다 오히려 신경쓰이는 게 전임 형조참판을 했다는 김성일의 부친이다. 대청마루 한가운데 좌정한 전임 형조참판은 몸이 비대하다. 안석에 기댄 채 몸을 뒤로 젖히고 앉아 있어 마당에서 볼 땐 두 겹으로 겹친 턱살이 작은 구릉을 이룬 듯하다. 긴 장죽을 물고 있다. 이쪽을 내려다보고 있는지 눈을 감고 있는지 잘 구별이 되지 않는다. 그런데도 그이야말로 대청마루 위의 모든 사람들을 당당히 거느리고 있는 것이 틀림없어 보인다.

"왜 대답이 없느냐?"

부제조 영감의 목소리는 새되게 갈라진 쉰소리다.

"그게, 그러니까, 제 뜻은……"

"네놈이 대동여지도 목판을 만든답시고, 전에 여기, 참판어른 산판의 피나무를 무단으로 베었다는 건 내 진즉에 들어 알고 있다. 그것만 해도 죄가 크거늘, 만약 거짓을 보태다가는 살아서

저 대문을 나가지 못할 줄 알아라. 의금부에 일러 네놈을 잡아 족칠까도 했다만, 기밀을 요하는 문제라서 일의 전후를 먼저 알아보고자 이곳으로 부른 것이 너로선 오히려 천행일 것이다. 다시 묻겠다. 대동여지도를 만들고, 더하여 저기 있는 대동여지전도 목판본을 만든 건 무슨 까닭이냐."

"특별한 까닭은 없습니다, 대감마님."

"없다? 지도란 무릇 나라의 것이다. 너는 중인의 비천한 신분일진대, 지도를 목판으로 만들어 시정잡배들에게까지 내돌리면서 까닭이 없다?"

"다른 뜻은 없사옵고, 다만, 다만 천한 것들도 양반님네 못지않게 그 생업을 추스르는 데 있어 정확한 지도가 꼭 필요한지라, 오로지 그 생업을 돕고자……"

"허어, 이놈이 방자하기가 듣던 바와 같도다. 하면, 조정에서 지도를 내돌리지 않아 천것들이 생업을 해가는 데 지장을 받고 있다 그 말이냐?"

"그, 그런 뜻이 아닙니다, 대감마님. 이게 대체…… 무슨 영문인지, 소인은 답답할 뿐입니다. 저기 계신 통덕랑 나리께 제 뜻은 이미 소상히 일러드린 일도 있거늘. 나리, 통덕랑 나리, 뭐라 말씀 좀 해보시지요. 좋은 일이 있을 거라 하며 소인을 불렀지 않습니까?"

“……”

김성일은 아무 대답도 없이 짐짓 딴 데를 본다.

한 번도 만난 적이 없는 듯한 낯선 표정이다. 해는 그사이 많이 기울어서 담장의 그림자가 사랑마당 끝까지 뻗어나가 있다. 땅바닥에 꿇고 앉은 무릎뼈가 시리고 아프다. 봄이 막 시작될 즈음이라 해도 밤이 되면 때로 얼음이 어는 계절이다. 벌써 이각二刻 넘게 무릎 꿇고 앉아 있었으니 오금이 저리고 시릴 수밖에 없다.

“안 되겠다. 저놈을, 쳐라!”

부제조 영감의 목소리가 쇳소리로 솟는다.

이내 몽둥이가 하나는 등으로 날아오고 또하나는 허벅지로 날아온다. 도대체 이게 무슨 날벼락인가. 그는 비명을 지르면서 옆으로 쓰러진다. 볼기를 칠 때 관아에서 사용하는 태장笞杖 비슷한 몽둥이를 든 놈은 키가 훤칠하게 크고, 신장訊杖을 든 놈은 어깨가 떡 벌어져 있다. 신장은 진짜 관에서 심문할 때 사용하는 형구刑具로서의 그것이다. 단순한 몽둥이가 아니라 진짜 신장을 노비가 들고 있는 것이 놀랍다. 사사로이 사람을 징벌하는 도구로 신장까지 상시적으로 갖춰놓고 산다면 죄인의 발을 묶는 철삭이나 목에 씌우는 나무칼도 있을지 모른다. 악명이 높은 집안이라던 묘허의 말이 귓구멍을 쾅쾅 울린다. 아직껏 연유를 모를 일이나, 단단히 함정에 빠진 게 틀림없다. 신장으로 맞은 허벅다리가 꼭 두 토막난 것 같다.

"이곳에선 나는 새도 큰 소리로 울지 않는다."

부제조 영감이 오금을 박듯 말을 잇는다.

"그까짓 매질을 못 참고 악을 쓰고 소리치다니 경망스런 놈이로다. 다시 소리치면 정강이가 으스러질 것이다."

"예, 대, 대감마님……"

"대동여지도는 물론이고, 대동여지전도 목판본을 누구누구에게 주었느냐."

"누, 누구에게 주었느냐 하옵시면……"

"청국인들에게도 주었으렷다?"

"아이고, 아닙니다. 대감마님!"

청국이라니, 그가 놀라서 벌떡 상반신을 일으킨다.

땅거미가 지기 시작하고 있다. 함정의 정체가 이것이었던가. 기다렸다는 듯이 이번엔 몽둥이가 정강이로 날아온다. 정강이뼈가 바스러지는 듯하다. 그의 몸이 태질을 당한 것처럼 고꾸라진다. 지도를 청국 사람에게 몰래 팔아먹은 것으로 몰아가려는 수작이다. 청나라에 지도를 팔아먹었다면 나라를 배신한 첩자가 된다. 단칼에 목을 벤다고 해도 조선 사람의 그 누구에게조차 동정받을 수 없는 범죄가 아닌가.

저들이 준비한 올가미가 교묘하고 끔찍하다.

신장을 들고 선 놈이 뒷덜미를 우악스럽게 잡아 다시 일으킨
다. 모골이 송연해진다. 이는, 사형私刑으로 끝날 일이 아니다.
의금부 도사를 불러 배석시킨 것만 봐도 이것이 단순하고 사사
로운 잡도리로 끝나지 않을 수 있다는 걸 암시하고 있다.

깡, 깡, 깡깡깡……

모진 쇳소리가 그때 대청마루를 울린다.

부제조 영감이 힐끗, 안석에 기대앉은 전임 형조참판을 바라
본다. 김성일과 의금부 도사의 눈빛도 재빨리 참판어른의 표정
을 훑고 있다. 그러나 참판어른은 모르는 척 여지껏 물고 있던
긴 담뱃대를 들어 놋쇠재떨이를 신경질적으로 두드린다. 돌아가
는 판세가 마음에 들지 않는 눈치이다. 심문을 하는 것은 부제조
지만 눈에 뵈지 않게 대청마루의 분위기를 휘어잡고 있는 것은
참판어른이 틀림없다. 사랑방에서 처음 나올 때 본 대로라면 누
군가의 부축을 받지 않으면 걷기도 힘든 노인인데, 다시 살펴보
니 정작 얼굴은 희고 탱탱하다. 가면이라도 쓴 것 같다. 육조거
리든 어디든, 오가는 모습을 한두 번쯤 보았던 듯 새삼 낯익은
느낌도 든다.

"소, 소인은……"

그는 살기 위해 비로소 머리를 조아린다.

"젊을 때부터 오로지…… 조선 백성을 위해 지도를 그렸습니

다. 청구도와 동여도를 그렸고 한양의 상세도인 수선전도를 그, 그린 바도 있습니다. 청국 사람에게 지도를 넘기다니, 어불성설입니다, 대감마님. 청국 사람으로는 아는 이도 전혀……"

그의 말이 다시 담뱃대 소리에 끊어진다.

설대가 유난히 길어 보이는 장죽長竹이다. 오주거사의 『오주연문장전산고』에도 명품이라 기술되어 있는 동래오죽을 빚어 만든 담뱃대다. 움직일 때마다 화롯불빛을 받아 언뜻언뜻 빛이 나는 걸로 보아 일부 금으로 입혀 시문施紋을 한 모양이다. 긴 담뱃대와 재떨이가 함부로 부딪쳐 내는 소리는 울림이 짧은 쇳소리로 날카롭기 그지없다. 그의 말끝은 날카로운 쇳소리에 잡아먹히고 만다. 깡깡깡……은 분명히 그의 말이 듣기 싫다는 뜻을 전하고 있다. 아니나 다를까, 담뱃대 소리에 부제조 영감이 냉큼 화답을 하고 나선다.

"저놈을 거기, 그 목판에 대고 묶어라!"

"대감마님……"

"뭣 하느냐, 어서 묶지 않고!"

부제조의 어조에서 서슬이 뚝뚝 묻어난다.

청지기가 부삽에 새로 담아온 참나무숯을 참판어른 앞에 놓인 백동화로에 붓는다. 받치고 선 다리의 곡선이 날렵한 삼발이 백동화로다. 새로 부은 숯에 불이 옮겨붙는 소리가 타닥타닥 나면서, 불티가 화사하게 솟아오른다.

대동여지전도 목판은 그의 상반신과 길이가 딱 맞는다.

먼저 목판을 업은 자세로 손목이 잡아당겨 뒤로 묶이고, 그다음은 허리부터 가슴까지 목판과 한 덩어리로 칭칭 동여매듯 묶인다. 가로가 넓은 목판 때문에 깍지가 껴지지 않아 손목을 묶어 잇는다. 단단한 삼줄이다. 목판의 가로가 두 자 이상이니, 당연히 겨드랑이 사이로 낀 목판이 겨드랑이와 팔의 상단 안쪽을 고통스럽게 파고든다. 평생을 바쳐서 얻은 지도의 목판이 마침내 죽어 짊어지고 가는 칠성판이 될 모양이다. 다시 깡, 까깡, 담뱃대 소리가 나고, 그 신호를 받아 몽둥이가 정강이로 날아든다. 그의 몸이 앞으로 고꾸라질 듯하다가 간신히 무릎이 꿇려 내려앉혀진다. 그 바람에 등에 단단히 묶인 목판 끝이 발뒤꿈치를 호되게 찍는다.

"다시 묻는다. 청국 사람과 만난 적이 없느냐."

"결단코…… 없습니다!"

"정말 없으렷다?"

"정말, 정말입니다, 대감마님!"

몽둥이가 예고 없이 허벅지에 또 떨어진다.

허벅지에서 핏물이 배어나오기 시작한다. 그는 절망을 느낀다. 그사이 땅거미가 지기 시작해 다른 노비들이 횃불을 대령하고 청지기가 대청마루 위에 등불을 밝힌다. 오동나무에 앉아 있던 새 몇 마리가 푸르르르 하고 그의 머리 위를 지나 사랑채의 드높은 용마루를 넘어간다.

"청나라를 언제 다녀왔느냐?"

"그, 그런 적, 없습니다!"

"허어, 아직 저놈이 제정신이 아닌 게야. 정신 돌아오게 사정두지 말고 쳐라!"

좌우로 선 두 놈의 몽둥이가 이번엔 아예 도리깨질이다.

그는 비명을 지르면서 몽둥이가 떨어지고 있는 대퇴부를 세웠다가 앞으로 고꾸라진다. 팔이 두껍고 무거운 목판을 업은 자세로 묶였으니, 고꾸라지면서 땅바닥을 짚는 것은 그대로 얼굴이다. 입과 콧구멍으로 모래흙이 밀려들어온다. 눈두덩 한켠이 찢어졌는지 주르르 피가 흐르고 있다. 목판의 가로만 두 자가 넘어 버둥거려봤자 목판에 가로막혀 옆으로조차 몸을 돌릴 수 없다. 그는 엎어진 채 버둥거리다가 필사적으로 고개를 젖혀 턱을 겨우 흙바닥에 고인다. 피가 관자놀이를 지나 흙바닥을 받친 턱으로 내려온다.

"네놈이 청에 갔었던 걸 이미 알고 있거늘……"

"그, 그것은…… 청…… 청이 아니라…… 이제 생각났으나, 간도를 다녀온…… 적은 있습니다. 벌써 수년 전 일입니다."

"마치 간도가 청이 아니라는 투로구나."

"그럼 저 광대한 간도가…… 모, 모두 청, 청입니까?"

"……"

부제조 얼굴에 당황한 기색이 역력하다.

"아울러……"

그는 내친김에 한 걸음 더 나아간다.

"이치가 그, 그러하다면, 대마도는 또 어떻고, 왜놈들이 걸핏하면 건들고 대드는 우, 우산국은 어떻습니까. 그 모두…… 왜놈들 땅입니까?"

"간도와 대마도가 그럼 우리 땅이냐?"

"아이구, 대감마님. 소인은 지금 대감마님의 사사로운 형문으로 죽을 지경에 빠진 미천한 지도쟁이일 뿐입니다. 감히 말씀드리지만…… 지금은 의정부와 합쳤다 하나, 비변사는 병조에서 독단으로만 결정할 수 없는 일, 그러니까 국경 문제 같은, 나라의 방위와 그 안전에 대한 군국위무軍國威務를 관장하는 최고의 문무합의기구文武合議機構라고 알고 있나이다. 비변사의 웃어른을 지내신 부제조 대감마님께서 어찌 그런 중요한 사항을 미천한 제게 하문하십니까?"

"허, 방자하구나!"

부제조 대신 나선 건 의금부 도사이다.

부제조는 사안이 예민한 문제라 여겼는지 통덕랑 김성일을 불러 귀엣말을 나누고 있다. 의금부 도사라고 부제조가 일러준 바 있는 젊은 선비는 눈빛이 초롱하고 키가 헌칠하다. 태도는 볼강스러운 기색이 있으나 눈빛은 형형한 것이 줏대가 곧고 소신도 깊어 보인다.

"지금 감히 부제조 어른을 몰아세우려는 것이냐."

"아, 아닙니다, 도사 어른. 그럴 리가요. 무릇 지도를 그리는 사람은…… 나라에서 확정한 국경에 따라 그 지도를 그릴 뿐입니다. 저는 지도를 그리는 데 있어 그 원칙을 한사코 지켜왔습니다. 간도든 대마도든, 우리 조선 땅인가 아닌가에 대해선, 그런 점에서, 제 의견이 없나이다. 설령 있다 해도 사사로운 생각에 불과한 것이겠지요. 그래서 단순히 간도는 청인가, 대마도는 왜인들의 것인가…… 여쭤본 것뿐입니다."

"그뿐이렷다?"

"다만 지도를 그려오면서…… 답답한 경우가 왕왕 있었습니다. 벼슬이 높은 어른들도 일반적으로 그렇거니와, 병조나 비변사처럼, 그 문제들과 깊이 맺어져 있는 관리들조차…… 확답을 꺼리니 앞이 캄캄할 때가 많았습니다."

"확답이라니, 국경 문제가 그렇다는 것인가?"

"사사로이 만날 땐 간도나 대마도가 본래 우리 땅이라 하고,

공식적으로 확인하고자 하면 뒤를 얼무적 얼버무리고 마는 관리들을 너무도 많이 보았습니다. 소인 지금 죽을 각오로 드리는 말씀이지만, 그런 경우가 어찌 간도나 대마도에 한하겠습니까. 압록강 끝에 있는 신도는 청나라 조정이 저희 땅이라 하고, 두만강 끝에 있는 녹둔도는 또 아라사 사람들이 저희 땅이라 우기는 형편이오나, 엄연히 우리 국토인데도 그것에 딱 부러지게 아니라고 대답하는 관리는 보지 못했습니다. 말썽이 나는 게 부담스러운 것이야 인지상정이라 할지라도, 요직을 맡고 있는 고관대작들이 소신을 감추고 수세하느라 급급하다 하오면, 황차 무지한 백성들은 어찌하고, 소인 같은 지도꾼은 무엇을 기준으로 내 나라 강토의 변경을 그리겠습니까?”

“……”

“감히 아라사가 원산포를 내놓으라 접박할 지경에 이른 것만 해도……”

“네 이놈!”

귀엣말을 마친 부제조가 다시 달아오른 얼굴로 소리친다.

자신의 권위가 크게 훼손됐다고 느꼈으나 필사적으로 그것을 참고 짐짓 위엄을 부리려는 태도가 역력하다. 아라사 문제까지 거론한 것은, 천주학 박해로 순실이의 목숨줄이 왔다갔다하는 판국이라, 무의적으로 거기까지 말이 나가고 만 것이지만, 아무래도 지나치게 앞서나간 모양이다. 헛기침을 연방 해대는 부제조의 관모 테두리가 푸르르르 떨리고 있다.

천주교 박해의 시초엔 아라사가 있다.

수년 전부터 아라사 군대가 온갖 명분을 앞세워 함경도 변방에까지 바싹 다가와 진을 치고 있다는 것은 웬만한 관리들이라면 다 아는 사실이다. 어디 아라사뿐인가. 청국 역시 압록강 주변의 군무를 강화하고 있다는 말이 자주 들린다. 호시탐탐 시빗거리를 찾고 있던 아라사가 원산포에 선박을 보내어 통상의 자유와 함께 아라사 상인들이 조선에 정착할 권리를 강압적으로 요구하는 서한을 우리 조정에 요구한 것은 지난 정월의 일이다.

아라사 군대가 두만강을 넘었다는 소문까지 들은 적이 있다.

그러나 조정에서 한 일이라곤 조선의 상국이 청인바, 청 황제의 허락 없이는 다른 어느 나라와도 교섭할 수 없으며, 이에 북경으로 특사를 보내 물을 테니 기다려달라는 답신을 보낸 것이 전부이다. 세상에 어떤 나라가, 월경하여 감 놔라 배 놔라 하는 다른 나라에게 이런 굴욕적인 서한을 보내겠는가. 묘허에게 귀동냥을 해 들은 대로라면, 이에 조정까지 줄이 닿아 있는 천주학 사람 몇이 숙의하여, 아라사를 물리치려면 북경까지 진출해 있는 영국이나 법국불란서과 동맹을 맺는 것이 가장 효과적인 방법이고, 동맹을 맺는 일은 이미 조선에 들어와 사목활동을 십 넌째

하고 있는 법국 사람 장張 시므온 주교主教를 통하면 될 것이라
하여, 이 내용을 편지로 써서 홍선대원군에게 보냈다는 것이다.
소의문 앞에서 목이 떨어져 죽은 승지 남종삼과 홍봉주가 모두
이 편지와 연루돼 있다. 남종삼은 서양 신부들에게 조선말을 가
르치면서 동시에 조정의 대신들 자제에게도 학문을 가르쳐온 식
견 높은 선비이다. 홍선대원군이 편지를 받고 직접 남종삼을 불
러 문답을 나누었다는 소문도 들은 바 있다.

　그러나 그때 장주교는 지방 순회중이었던 모양이다.

　법국과의 동맹을 주선할 적임자로 거론된 장주교는 본래 법
국 사람으로, 요동지방에서 오래 상주하다가 이미 십 년 전에 조
선에 들어와 포교에 힘써온 천주교 수장이다. 홍선대원군으로선
편지에서 천거된 장주교가 지방에 있어 이내 불러 만날 수도 없
었을 터, 기분이 상했을 게 자명하다. 그러던 차에 아라사 선박
은 돌아갔고, 월경했던 아라사 군대도 철수했으며, 조정의 대신
들은 이 결과에 고무되어 일제히 서양과의 동맹을 반대하면서,
서양 오랑캐의 앞잡이나 다름없는 천주학 사람들도 이참에 아예
죽여 그 뿌리를 뽑아야 한다, 들끓어 나선 것이 천주학 박해의
시작이다. 이것은 곧 나라의 힘이 없는지라 갈 바를 모르고 우왕
좌왕, 제 강토 하나 올곧게 지켜내지 못한 대신들이, 결과적으로
저희가 뒤집어써야 할 멍에를 난데없이 천주학쟁이들한테 되물

려 씌운 셈이 아니고 무엇이겠는가.

"어따 대고 혓바닥을 함부로 놀리느냐."

부제조의 목소리가 다급하게 솟구친다.

"요사한 논리로 제 한 몸 피해가려는 네놈 사술은 내 알 만하다. 듣자듣자하니까 아라사까지 쳐들면서, 뭐가 어쩌고 어째? 하나는 알고 둘은 모르는 놈이로다. 감정대로 악을 쓴다고 해서 나라가 지켜지고 백성의 살림살이가 안온할 일이면, 악만 쓸 것이 아니라 명줄이라도 걸고 나설 관리나 사대부가, 아직도 우리 조선엔 넘친다. 무쇠는 단단하지만 한번 부러지면 이을 수 없고 버드나무 줄기는 부드럽고 연약하다 하나 구겨질망정 부러지지 않는다. 간도가 내 땅이라고 해서 간도가 내 땅이 된다면야 사대부의 누군들 그 말을 참겠는가. 자고로, 강국들 앞에서 때론 굴욕조차 참고 견디면서, 뼈저리게 지켜온 조선이다. 굴욕을 견딜망정 나라를 지키는 게 우선이지, 자존을 앞세워 나라를 망해먹는 게 우선이더냐. 네놈 같은 것이 그 굴욕으로서의 지혜까지 어찌 알겠느냐마는, 암튼 듣다보니 생각보다 더 죽고 싶어 환장한 놈이로다. 오냐. 네놈이 제 죽을 자리를 제 스스로 파고들어 누울 작정을 한 듯하니, 한 점 거짓 없이 말할 줄 안다. 이러저러한 것, 거론할 일 없다. 간도는 왜 갔는고?"

"대감마님도 아시다시피, 간도는 자고로 우리 선인들이 고구려 발해를 세웠던 곳이고……"

"그래도 저놈이……"

"국경 문제는 말씀드렸다시피 제 소관이 아닙니다. 다만, 지,
지금도 많은 조선 사람이 그곳에 건너가 사는지라, 그 삶의 터전
을 한번 둘러보고 싶었습니다."

"게서 뭘 했느냐?"

"오직 저는 그, 그곳을 둘러보았을 뿐입니다, 대감마님. 겨울
이라서 북간도 깊은 곳까진 채 가, 가지 못했사옵고……"

"어디를 어떻게 들러서 왔느냐?"

"의주에서 안, 안시성까지 갔다가 관주와 통화를 넘어……
혼, 혼강에서……"

깡깡깡깡, 그 순간 담뱃대 소리가 또 난다.

오랫동안 참았던 듯, 유난히 요란한 담뱃대 소리다. 그 소리에
따라 이내 턱이 으스러지는 듯하더니 얼굴이 옆으로 돌아가며
흙마당에 박힌다. 몽둥이를 든 키 큰 놈이 엎어져 있는 그를 위
에서 모질게 밟았기 때문이다. 목판이 상반신을 덮고 있는 형국
이라 때릴 곳은 목판 위로 돌려묶인 팔과 장딴지뿐이다. 키 큰
놈이 목판 위의 손목을 밟아 짓이기고 어깨 떡 벌어진 놈이 단단
한 신장으로 종아리를 사정없이 후려친다. 그는 비명을 참기 위
해 어금니를 질끈 물고 뒤집힌 거북이처럼 버르적거린다. 대체

저들이 그의 간도행을 어떻게 알고 있는지, 또 어디까지 알고 있는지 모를 일이다.

"그만 됐다. 다시 꿇려라!"

두 놈이 그의 어깨를 잡아 일으켜 앉힌다.

"저놈에게 이걸 확인시키게."

의금부 도사라는 이가 접혀진 백지 한 장을 부제조 영감에게서 받아들고 토방으로 내려와 마당까지 나온다. 핏물이 한쪽 눈에 배어들어 모든 것의 형상이 보였다 지워졌다 한다. 비단 두루마기를 잘 갖춰입은 젊은 도사가 그의 앞에 가져온 백지를 펼쳐 보인다. 전장全張의 반이나 됨 직한 백지엔 여러 선분이 어지럽게 그려져 있고 깨알같이 쓴 작은 글씨들도 있다. 횃불을 가까이 대주며 키 큰 놈이 소매 끝으로 그의 눈가에 흐르는 피를 쓰윽 닦아준다. 선분들도 그렇거니와, 글자들도 낯익다.

"잘 보거라. 그게, 네 글씨렸다?"

"이, 이것은……"

"연전에 다녀간 청국 사신단의 무관이 우리에게 증좌로 내놓으면서, 감히 우리 조정을 겁박한 문건이다. 우리 조정에서 첩자를 보내 간도 일대를 탐색한 의중이 무엇이냐고, 이것을 증좌로 내놓으면서 저들은 물었다. 우리 조정에서 보낸 첩자가 그린 걸 압수했다고 들었다. 청은 조선의 상국上國이다. 국경 문제를 어떻게 만지느냐에 따라 우리가 살 수도 있고 죽을 수도 있다. 네놈 말대로 지금 아라사의 도발이 있어 우리가 상국의 지원을 받아야 할 일이 화급한 실정인바, 과연 이것이 네 글씨가 아니라고 발뺌을 할 것이냐. 네놈 다른 글씨들을 꼼꼼히 모아서, 여기 의금부 도사가 이미 대조를 끝냈거늘."

"대감마님!"

그가 눈을 부릅뜨고 소리쳐 부른다.

그것은 간도의 혼강과 압록강변에 있는 임강 사이의 지세地勢를 그린 것이고 글로 주석을 단 것이다. 얼어붙은 간도를 목숨 걸고 북동진하면서 그린 여러 초벌지도 중의 한 장임에 틀림없다. 새카만 손과 싯누런 앞니를 가진 땅딸한 청나라 군교가 전광석화처럼 떠오른다. 그때도 지금처럼 첩자로 몰려 모진 매를 맞았었지. 혹독한 추위 때문에 북간도를 살피는 걸 포기하고 압록강을 넘어오려다가 붙잡혀 생겼던 일이다. 소중한 서간도 일대의 초벌지도는 물론이고 어머니의 은비녀까지 다 빼앗긴 채, 캄캄한 한밤을, 구사일생으로 도망쳐나온 임강에서 잃었던 것을, 겨우 초벌지도 한 장에 불과할망정, 이곳에서 다시 보게 되다니 놀라워 벌린 입이 다물어지지 않는다.

"말해보라, 네가 그린 게 아니더냐?"

"아닙니다, 대감마님. 이것은…… 제가 그, 그리고 쓴 것이 맞습니다. 아까도 말씀드렸다시피 저는 다만…… 간도에 우, 우리 조선 백성이 많이 살고 있는지라, 평생 오로지 지도만 그려온 사람으로서…… 그 땅의 형상과 요해要害를 알고자 했을 뿐입니다. 이, 이것은, 추위 때문에 압록강을 넘어 나오려다가 청나라 군교에게 붙잡혀 수색을 당해 모조리 뺏긴 초벌지도 중의 한 장이 틀림없습니다.”

“군교에게 붙잡혔다는데 어찌 살아 돌아왔느냐?”

“저들의 졸개 중에…… 조선 백성이 있었습니다. 한밤중 저의 결박을 풀어주고…… 저의 눈이 되어 함께 얼어붙은 압록강을 넘었습지요. 본디 만포 사람이라 했습니다.”

“그걸 믿으라고 하는 말이냐?”

“소인이 거짓을 아뢰었다면…… 죽어도 좋습니다……”

“네놈이 목판본 대동여지도를 넘기고 그 값으로 풀려난 게 아니더냐. 조선의 첩자로 생각했다면 저들이 보상 없이 그리 손쉽게 너를 놓쳤을 리 없다.”

“천부당……만부당합니다. 제가 어찌 간도 그 먼 곳까지, 대동여지도 목판본을 들고 갔겠습니까. 그때는 더구나 집을 떠난 지 일 년이나 됐을 때였습지요. 이럴 바에야, 차라리 소인을 의금부로 넘겨주십시오.”

“더 뜨거운 맛을 봐야 실토할 모양이구나. 그 청나라 사신단

무관의 입에서 네놈의 대동여지도에 대해서도 말이 나왔다. 저들은 네놈의 대동여지도에 대해 소상히 알고 있었는데, 그렇다면 저들이 어찌 네놈의 지도에 대해 그토록 상세히 알고 있었단 말이냐?”

“그거야…… 소인이 어찌 알겠습니까?”

“여봐라. 저놈의 입에 재갈을 물리고 물고를 내라!”

담뱃대 소리를 좇아 부제조의 소맷깃이 허공을 가른다.

몸부림치고 버둥거려봐도 아무 소용이 없다. 임강에서 문초를 당해 걸레처럼 늘어진 그를 군교의 졸개로 있던 조선 백성이 도와준 것은 말한 그대로다. 그이가 돕지 않았으면 그 다음날로 본대에 압송당해 목을 베이거나 했을 것이다.

그러나 사실 여부와 관계없이, 몽둥이가 우박처럼 떨어진다.

그는 아까처럼 엎어진 채 얼굴을 땅에 짓이기면서 버둥거린다. 장딴지가 터져서 피가 흐르고 팔은 아예 부러진 듯하다. 순실이가 눈앞을 스치고 지나가고 아버지가 또 눈앞을 스치고 지나간다. 토산골을 떠난 이후의 전 생애가 놀랍게 축약되어 찰나적으로 가파르게 흐른다. 목이 잘리는 형이 떠올랐다 싶으면 그가 곧 험산을 헤매고 있고, 남해 땅끝의 석굴에 무릎 꿇고 앉은 혜련 스님의 뒷모습이 떠올랐다 싶으면 어느 틈에 어린 그가 죽어가는 혜련 스님의 어머니 젖을 빨고 있다. 아버지는 잘못 그린 지도 때문에 죽고 아들인 그는 이제 잘 그린 지도 때문에 죽을 모양이다.

재갈이 물려져, 비명조차 질러지지 않는다.

잠깐 혼절했던 것 같다.

그가 다시 정신을 차렸을 땐 처음처럼 무릎이 꿇어앉혀져 있다. 목판과 그 몸 사이로 바지랑대를 꿰어박아 한 놈이 잡고 있어 무릎 꿇은 자세가 됐을 뿐, 사실 그의 의지로는 앉아 있을 수도 없다. 의금부 도사가 펼쳐놓았던 초벌지도를 다시 접어들고 제자리로 돌아가고 있는 중이다. 그 동안 여러 달에 걸쳐 그 초벌지도를 작성한 장본인이 누구인가 알아보는 일을 맡은 것이 아마 김성일과 그 도사였던 모양이다.

그는 혼이 반쯤 나간 눈빛으로 대청마루를 올려다본다.

이곳에서 죽는 건 참을 수 있을지라도 청국에 나라의 지도를 팔아먹은 첩자로 죽는 것은 참을 수 없다. 정신을 차려야 한다고, 그는 악물고 생각한다. 청나라 첩자보다는 차라리 반역의 죄목이 낫다. 부제조 영감이 김성일을 불러 무슨 말인지 귀엣말을 하는 중이고 참판어른은 기댔던 안석으로부터 등을 곧추세우고 장죽의 담배통에 연초를 쟁여넣고 있다. 키 큰 놈이 비로소 그의 입에서 재갈을 푼다.

"네놈 본향이 어딘고?"

이번엔 전임 참판어른의 가살스러운 쇳소리다.

귀엣말을 나누던 부제조와 김성일이 말을 멈추고 대청마루 가운데로 휙 고개를 돌린다. 여지껏 담뱃대를 두드려댔을 뿐 입을 다물고 있던 참판어른이 예고 없이 처음으로 직접 입을 열었기 때문이다. 사랑마당엔 새로운 긴장이 흐른다.

"소, 소인, 황해도 토, 토산이 본향입니다."

"과연…… 토산이 맞구나. 언제 그곳을 떠났던고?"

"소인의 나이, 열 살 때였습지요."

"홍경래라는 자가 난을 일으켰던 임신년이 맞으렷다!"

"예예, 대감마님……"

"저놈을 댓돌 있는 데까지 데려와봐라."

참판어른의 가살스런 쇳소리는 고저가 없다.

두 놈이 달려들어 그를 질질 끌다시피 토방의 댓돌까지 데려간 것과 비대한 참판어른이 김성일의 부축을 받아 마루 끝으로 나온 것은 동시의 일이다. 부제조가 난데없이 문초에 뛰어든 전임 형조참판의 명에 놀라서 엉거주춤하게 엉덩이를 들어올리고 있다. 허벅지와 종아리에서 핏물이 흘러 댓돌을 적신다. 이런 상황은 아무도 예상하지 못했던 듯, 모든 사람들이 일제히 숨을 죽인 기색이다.

"이놈 얼굴에 횃불을 가까이 대보아라."

한 놈이 횃불을 대고 다른 놈이 상투를 잡아올린다.

일렁거리는 횃불이 가까워서 그의 눈엔 오히려 참판어른 얼굴이 뵈지 않는다. 장죽의 담뱃통이 다가온다. 쟁여넣은 담배에 불이 붙은 뜨거운 백통 담배통이다. 담배통이 그의 볼을 건드리고 입술을 건드리고 눈두덩을 건드린다. 턱에 대고 이리저리 얼굴을 돌려 살펴보기도 한다. 마루 끝에 쪼그려앉은 참판어른의 모습은 형상뿐이다. 핏물로 젖은 턱이 뜨거운 담배통에 닿아 지글지글 끓는 것 같다. 그는 그러나 악을 쓰고 비명을 참는다. 지금까지 비변사 부제조가 심문을 했지만 그 자신의 생살여탈권이 전임 형조참판의 장죽에 달려 있다는 걸 진즉부터 알아차리고 있었기 때문이다.

“이제, 나를 보거라.”

“……”

“괜찮다. 나를 똑바로 보거라!”

횃불이 물러나자 참판어른의 얼굴이 비로소 보인다. 잔주름은 많지만 거동에 비해선 기름기가 좔좔 흐르는 탱탱한 얼굴이다. 살이 많이 쪄서 그렇게 뵐는지 모른다. 어쨌든 어딘지 모르게 자연스럽지 않고 보기에 따라 기괴한 느낌도 든다. 살집 때문에 턱은 여러 겹을 이루고 있고 인중은 길고 입술은 두껍다. 어디선가 본 듯한 인상이나 그렇다고 분명히 보아 기억해낼 수 있는 얼굴은 아니다.

"나를 알아보겠느냐?"

"소, 소인같이 천한 것이 어찌 감히 대감마님을……"

"그 임신년에, 내 나이 채 이립而立이 되지 않았다."

"……"

"어린놈이 아주, 독종이었어. 병방으로 있던 네 아비는 술이나 좋아했던 허랑한 위인이었지. 네놈만 아니었어도, 내가 마흔 전에 당상관이 됐을 게다. 성일이 편에 대동여지도인가 뭔가를 그린 놈이 토산 출신이라는 말을 들었을 때만 해도 긴가민가했다만, 죽기 전에, 내 전정을 가로막았던 네놈을 만나 반갑기 그지없다. 네놈이 관아에서 내준 엉터리 지도 때문에 애비를 잃었고, 그 연유로 지도를 그리기 시작했노라 떠들고 다닌다지?"

"대, 대감마님……"

"토산 관아 앞에 무릎 꿇고 앉아 있던 발칙한 네놈의 모습이 허어, 아직도 눈에 선하다."

"……"

그가 벌떡 일어서려 하다가 이내 댓돌 밑으로 팽개쳐진다.

사지가 능지처참을 당하는 듯 제각각 뽑혀져나오는 것 같다. 아악, 하고 그는 버둥거리며 비명을 지른다. 전임 형조참판은 김성일의 부축을 받아 힘겹게 비대한 몸을 일으키고 있다. 비명을 지르고 나자 갑자기 뜨거운 것이 목젖을 치고 올라온다. 벼락이 정수리를 치고 가는 순간이 있다면 아마 이럴 터이다.

토산현 아문 앞의 산벚꽃 그늘이 빙글 떠오른다.

아버지가 봉록과 품계도 없는 병방으로 일하다가 끝내 죽음으로 내몰리고 만 그해 임신년, 토산현 번듯한 아문을 둘러싸다시피 하고 선 산벚나무, 그 아슴한 꽃그늘을 어찌 한시라도 잊겠는가. 반란군 진압을 위한 지원부대로 선발되어 길을 떠난 아버지 김해준과 다른 사람들의 행방을 찾아달라고, 토산현 아문 앞에 오지게 무릎 꿇고 앉은 그 자신의 모습이 보인다. 판관어른 댁에 내려와 있다가 친구가 된 혜강 최한기와 마을 사람들이 그를 도와 함께 연좌했던 것도 잊을 수 없고, 모든 청을 들어준다고 속임수를 써서 어린 그와 몇몇 사람들을 옥방에 잡아 가둘 때의 현감도 잊을 수 없고, 관아 앞의 산벚나무에 끝내 목을 매고 자진했던 순돌이 어머니도 잊을 수 없다. 사세판단이 빠른 해주 목사가 후환을 생각해 현감을 파직한 것은 그 며칠 후의 일이다. 돌이켜보면 그가 끝끝내 고향을 떠난 것 또한 이미 파직된 현감이, 파직된 후에도 토산을 떠나지 않고 눌러앉아 끝내 형을 빌미로 그의 명줄을 압박했기 때문이다. 전임 사또가 잡아먹지 못해 안달이라면서 신새벽, 도망가라고 종주먹을 들이대던 해주댁의 얼굴도 여지껏 선연하다. 오십여 년이 지났지만 모든 일이 아직도 선연하다.

오, 이런 악연이 있단 말인가.

그는 핏물 젖은 눈을 한사코 부릅뜨고 이미 등을 돌려 제자리로 돌아가고 있는 전임 형조참판, 아니 전임 토산현감을 바라본다. 참판이라 하면 종이품으로 판서 다음이다. 이립의 나이도 되기 전에 이미 그토록 포악하고 물욕이 많았던 이가 종내 종이품 당상관에까지 오를 수 있는 세상이라고 생각하니 새삼 기가 질린다. 몸을 가누기 힘들 만큼 늙은데다가 단지 전임 참판의 신분인데도 아직껏 비변사 부제조를 집 안으로 불러들이고 좌지우지하는 권세도 놀랍다.

"사, 사또!"

참지 못하고, 무의식적으로 뛰쳐나온 울부짖음이다.

"사, 사또라니, 이놈아. 참판어른께 무슨 무엄한 수작이냐?"

부제조가 황급히 소리친다.

앉았던 자리로 거의 되돌아간 전임 형조참판이 아들 김성일의 부축을 뿌리치듯 하여 몸을 돌리고 그를 본다. 사또라는 부름에 언짢은 기색이 역력하다. 탱탱한 얼굴 가득 붉은 홍조가 순간적으로 떠오른다. 그러나 그이는 애써 언짢은 기색을 감추려는 듯, 짐짓 너털웃음을 웃고 나서 담뱃대로 삿대질을 하며 묻는다.

"내게…… 감히 사또라고 불렀더냐?"

"그, 그해, 아버님을 비롯해 스물네 명의 죽음은…… 관아에서 내준 엉터리 지도 때문이었던 게 사실입니다. 그때의 토산현 사또였던 나리께서 내주신 지도였지요. 스, 스물네 명의 목숨을 잃은 것으로 보자면 파직이 아, 아니라 유배를 가도 시원치 않을 일인데 어, 어찌 사또 자리에서 그때 물러나신 것이, 소인 때문이라 하십니까?"

"저, 저놈 주둥아리에서 아직도 독기가 빠지지 않았구나!"

"이, 이렇게 사사로이 죽이신다 하시면, 비천한 제게 무슨 수가 있어…… 살길을 도모하겠습니까. 어차피 죽을 목숨, 억울하다는 말씀이라도 드리고 죽겠습니다. 소인도 그 일로 하여…… 고향을 등지고 도망쳐 평생 떠돌이로 삽니다. 아버님의 혼백도 그럴 거구요. 그리 하시고도 당상관 반열에까지 오르셨던 어, 어른께서…… 수십 년 전의 사사로운 감정으로 소인 같은 천것을 두고 청나라 첩자라고까지 무고를 하시다니요. 부제조 대감마님께 청하옵니다. 부디, 소인을 의금부에 넘겨 정식으로 심문받게 해주십시오. 이것은, 저잣거리의 폭력이나 다름없습니다."

"저, 저런 발칙한……"

화가 머리끝까지 오른 전임 참판이 담뱃대를 집어던진다.

저녁바람으로 너울거리기 시작한 횃불 때문에, 화롯불 옆에까지 돌아가다가 몸을 홱 돌린 그이의 탱탱해 뵈는 얼굴은, 더욱 더 풍뎅이처럼 부풀어올라 터질 것 같은 형국이다. 담뱃대는 그에게까지 날아오지 못하고 겨우 댓돌에 떨어진다. 당황한 부제조의 소맷깃이 펄럭 솟아오른 것과 등에 묶인 목판으로 발길이 날아온 것은 동시의 일이다. 그는 속수무책, 앞으로 고꾸라지며 이마와 코와 볼을 땅바닥에 다시 찧는다. 정신이 아득하다.

"아버님, 고정하시지요."

"놔라, 이놈아. 내 몸, 내가 건사할 수 있다!"

버르적거리는 그에게 김성일 부자의 대거리가 날아든다.

김성일이 부축하려는 것을 화가 잔뜩 난 노인네가 억지부려 뿌리치는 눈치다. 그리고 곧 무엇인가 쓰러지는 듯 우당탕하는 소리가 나고, 이어 여러 사람의 짧은 비명소리, 다급하게 뛰어가는 발소리가 들린다. 얼굴이 땅바닥에 짓이겨져 있어 소리만 들릴 뿐이다. 그러나, 그 순간, 웬일인지 아버지의 환영이 찰나적으로 떠올랐다가 꺼지는 것을 그는 본다. 환영 속의 아버지는 생전에 자주 그랬듯이 장난기와 심술기가 가득 밴 개구쟁이 소년 같은 표정이다. 바로 곁에 아버지의 혼백이 와 있는 느낌이 든다. 그는 직감적으로 무엇인가, 큰 사달이 났다고 느끼고 그제야 온 힘을 다해 얼굴을 든다. 피 젖은 턱을 지렛대 삼아 얼굴을 들어올리고 나자, 비로소 대청마루가 눈 안에 들어온다.

"물! 물!"

"물 가져와, 이놈들아. 물 가져와!"

김성일이 소리치고 부제조가 발을 동동 구른다.

버둥거리는 누군가를 사람들이 에워싸고 있다. 백동화로가 자빠진 모양이다. 불이 붙은 숯덩이들이 우물마루 이곳저곳에 흐트러져 있고, 사람들이 불을 끄려고 에워싼 그 한가운데에서도 아직 불티가 솟아나고 있다. 불이 붙어 버둥거리는 사람이 김성일의 아버지인 전임 형조참판이라는 걸 그는 이내 알아차린다. 독이 오를 대로 올라 김성일의 부축을 시근벌떡 뿌리친 노인네가, 제 성질머리에 눌려 암상부리다가 백동화로 쪽으로 희뜩 넘어진 듯하다. 아니, 아버지의 혼백이 그이를 넘어뜨렸는지도 모른다. 갓과 머리에 불이 붙은 눈치다. 곧 신발조차 벗을 새 없이 마루 위로 달려든 청지기가 안고 온 물을 동이째 버둥거리는 노인네에게 붓는다. 순간적으로, 다시 한번, 심술과 장난기가 함께 서린 얄망궂은 아버지의 환영이 떠올랐다가 꺼진다.

"아버님, 정신 차리세요, 아버님!"

"대감마님!"

사람들이 저마다 어쩔 줄 몰라 소리쳐 부른다.

그는 끙 하고 턱에서 힘을 뺀다. 힘이 다 소진해 얼굴조차 옆으로 돌릴 수가 없다. 모래흙이 입 안으로 밀려들어온다. 갓과 머리가 타버렸을 전임 형조참판 노인네의 우스꽝스러운 모습을 상상하는 건 어렵지 않다. 우습고, 그리고 슬프다.

그는 뱌빗뱌빗, 상반신을 떨며 쿨쿨거린다.

웃으려고 했는데, 눈물이 갑자기 뜨겁게 솟구친다. 횃불조차 꺼졌는지 눈앞이 캄캄하다. 대동여지전도의 두꺼운 목판이 맷돌 같은 무게로 등판을 짓누르고 있다.

하루가 지났는지 이틀이나 사흘이 지났는지 도무지 알 수 없다. 걸레처럼 갈라지고 터진 그가 갇힌 곳은 장작이 잔뜩 쌓인 장작광이다. 등에 묶였던 목판은 풀어 없지만, 아직도 몸을 굴신조차 할 수 없다. 입은 마르고 눈앞은 캄캄하다.

발소리가 들린다.

그는 간신히 눈을 뜨고 무엇인가 빛이 어른거리는 문께를 바라본다. 등불이다. 이내 광문이 열리고 등불이 선뜻 안으로 들어온다. 그는 간신히 상반신을 일으켜 장작더미에 기대앉아 등불 너머의 사람을 바라본다. 노비인 듯한 젊은 남자와 통덕랑 김성일이다. 노비가 먼저 들고 온 물대접을 입에 물려준다. 물은 쓰리고 달다.

"정신이 좀 드시오?"

김성일이 낮은 목소리로 묻는다.

"청지기한테, 뼈가 상하진 않았다고 들었소. 걸을 수 있을 게요. 여기 이놈의 부축을 받아, 지금 당장 사람들 눈에 띄지 않게 후문으로 나가시오. 대동여지전도 목판은 이놈이 댁까지 짊어다 드릴 테니 그리 아시고."

"나를…… 아예 죽, 죽이시지 않구요?"

"아버님이…… 워낙 연세가 많으신지라 그때 화로 위로 넘어진 후유증을 못 이기고 낮에…… 운명하셨소."

그러고 보니 김성일은 상복 차림이다.

"아버님께서, 미리 고산자 선생과의…… 사사로운 관계를 다 말씀해주시지 않아…… 나도 일이 이리 될 줄 몰랐소. 아버님께서 이 사달로 돌아가셨으니, 그쪽에서도 혼자 억울하다곤 못할 것이오. 나가시고 나면 이곳에서 있었던 모든 일에 대해 입을 다무는 조건이오. 부제조 영감께서 의금부에 넘겨야 한다는 걸 간신히 설득한 내 정성을 알아주시오. 의금부에 넘기면 요즘 같은 세상…… 고산자 선생은 무조건 참형이오. 물론 아버님의 하명도 있었지만…… 처음부터 나는 그대를 살리고 싶어 일단 사가로 부른 것이었소. 암튼 이미 돌아가신 아버님과 관련하여 불미스러운 소문이 도는 게 나는 싫소. 나가서도 입을 다무는 조건을 어길 시는, 내가 먼저 고산자 선생을 의정부에 고변할 것이니 그리 아시오."

"말씀대로 하리다. 참, 참판어른 그리 된 일은 애석한 일이오
나…… 내 뜻이 아니었고……"
"이분을 부축해 약현까지 모셔라!"
김성일이 먼저 광을 나간다.
그는 젊은 노비에게 의지해 절룩거리면서 사람의 시선이 미
치지 않는 후원을 통해 뒷문 앞으로 걷는다. 행랑방은 물론이고
광은 광으로 이어져 끝이 없다. 정말 규모가 큰 저택이다. 서고
와 가마고와 광들을 다 지나고 나니 별당 뒤로 노비들이나 드나
드는 일각문이 있다. 오래 사용하지 않았던 듯 일각문 열리는 소
리가 유난히 사납다. 그는 문지방을 넘어선 다음에 눈인사라도
할 요량으로 뒤따라오는 김성일을 돌아본다. 김성일이 눈을 맞
춰오며 먼저 입을 뗀다.
"얼마간의 약값이라도 보낼 테니, 몸조리 잘하시오."
"……"
"대동여지도는…… 오래, 역사에 남을 거외다……"
"그, 그럼……"
그는 차마 말끝을 맺지 않고 돌아선다.
뭐랄까, 가슴 깊은 곳에서 둥 하고 북소리가 울려나오는 느낌
이 든다. 비록 악연으로 만났으나 김성일은 그가 만나본 관리 중
에서 가장 지도에 대한 이해가 깊었던 사람임엔 틀림없다. 그리

고 자신의 대동여지도에 대해 아무런 군더더기를 보태지 않고 이처럼 확신에 찬 어조로 딱 부러지게 평가해준 것도 김성일이 처음이다. 밤바람이 차고 텅 빈 길은 어둡다. 그러나 그는 온몸이 부서지는 것 같은 아픔을 참으려고 이를 악다물고 애써 힘차게 걷는다.

눈가가 뜨겁다.

그러나 그 순간, 그가 알지 못하고 있는 게 한 가지 있다. 순실이가 이미 붙잡혀 우포청右捕廳에 들어가 있다는 사실이다. 묘허의 서책점 앞에서 바우에게 딸려 떠나보낸 순실이가 그날을 넘기지 못하고 돈의문에서 붙잡혔으니, 그가 전임 형조참판 대저택 문지방을 넘고 있을 때, 순실이 역시 오랏줄에 묶여 우포청 문지방을 넘고 있었던 셈이 된다. 그가 모진 매를 맞을 때 순실이도 모진 매를 맞고, 그가 물 한 모금 마시지 못하고 어둔 광에 버려져 있을 때 순실이도 우포청 어둔 옥방에 버려져 있었다. 서린방의 포청과 안국방의 김성일 집이 지척인바, 과장한다면 부녀간에 서로 상대편의 비명소리라도 들었음 직하다. 순실이가 몸에 천주교 교리문답 소책자를 숨겨 지니고 있었던 것이다.

금량관

"자네는 예서 기다려야겠네."

혜강 최한기가 미안한 눈빛으로 말한다.

운종가雲從街에 자리잡은 의금부 앞이다. 위당 신헌을 만나러 온 것인데, 중인 신분인 그는 문안으로 들어갈 방도가 없다. 위당이 의금부의 수장인 판의금부사로 영전해온 것은 얼마 전의 일이다. 삼도수군통제사에 부임하고 나서부터 정이품 품계인 형조판서, 병조판서, 공조판서를 두루 거친 뒤 품계가 한 단계 더 높은 종일품 판의금부사까지 올랐으니 그야말로 승승장구해온 셈이다.

"부탁일세. 기다릴 테니 위당께 말씀 좀 잘 전해주시게나."

"그럼……"

혜강이 허흠, 헛기침을 내려놓고 안으로 들어간다.

의금부는 직접 왕명에 따라 죄인을 추포하고 추국하는 기관으로서 형조, 한성부와 함께 삼법사三法司라고 불릴 만큼 막강한 권력기관이다. 흥선대원군이 권력을 잡은 이후 위당의 세도는 더 빠르게 상승하고 있다. 능력과 인품도 그렇거니와 흥선대원군의 눈에 그만큼 들었기 때문이다. 종이품인 포도대장보다도 품계가 두 계단이나 높다. 마음만 먹는다면 천주학에 단순 가담했을 뿐인 순실이 한 명쯤 옥방에서 끌어내는 것은 여반장일 터이다. 직접 만나 전후사정을 설명하고 읍소하고 싶지만 의금부 안뜰조차 자유롭게 내왕하지 못하는 신분이라, 이렇게 혜강 최한기를 통해 청을 넣을 수밖에 없다.

사시巳時인데도 구름이 잔뜩 끼어 해가 뜨지 않는다.

우뚝한 보현봉에서 시작돼 백악을 넘고 경복궁과 육조거리를 휩쓸고 지나온 바람 끝이 맵다. 경복궁에선 작년에 시작된 중건공사가 지금 한창이다. 흥선대원군이 집권한 이후, 서원을 철폐하고 세곡稅穀을 착복한 관리들을 엄히 다스리는 등 강력한 개혁을 실시하는 한편 경복궁을 중건한다거나 향약鄕約, 오가작통법 등을 부활, 왕권 강화를 꾀함으로써, 백성들이 제 입장에 따라 지지와 반대 세력으로 명백히 분열하게 된 것은 어제오늘의 일이 아니다. 경복궁 중건공사에 대해 시시비비가 많은 것도 그런 세간의 분위기를 반영한 것이라 할 수 있다. 신유년1801 천주인 박해와 기해년1839 박해 이후, 비교적 천주학에 너그러웠던 안동 김씨 세도 아래에서 흐지부지해온 오가작통의 부활도 그렇다. 뿌리 깊은 시파와 벽파의 파쟁이 이 모든 것과 무관하다고 할 수만은 없을 것이다. 다섯 가구를 한 개의 통統으로 삼아, 부역이나 납세 같은 문제에서 조정의 시책에 반하는 사람이 있을 때, 통민 전체의 연대책임을 묻는 것이 이른바 오가작통이다. 이웃끼리 함께해온 전통을 살려간다는 명목을 내세우고 있지만, 기실 천주학쟁이가 한 명이라도 있으면, 이웃에서 언제라도 밀고할 수밖에 없도록 하기 위한 악랄한 전술이다.

혜강이 예상보다 빨리 의금부를 나온다.

얼굴빛이 무겁다. 그는 차마 말을 재촉할 수 없어 묵묵히 앞서가는 혜강을 쫓는다. 순실이가 갇혀 있는 우포청은 육조거리와 의금부의 가운데쯤, 혜교惠橋 옆에 자리잡고 있다. 새벽부터 우포청 앞을 서성거리다가 지푸라기라도 잡는 심정으로 혜강에게 달려가 통사정을 해서 겨우 의금부까지 함께 나왔던 길이다.

"이 사람, 혜강. 답답하이."

"……"

"위당을 만났는가 못 만났는가, 그것만이라도 말해보시게나."

"얼굴은 보았지만 바쁜 사람이라 일각도 채 만나지 못했네."

"청은 드려보셨는가?"

"간단히 전후사정을 설명했는데 대답은 시원히 듣지 못했으
이. 이런 판국에 비록 당상관이라 하나, 솔선하여 나라의 시책을
더 엄히 시행해야 할 판의금부사라, 운신의 폭이 좁을 것일세.
알아보마 하는 듯 머리를 끄덕였을 뿐 달리 말씀은 없었네. 위당
이 처리할 업무가 워낙 많았던지라 단둘이 말을 주고받을 형편
도 아니었고……"

"그뿐인가?"

"그저…… 그뿐이었네."

혜강이 걸음을 멈추고 골목 안쪽을 본다.

등뒤에선 한 떼의 포졸들이 오랏줄로 묶은 여러 명의 죄수들
을 우포청 쪽으로 끌고 가고 있다. 붙잡히면서 무자비하게 치도
곤을 당했던지 얼굴 여기저기가 터진 죄수들이지만, 복색이 비
교적 단정하고 깨끗한 것이 천주학쟁이들이 틀림없어 보인다.
혜강이 포졸들을 등진 채 말없이 선뜻, 골목 안쪽으로 들어간다.
주막과 요릿집 들이 줄을 댄 상사동相思洞 안골목이다. 언젠가 혜
강과 함께 갔던 내외주점이 떠오른다. 숭어 뱃속으로 만든 또라
젓이 나왔던 주점이다.

"어디로 가는 것인가, 혜강?"

"오시가 다 돼가고 있은즉……"

"순실이는 저리 두고, 나는 뜨거운 밥이 넘어가지 않을 것 같

네. 그나저나 의금부 나올 때부터 혜강의 표정이 언짢았는데, 위당 대감이 괄시라도 했는가. 내 답답해서 송편으로라도 목 따 죽고 싶은 심정일세."

"표나게 괄시했다기보다…… 내 자격지심이겠지."

무엇인가, 혜강이 자존심을 크게 상한 건 확실하다.

본성이 변할 사람은 아니라 믿지만, 위당도 세속의 인생을 사는 사람이다. 오랜 유배생활을 했으니 와신상담, 세상으로부터 그 보상을 받고 싶은 심정도 없지 않을 터, 정권이 뒤바뀌는 가파른 몇 년 사이에도 계속 요직을 맡아온 것이 미상불 그의 야망을 은연중 보여주고 있다 할 것이다. 고종 임금이 들어서던 계해년 겨울, 새로 보완해 중간한 대동여지도 목판본 한 책을 들고 사가로 찾아갔던 일이 떠오른다. 통제영에 찾아가 만나고 나서 거의 사 년 만인데도 그가 본 것은 겨우 위당의 사모紗帽뿐이다. 사랑방에 가득, 지체 높은 벼슬아치들이 찾아와 앉아 숙의중이어서 열린 문 사이로 위당의 사모만을 얼핏 보고 그냥 돌아와야 했다. 나중에 부른다 하시니 가져온 것은 제게 맡겨주십시오, 라고 말하던 청지기의 목소리가 아직 귓가에 남아 있다. 그때 그가 느꼈던 소외감이나 서운함을 어쩌면 혜강도 느꼈음 직하다.

"혜강한텐 이거 면목이 없네만……"

"자네 심정, 알겠네. 점심이야 나도 뭐 꼭 먹고 싶었던 것은 아니었어. 자네 마음이야 오죽하겠는가마는, 더 힘이 돼줄 방도가 없으니 미안하이. 자네는 그럼 포청 앞으로 또 가볼 셈인가."

"거기 가 있어야 마음이 편할 거 같아서 그러네. 그나저나 혜강, 차마 입이 떨어지지 않네만, 순실이가 죽는다면 나 또한 죽은 목숨, 부탁인데 이따 퇴청시간에 맞추어 위당의 사가로 함께 좀 가주게. 대문 앞에 기다리고 있다가라도 대감을 직접 좀 만나봐야겠네. 나로선 손써볼 일이 그밖에 없는지라……"

"그것이, 그러니까……"

"위당 대감이 어떤 사람인가. 생각하면 내가 대동여지도를 완성하는 일, 언제나 옳은 일은 옳다고 말하며 살아온 위당의 도움 없으면 못 했을 걸세. 긴 유배중에도 본래 먹었던 마음이 변하지 않은 사람이야. 다른 사람은 몰라도 그 어른이라면 혜강과 나를 뿌리칠 사람은 아니라고 믿네만."

"미안허이, 고산자. 이따 저물녘엔…… 집에 찾아오기로 약조한 사람들이 있어서……"

"그, 그런가?"

"위당이야 뭐 따져보면 본디 자네하고 더 가깝게 지냈고, 나도 약조를 뿌리칠 수 없는 형편이고…… 하니, 사가로 찾아가는 것이야 자네 혼자 가도 무방할 일이라 보네."

"끝내…… 안 되겠는가?"

"할 수 있으면, 내가 왜 못 한다 하겠는가……"

혜강의 표정을 보고 그는 곧 더 말해봤자 소용없다는 걸 알아차린다. 본래 정직한 사람인바, 약조한 일이 있다는 게 거짓말은 아니겠지만, 며칠 전 묘허를 찾아갔을 때처럼, 소중한 무엇인가를 잃은 듯 그 순간 마음밭에 찬바람이 휘잉 하고 분다. 이쪽 편은 지금 목숨이 걸린 일에 매달려 있지 않은가.

그는 혜교 앞에서 혜강과 헤어진다.

혜강은 남쪽의 모교毛橋 쪽으로 가고 그는 돌아서 우포청 앞으로 방향을 잡는다. 혜강과는 동갑이다. 불과 열 살 때였던가, 토산현 아문 앞에 혼자 부복俯伏하고 있을 때 제일 먼저 달려와 그 옆에 함께 무릎 꿇어 앉아준 것이 바로 혜강이다. 어렸지만 엄연히 양반 신분인 그이가 마음을 먼저 열어 그를 친구로 받아들여준 것도 생각하면 잊을 수 없다. 어렸을 때부터 천문에 특히 관심이 많아서 지리에 밝은 그를 향해, 너는 땅의 지도를 그리고 나는 하늘의 지도를 그려, 합치면 우주만물의 지도가 된다, 라고 말하던 혜강의 눈빛도 눈에 선하다. 관심분야는 조금 달랐지만 평생 실사구시에 따른 같은 방향의 생각을 나눠온 동지이자 어려운 일 있을 때마다 돕고 살아온 친구이다. 그런데 지금 어쩐지 그 동지이자 친구인 혜강이 곁을 물리고 떠나는 것 같아 막막하고 쓰리다.

우포청 앞은 사뭇 난장을 이루고 있다.

문을 지키고 있는 나졸들이 눈을 부라리고 소리쳐봐도 몰려선 사람들은 몇 걸음 뒤로 물러설 뿐이다. 모두 그처럼 붙잡혀온 식솔들의 생사여부를 확인하러 온 사람들이다.

그도 사람들 사이에 끼여 앉는다.

통덕랑 김성일의 사랑마당에서 당한 사형私刑으로 온몸이 마디마디 아프다. 터진 허벅지와 종아리에서 핏물이 배어나와 사실은 제대로 앉을 수도 없다. 전임 형조참판의 달구어진 백통 담뱃대로 화상을 입은 얼굴은 여기저기 똬리를 튼 것처럼 부풀어올라 있다. 피 묻은 옷은 갈아입었다 하지만 몰골은 흉측하기 이를 데 없을 것이다. 사람들이 힐끔힐끔 그를 돌아본다. 혹시 천주학 때문에 끌려들어갔다가 풀려난 참이냐고 물어오는 사람들도 있다.

"끌려들어갔다 풀려난 게 아니라면 몸이 왜 그 지경이오?"

"사람 죽이는 데가 뭐 포청뿐이랍디까?"

"하긴 한성부나 좌포청으로 끌려간 사람이 더 많다 합디다. 어르신께선 누가 끌려들어갔소? 우포청이 확실한 것이오?"

"……"

그는 대답 대신 하늘을 올려다본다.

금방 비라도 쏟아질 것 같다. 아무개 아무개가 또 처형됐고 누구누구는 심문을 견디다가 맞아 죽었다는 말도 들린다. 천주학쟁이들에 대한 검거 선풍이 전국적으로 불고 있다 한다. 살려면 일단 천주학 일체를 부정하고 다른 신도들을 많이 밀고하는 수밖에 없다고 수군거리는 소리도 들린다. 고발한 자는 상을 주고, 천주학쟁이를 숨기면 죽일 것이며, 황해도 충청도 등에서 청국 배를 타고 도망치려는 자가 있으면 먼저 잡아 죽인 후 조정에 알려도 된다고 한다. 그 명을 내린 것은 왕실의 우두머리이자 벽파 권력의 중심인 풍양 조씨 대왕대비이다. 때에 따라서 조정에 알리지 않고 먼저 죽여도 좋다 하는 이른바 선참후계先斬後啓를 내릴 정도면, 천주학쟁이는 무조건 참할 수 있다는 뜻이다.

아니나 다를까 비가 뿌리기 시작한다.

어떤 사람은 일시적으로라도 비를 피할 셈으로 잰걸음을 놓고 어떤 이들은 그냥 앉고 서서 비를 맞는다. 대여섯 명의 죄수들이 또 포청 안으로 끌려 들어간다. 죄수들 중엔 새댁 차림의 물색 고운 옷을 입은 젊은 여자도 있고, 여남은 살이나 될까 말까 한 어린 소년도 있다.

"형님……"

부르는 소리에 돌아보니 바우다.

그이 역시 생업을 엎고 매일 마포나루에서 이곳까지 나다니고 있다. 그날 마포나루까지라도 순실이를 무사히 데려가지 못한 것이 자기 탓이라도 되는 양 못내 미안해하는 사람이다. 몸을 뒤져 품고 있던 교리문답책이 나와 붙잡혔으니 바우가 뭘 어떻게 할 수 있었겠는가. 비는 다행히 내리다 말다 한다. 그는 바우의 강권에 못 이겨 그이가 가져온 보리개떡 한쪽을 베어먹고 물을 마신다. 입술이 쓰리고 입 안은 소태처럼 쓰다.

"더 좀 드세요, 형님."

"됐네. 더는 못 먹겠어."

"그럼 이걸 좀 마시세요. 좀 쓰겠지만, 한 모금도 남기면 안 됩니다."

"뭔가, 그게?"

"장독이 잘못해 온몸으로 퍼졌다간 백약이 무효래요. 아직 피딱지도 제대로 앉지 못한걸요. 마포나루 용한 의원한테 약을 지어 좀 달여왔으니, 무조건 마시라구요. 이러다 형님 먼저 큰일나는 수가 있어요."

"이 사람……"

"밖의 사람이 살아야 갇힌 사람도 살리지요."

세상천지, 그래도 동향인 바우밖에 없구나 싶어, 그는 쓰라린 것을 참고 약물을 벌컥벌컥 마신다. 쉽게 끝날 고난이 아닐 것이다. 그의 생각으로는 단순 가담일 것이나, 알고 보면 순실이는 이미 신심이 깊을 대로 깊을지도 모른다. 그가 집을 비운 오랜 세월 동안, 여주댁을 어머니처럼 생각해 드나들어온 순실이다.

"순실이도 세례명이라든가, 서양 이름을 가졌었던가."

"참 내, 아버지인 형님이 모르는 걸 제가 어찌 알겠습니까?"

"내가 무슨 아버지라고…… 집을 비운 적이 더 많은 사람이라, 면목이 없네."

"제가 아는 한, 순실이에겐 아직 서양 이름 없습니다. 마음 놓으세요, 형님."

"내 죄업이 많으이……"

그는 나지막이 중얼거리며 한숨을 쉰다.

다른 사람에겐 몰라도 순실이에겐 정말 모질고 못된 아비였을 것이다. 이대로 그애를 잃는다면 그 원결과 회한은 구천에 닿을 게 틀림없다. 무슨 수를 써서라도 살려야 할 참인데, 붙잡을 지푸라기 하나 없으니 막막하다.

평생 사나이로서 무엇을 하고 살아왔던가 싶다.

아무리 뛰어난 지도를 그리고 그 지도로써 사람살이를 백번 이롭게 했다 한들, 그것이 대체 무엇이란 말인가. 알아주는 이도 드물고, 나라에선 오히려 그걸 빙자해 목줄을 조인다. 짐승에게 잡아먹힐 뻔하거나, 청국은 물론 내 나라의 관리들에게 목이 달아날 뻔했을 때에도, 꿈이 워낙 깊고 높았던지라, 일찍이 지도를 그려온 일을 진실로 후회한 적이 한 번도 없었는데, 이제 돌아보니 평생의 삶이 헛것인 양 덧없다.

갑자기 그쳤던 비가 다시 쏟아지고 있다.

위당 신헌의 사가는 가회방에 있다.

땅거미가 내리기 시작했으나 위당은 아직 돌아오지 않는다. 청지기의 친절로 행랑채 노비 방에 들어와 있어 그나마 다행이다. 불안한 것은 여러 명의 선비들이 미리 사랑에 들어 위당을 기다리고 있다는 사실이다. 대동여지도 재간본再刊本을 가져올 때 그랬던 것처럼 어쩌면 위당이 퇴청해온다 해도 그의 사모관대나 멀찍이 보고 쫓겨날는지도 모른다.

낮부터 내리기 시작한 비가 아직 그치지 않고 있다.

온몸이 오돌오돌 떨리는 것이 고뿔이라도 들어오는 모양이다. 하기야 실컷 두들겨맞았던 몸으로 종일 한데 나앉아 있었던 데다가 비를 맞아 온몸이 젖었으니, 고뿔이 안 들어오는 게 오히려 이상하다 할 터이다. 땅거미가 시시각각 깊어져서 사위가 이내 캄캄해진다. 청지기가 등불을 밝힌다. 미리 회합을 약조했던 모양인지, 사대부 선비들이 미리 와 방 안 가득 좌정한 사랑방에선 연방 웃음소리가 드높다.

"대감마님, 들어오십니다."

청지기가 달려들어와 미리 귀띔을 해준다.

위당이 사랑으로 들고 나면 만날 기회가 없을 거라고 생각해 그는 재빨리 대문 밖으로 나와 솟을대문 앞 노둣돌 옆에 손을 모으고 선다. 말을 탄 신헌이 골목길을 돌아 들어오고 있다. 통제영에서 만났을 때하고도 그 위풍당당함이 판이하게 다르다. 종일품 품계로, 삼정승을 빼곤 최고위직이 아닌가.

"허어, 이 양반 고산자!"

말을 내린 위당이 금방 그를 알아본다.

곧바로 퇴청해오는 길인지 관복에 관모 차림이다. 관복 차림이라 그런지, 예전과 달리 그이가 한없이 멀고 서먹하게 느껴진다. 그는 얼른 고개를 들지 못한다. 관복은 당초무늬가 있는 사紗로 지은 흑단령黑團領이고, 관대는 당상관의 그것답게 금식金飾이 입혀져 있다. 옷과 관대는 말할 것도 없이 신분과 권위의 상징이다.

"비가 오는데…… 들어오시구려."

"안에 손님들이 많은지라……"

"참, 그렇지. 집에서 회합이 있는 걸 내가 잊었네그려. 낮에 혜강이 와서 따님 문제를 잠깐 거론했었는데, 그 때문에 왔구려? 그것 때문이라면 이리 안 와도 될 일인데……"

"살려주십시오, 대감마님!"

그는 부지불식간에 털썩 무릎을 꿇는다.

"아이구, 새삼 왜 이러시는가. 그만 일어나시구려. 우리 사이에…… 이럴 것까진 없는 일, 우포청에 붙잡혀 있다 들었는데, 맞소?"

"예, 맞습니다. 제겐 하나밖에 없는 혈육이옵고, 천주학 교리 문답책을 소지하고 있었다 하지만, 어린것이 호기심이 많아 옆집 여자 꾐에 빠져 그리 했을 뿐, 세례를 받거나 한 것도 아니올시다. 모든 것이 제 불찰입니다, 대감마님. 그놈의 지도에 미쳐서 집을 비우는 때가 워낙 많아……"

"국법이 서슬 푸르니, 국법을 시행해야 할 내 입장은 고산자가 더 잘 알 것이오."

"소인이 어찌 그를 모르겠습니까마는……"

그는 비로소 고개 들어 위당을 올려다본다.

위당은 관모로서 금량관金梁冠을 쓰고 있다. 죽사竹絲와 말총으로 짜고 이금泥金칠이 된 고급 관모이다. 관모 앞이마에서 정수리까지 세로로 내려진 줄이 이른바 양梁인데, 품계가 일품이면 줄이 다섯 개, 곧 오량五梁이고 이품이면 사량, 삼품은 삼량이 된다. 위당의 금량관에서는 이 나라 최고직의 위엄과 권위를 알리는 오량의 줄이 유난히 도드라져 보인다. 오래 전 유배지로 진달래주 한 동이를 지고 가 만났을 때의 위당하고는 천양지차다. 그

때 평복 차림으로 비좁은 초막 앞마당 끝에 서서 우두커니 하늘
을 올려다보고 있던 위당의 모습이 당당한 금랑관의 오량 위로
겹쳐 흘러간다. 나라에서 할 일인데 아무도 알아주는 이 없이 지
도를 그리는 그야말로 진정한 애국인이라면서, 상관의 눈총질도
마다하지 않고 기꺼이 비변사나 규장각 서고를 열어 신분이 낮
은 그에게 갖가지 귀한 지도자료를 보여주었던 위당의 젊은 기
개도 환히 생각난다.

"답은 나보다, 고산자 딸이 갖고 있소."

"무슨 말씀이십니까?"

"세례를 받은 바도 없다니 하는 말이오. 심문에서 무조건 배
교背敎를 하면 살아 방면될 것이고, 그러지 않으면 내게도 길이
없소. 지금이 어떤 판국인지 고산자 같은 사람은 잘 모르겠지만,
미묘하고 가파른 시절인 건 틀림없소."

"배교라 하시면……"

"그들의 하나님이 그들의 왕이라 하고, 사람이 본디 평등하게
태어나 반상이 무별하다 하니, 이것은 말할 것 없이 우리의 임금
님과 양반을 부정하는 반역이지. 그러니 따님이 저들의 하나님
을 부정하고 우리 임금님과 사대부를 숭상한다는 맹서가 선행돼
야 살길이 있을 거라는 말이지요. 우리의 임금님 말고 세상에 어
찌 다른 해가 있단 말인가?"

“……”

“내 알아보긴 할 것이지만, 저들의 왕이라는 하나님을 부정한다 하지 않으면 나로서도 도리 없다는 걸 고산자가 아시길 바라오. 사람들이 기다리니 그만 들어가야겠소만.”

“소인에 대한 옛정을 생각하시어……”

“허어, 사람들의 그런 온정 때문에 나라가 이처럼 혼란스럽다는 걸 좀 아시구려. 여봐라, 이 어른께 저녁진지라도 좀 대접해드리거라.”

“대감마님……”

그가 불렀지만 위당은 이미 돌아서 있다.

등불을 든 청지기가 부산하게 앞서 위당의 발 앞에 불을 밝힌다. 중문을 넘어 사랑마당으로 들어가는 위당의 그림자가 등불에 의해 길게 늘어져 그의 얼굴을 가린다. 금관모에 끼워진 비녀에 달린 붉은 수술이 번쩍하고 빛나는 걸 그는 본다.

뜨겁고 긴 한 세월이 눈앞에서 속절없이 스러지는 느낌이다.

글건

나라의 근본이 이미 망했고
하늘의 뜻이 가버렸으며 인심도 떠났습니다.
비유하면, 큰 나무가 백 년 동안 벌레가 속을 먹어
진액이 이미 말라버렸는데, 회오리바람과 사나운 비가
어느 때 닥쳐올지 까마득하게 알지 못하는 것과 같으니,
이 지경에 이른 지가 오래됩니다.
_조식, 「을묘사직소」

우포청 앞은 온종일 행인들이 끊이지 않는 곳이다. 온갖 점포들이 즐비한 운종가와 음식점 주점이 몰려 있는 서린방이 가깝고 의정부를 비롯한 육조 관아가 몰린 육조거리의 어귀이기 때문이다.

사람들이 우포청 앞 거리에 몰려서 있다.

무슨 구경거리가 생겼나 하고 청계천 다리 밑에서 놀던 어린 아이들까지 날파리처럼 몰려와 어른들 사이로 여기저기 머리를 밀어넣고 있는 중이다. 더러 가난한 선비 복색을 한 이도 있고, 천주학쟁이로 몰려 우포청에 끌려들어간 식솔을 수소문해 나온

수심 깊은 일반 백성들도 있고, 지게꾼 인력거꾼 가마꾼도 있고, 엿이나 떡을 팔러 나온 행상들도 있다. 우포청 앞을 지키고 서 있던 포졸들도 무슨 일인가 하고 고개를 빼보지만 사람들이 둘러싸고 있어 우포청 문 앞에선 그 너머가 잘 보이지 않는다.

먼저 대나무 바지랑대에 꿴 만장輓章이 보인다.

만장이란 본래 죽은 사람을 애도하기 위해 비단에 망인의 학덕이나 이력, 아니면 망자에 대한 애도의 글을 써서 장지로 상여가 나갈 때 들고 따라가는 것인데, 오늘 우포청 앞에서 구경거리가 되고 있는 만장은 모두 한지로 되어 있다. 비단을 살 돈이 없었던 모양이다. 한지를 풀로 붙여 세로로 길게 내걸고 깃대 끝을 수술로 묶은 것이, 비단이 아닐지라도 만장임엔 틀림없다. 만장이 무려 다섯 개나 된다.

그리고 간소하게 상복을 차려입은 남자가 그 앞에 있다.

땅에 꽂아놓은 다섯 개의 만장을 등지고 선 남자는 흰 무명옷에 삼베로 된 굴건을 쓰고 역시 삼베로 최衰를 달았으며, 종아리는 행전, 손으로는 대나무를 잘라 만든 지팡이, 저장苴杖을 짚고 있다.

그만하면 예를 다한 상복 차림이다.

원래 삼베로 지은 상복의 윗옷을 최의衰衣라 하고 아래옷을 최상衰裳이라 하거니와, 다섯 개의 만장을 들고 거리에 나와 선 남자는 돈이 없어 최의, 최상을 쩍지게 갖춰입을 수 없었던지, 가슴에 삼베 조각만 달고 있다. 세로는 한 뼘 반쯤 되는 삼베 조각이다. 그렇다고 예의를 갖추지 않았다고 할 수는 없다. 망자에 대한 슬픔을 나타내기 위해 심장이 있는 왼쪽 가슴에 다는 삼베 조각을 일러 최라고 하니, 때에 따라선 이 최만 달아도 상복을 다 갖춰입은 것으로 간주되기 때문이다. 더구나 머리에 쓰는 굴건 하나만은 생마포生麻布로 만든 것으로서, 그 형태와 품질에서 의젓한 품격을 충분히 보여주고 있다.

"대체 누가 죽었는데 하필 여기 와 이리 서 있소?"

"……"

"만장이, 저게 뭡니까?"

"……"

사람들이 이곳저곳에서 두서없이 묻지만 상복 차림의 남자는 눈만 끔벅끔벅하며 간간이 곡을 할 뿐 대거리를 하지 않는다. 몸과 얼굴이 마를 대로 마르고 검버섯이 핀데다가 굴건 밖으로 비어져나온 머리는 반백인데, 끔벅거리는 눈빛은 형형한 것이 범상해 뵈지 않는 구석도 있다.

바로 고산자, 그 사람이다.

"거참, 이상한 양반일세. 벙어리인가."

"만장은 만장이나, 저게 대체 무슨 말인고?"

어떤 이는 혀를 차고 어떤 이는 고개를 갸웃거린다.

만장 중의 한 장은 대동여지도 축소본인 대동여지전도를 찍은 것이다. 만장이 좁아 대동여지전도의 좌우는 잘려나갔지만 백두산에서부터 부산포까지 남북의 전장全長은 그대로다.

"허어, 지도가 한 장이고 명문銘文이 네 장이라……"

장죽을 문 노인이 실눈을 뜨고 중얼거린다.

나머지 네 개의 만장은 모두 언문으로, 한 장은 '또라젓' 한 장은 '화각' 또 한 장엔 '금량관', 마지막 한 장에는 '고산자'라고 씌어 있다. 그나마 한자를 피해 언문으로 써놨으니 뜻이 더욱 더 요령부득이다. 사람 이름인지, 어떤 사물을 가리키는 것인지, 상복을 입고 고개를 숙인 이가 묵묵부답인지라 둘러선 사람들 사이에 그 해석을 두고 여러 대거리가 오고간다.

그러거나 말거나 그는 오직 허리를 굽히고 서 있을 뿐이다.

우포청에서 나온 포졸 두엇이 둘러선 사람들을 비집고 안을 향해 짐짓 눈을 부라려 보였지만, 구경거리를 찾아 몰려선 사람들도 그렇거니와, 상복을 입고 가만히 서 있을 뿐인 그에게 치도곤을 가할 명분이 없는지라, 입맛만 다시고 다시 돌아가고 만다. 비는 내리지 않지만 날씨는 여전히 끄무레하다. 때마침 오시가 돼서 점심을 먹을 요량으로 관아를 나온 관리들까지 힐끗힐끗 그를 살펴본다. 둘러선 구경꾼들은 여간해서 줄지 않는다.

"저기 지도를 찍어낸 만장이 수상하이."

"뭐가 수상하다는 것입니까?"

"우리나라 지도 아니오? 나라가 죽었다는 뜻이 아니오?"

"그럴 리가……"

장죽을 문 노인의 말에 젊은 선비가 고개를 갸웃거린다. 세상 물정이 꽤 밝아 뵈는 노인이다. 그렇지만 상복을 입은 사람이 일찍이 청구도와 동여도를 그리고 또 대동여지도를 그린 고산자라는 건 상상하지 못하는 듯하다.

오시가 그렇게 지나간다.

한두 사람쯤 그를 알아봤을 법도 한 일이나 다행히 알은척하고 나서는 사람은 없다. 피로와 추위에 지친 그의 얼굴은 거무튀튀한데다가 눈이 십 리쯤 꺼져 있어 그야말로 목불인견이다. 아침부터 물 한 모금 마시지 못한 채 한결같이 그렇게 서 있어온 참이다. 구경꾼은 그사이 두 배쯤 불어나 있다.

마침내 우포청에서 우르르 포졸들이 몰려나온다.

그는 본능적으로 기다리던 사람들이 오고 있다 느끼고 더 허리를 낮춰 갑자기 애고애고, 곡을 높인다. 물러선 사람들이 포졸들의 서슬에 밀려 좌우로 쫙 갈라진다. 포졸들이 방망이를 흔들면서 사람들을 쫓지만 사람들은 두어 걸음 물러서기만 할 뿐 쉽게 흩어지지 않는다.

"구경거리 구경하는 것도 죄가 된단 말이오!"

"아, 저 양반도 그려. 아무 짓도 안 하고 길에 서 있기만 해도 잡아가는 세상인감?"

"허어, 그 양반, 상주여, 상주. 함부로 다루지 말 일여!"

이번에 몰려나온 것은 포졸만이 아니다. 목이 짧고 눈이 옆으로 쭉 찢어진 포도군관 한 명이 그 앞에 와 선다. 사람들이 여전히 보고 있기 때문에 어떻게 그를 다루어야 할까 머리를 열심히 굴리고 있는 낯빛이다. 그의 곡성이 더 높이 솟아오른다.

"대체 누가 죽었는데 여기 와 곡을 하시오?"

"……"

그는 대답이 없고 군교는 고개를 갸웃한다.

미친 노인네라고 치부하는 눈치가 역력하다. 구름 사이로 얼핏 해가 비친다. 육조거리로 들어가는 인력거와 가마 들이 몰려 선 사람들 때문에 멈칫거리고 있다. 난감한 표정으로 고개를 갸웃거리던 군교가 할 수 없다고 생각했는지 포졸들에게 눈짓을 한다. 포졸들이 달려들어 대나무 저장을 짚은 그를 좌우에서 잡는다. 안팎으로 마디가 있는 대나무를 지팡이로 삼는 것은 망자를 여읜 슬픔이 안팎에 마디처럼 옹이져 있다는 걸 보여주기 위해서다.

"결박할 것은 없다."

군교는 일처리가 아주 능숙하다.

"저 만장들도 훼손하지 말고 가져오고."

사람들이 혀를 차며 할 수 없이 길을 열어준다. 그는 아무런 저항 없이 우포청 안으로 끌려들어간다. 뜻한 바가 바로 그것이니 앙탈 부릴 이유가 없다. 특이한 행장이고 행동인바, 끌려들어간 그가 군교의 물음에 대답을 하지 않고 더 높은 사람을 불러달라 하면, 포도대장이야 만나지 못할지라도, 최소한 포도부장이나 종사관쯤은 만날 수 있을 터이다.

소망은 그것이 전부이다.

포도부장, 혹은 종사관쯤 되면 청구도나 대동여지도를 알아볼 가능성도 많다. 부장이나 종사관을 만나면 순실이를 한번 만나게 해달라고 읍소할 참이다. 바라는 것은 그것뿐이다. 어떻게 해서든 순실이를 만나서 부디 심문관 앞에서 천주학과 다시는 가까이하지 않겠다는 맹세를 해 보이고, 천주학을 부정하라고 권해야 한다. 세상천지 그 어디에도 도움을 청할 데 없으니 지금으로서 그애가 사는 길은 그 길뿐이기 때문이다.

운이 좋다. 종사관은 종육품의 품계로서 포도부장보다 오히려 직급이 높다. 그가 군관의 물음에 대답을 피하고 포도부장을 불러달라면서 한사코 버티자 마침내 포도부장보다 높은 종사관 앞에까지 끌려가게 된 것이다. 아주 잘생긴 종사관이다. 더불어 종사관은 한눈에 그가 대동여지도를 그린 고산자라는 걸 알아보고 반색을 한다.

"내 어르신을 뵌 적이 있소."

"소인은 나리를 기억하지 못합니다만……"

"그때는 내가 불과 열대여섯으로 젊었으니, 기억 못 하는 게 당연하다 할 거외다. 이 사람이 파평 윤씨 노종파요. 우리 파평 윤씨 문중서당인 종학당宗學堂을 아시는지요?"

"알다마다요. 충청도 노성盧城에 있는, 사학의 명문입지요. 예전에 두어 번이나 들른 적이 있소만."

"아마 어른께서 동여도를 세상에 내놓고 난 뒤였을 것 같아요. 오주 이규경 선생과 함께 들르셨을 때, 내가 그곳에서 수학하고 있었답니다. 우리 스승께서 오주 선생과 동문수학한 분이었습지요. 오주 선생과 정수루에 서 계시던 모습이 눈에 선해요. 스승께서 어른을 대단한 지리학자라고 소개해주셨었던 기억이 납니다."

"그렇군요. 이런 연분이……"

"한데, 행색이 이게 웬일인가요?"

종사관이 비로소 얼굴을 찌푸린다.

상복 차림인 것도 그렇거니와, 김성일 사가에서 사형을 당하고 쉴 틈 없이 벌써 며칠째 우포청 앞에 나와 서 있었으니, 보나마나 그의 몰골은 처참하기 이를 데 없을 터이다. 하지만 몰골이야 무슨 상관인가. 뜻한 대로 포도청 종사관을 만났을 뿐 아니라 그이가 이쪽 편을 미리 알아주니, 벌써 뜻을 이룬 듯 가슴에 불기火氣가 돈다. 그는 종사관의 질문에 잠시 입 다물고서 뜸을 들이다가, 이윽고 얼른 부복하고 앉는다.

"나리께 한 가지 요긴한 청이 있습니다."

"청이라니요. 일어나 말씀하시지요. 상중인 듯하고."

"예, 나리. 사, 사실입니다. 평생 우의를 나누었던 소중한 세 명의 동무를 며칠 새 잃었습니다. 아울러 소인이 그린 대동여지도 또한 죽었다고 여기고……"

"대동여지도가 죽다니요?"

"한평생 그걸 그리기 위해 살았으나 그로 인해 아이를 팽개쳐 두어 죽게 만들었으니 대동여지도가 대신 죄를 받아 죽어야 마땅하다 여겼습니다. 또한 소인도 곧 죽을 것입니다. 만장의 석 장은 죽은 동무들을 위한 것이고, 한 장은 곧 죽을 소인을 위한 것이고, 한 장은 소인이 그린 지도의 죽음을 애도한 것입니다."

"허어, 영문을 모르겠소이다. 죽게 만들었다는 아이는 무엇이고, 또 세 사람의 동무가 며칠 새 죽었다는 것은 무엇인지……"

"동무 하나는 또라젓을 좋아했고, 또다른 동무 하나는 화각장을 좋아했습니다."

"그렇다고 만장을 이리 쓰시다니요. 그나저나 나머지는 금량관이라 쓰셨는데, 금량관이라 하면 벼슬이 정승판서에 이를 터, 어찌 어르신께서 동무라고 할 것이며, 또 그런 분이 최근 죽었다 하면, 당연지사 나부터 알 것인데……"

"자세한 사연은 차마 말씀 못 드립니다. 다만 대동여지도와 소인 자신이 죽었다 하는 것은 좀전에 말씀드린 것처럼 어리석은 제 자식 때문에……"

"말씀하시구려."

종사관 눈빛에 호기심이 가득하다.

만장에 지도를 박아넣은 것은 기실 종사관에게 설명한 것과 그의 속뜻이 사뭇 다르다. 대동여지도란 곧 조선 강토인바, 장죽을 문 노인이 말했던 것처럼, 심중으로 보면 망하고 말 조선에 대한 만장이다.

조선은 머지않아 망할 거외다.

바로 설명하자면 그리 말해야 옳다. 그러나 포청 종사관에게 감히 그렇게 말할 수는 없다. 순실이 때문에 그 억울함이 뼈에 저려 앙갚음하자 해서 하는 말이 아니다. 이미 오래 전부터, 피폐할 대로 피폐한 백성들의 살림터를 누비고, 방비가 허술해 아예 무너져버렸다고 해도 과언이 아닌 모든 변방을 가로지르고, 끊임없이 일어나는 반란의 현장을 두루 꿰뚫고 다니면서, 처음에는 조금씩 느껴왔으나 마침내 확신이 돼버린 생각이다.

조선은 망할 것이다.

관념이 아니라 발품을 팔아 그는 누구보다 조선 강토를 깊고 넓게 보며 살아온 사람이다. 아니다, 그럴 리 없다라고 끝없이 부정하려 해도 길로 떠나 방방곡곡의 사정을 살피고 나면 강화될 뿐인 망국의 예감을 대체 어디에 부릴 것인가. 그가 다섯 개의 만장을 궁리할 때 처음부터 그를 사로잡고 있었던 게 바로 망국의 뚜렷한 예감이다. 오십 년이 아니라 십 년조차 채 가지 않을지 모른다. 아니 십 년 이내에 조선이 통째 망한다고 해도 놀라지 않을 터이다.

"소인에게 혈육이라곤 딸 하나 있사온데."

이윽고 그의 말이 본색을 드러낸다.

"그 딸이, 여기 붙잡혀와 있습니다."

종사관이 앉은자리에서 일어선다. 더 많은 것이 궁금했을 테지만 순실이를 쳐들고 나오자 종사관으로선 차마 다른 것들을 묻기 곤란한 처지가 되고 만다. 순실이에 대한 나머지 설명은 말이 나온 후부턴 일사천리 밀고 나갈 수밖에 없다. 천주학쟁이인데 무조건 살려달라 한다면 종사관으로서는 권한 밖이라 할 수 없는 일, 자리를 박차고 밖으로 나가버릴지도 모를 일이다.

"다만."

그는 종사관을 똑바로 보며 덧붙인다.

"……딸애를 한번 만나게 해주십사 부탁드리는 것입니다. 살려달라는 말이 아닙니다. 딸애가 죽으면 이 늙은 몸도 따라 죽을 생각입니다. 지도쟁이로서의 제 모든 삶도 그렇겠지요."

또 울컥해서 그는 잠시 말을 멈춘다.

종사관의 방문 너머로 햇빛이 쏟아지고 있다. 구름이 빠르게 벗겨지고 있는 모양이다. 나라의 흥망에 비한다면 순실이가 살고 죽는 건 차라리 사사롭다. 끝내 나라가 망하고 말면 지도가 있다 한들 그것을 어디에 쓰겠는가. 조선이라 함은 뜻으로 볼 때 해와 달이 밝은 조선朝鮮인바, 세상에서 가장 밝은 땅일진대, 그 환한 나라가 머지않아 멸망한다 상상하자 가슴은 속절없이 무너져내린다.

어느 쪽에선가, 음침하고 날카로운 비명소리가 들린다.

그는 화들짝 놀라서 눈두덩을 문지르며 종사관의 시선을 붙잡는다. 죄인들을 심문하고 있는 모양이다. 비명소리가 계속 들린다.

바로 그때, 종사관 어깨너머로, 저게 누구인가, 낯익은 위당 신헌 대감네 청지기가 문을 밀고 들어서다가 놀란 표정을 하고 멈춰 서는 게 눈에 들어온다. 들려오는 비명소리는 여자의 그것이다.

바람길

방에서 문을 통하지 않고선 나갈 수 없듯이
사람이란 길을 통하지 않고선 어디든 갈 수 없다.
_공자, 『논어』

이른 새벽이다.

머지않아 여명이 터올 것이다. 그는 오래 정좌하고 앉아 있다가 이윽고 허리를 곧추세운 뒤 붓을 든다. 봄의 초입이라 하지만 헛간이라 새벽공기가 싸늘하다. 그래도 붓을 든 손은 아직 힘이 있다.

『대동지지』는 30권 15책이나 된다.

청구도에 따른 『동여도지』 스물두 책과 동여도에 따른 『여도비지』 스무 책에 비해 그 규모가 오히려 작다 할지 모르나, 그는 생애의 마지막 작업이 될 것이라 여기고 대동지지 편찬을 위해 그 동안 최선을 다해왔다고, 돌이켜 생각해본다. 지지란 지도로다 말할 수 없는 인본, 사회, 문화, 역사에 대한 모든 것을 지역별 편목별로 기록해놓은 저작이다.

그는 붓을 든 채 서책을 넘긴다.

『대동지지』첫번째 권이다. 개괄적인 연혁과 고읍과 방면, 산수 등을 편목에 따라 개관해 기술한 곳을 넘기고 나니 왕조를 기록한, 곧 국조기년國朝紀年 부분이 나온다. 그는 역대 왕조의 기록을 훑고 내려가다 순조조純祖組에 이르러 눈을 멈춘다. 그가 태어났을 때의 임금이 바로 순조이다. 이어서 헌종, 철종, 고종으로 내려간다. 헌종의 재위기간이 십오 년, 철종의 재위기간 십사 년으로 그가 죽자 하고 지도에 매달려 있던 시기와 대강 들어맞는다.

수많은 기억들이 다투어 살아나고 꺼진다.

그는 눈을 잠시 감았다가 심호흡을 크게 하고 나서 대동지지의 국조기년 마지막에 이윽고 붓끝을 갖다댄다. 그때 미처 세상이 바뀔 줄 몰라 비워두었던 자리를 채우기 위해서다. 운필은 물 흐르는 듯 나아간다.

主上殿下 元年甲子

中官殿下閔氏

주상전하는 고종이니, 고종이 갑자년에 등극하고, 이어 민씨를 왕비로 맞이했다는 뜻이다. 고종 임금이 민치록閔致祿의 딸을 왕비로 맞아들인 일은 불과 며칠 전, 때마침 경복궁 중건을 위한 공사장에 불이 나서 팔백여 칸이나 되는 목조건물이 모조리 불 탄 다음날의 일이다. 수많은 천주학 사람들을 잡아 죽이는 가운데 올린 혼례인데다가 말 많은 경복궁 중건공사장에 때맞추어 큰 화재가 났으니, 이러쿵저러쿵 쑥덕공론이 안 생길 수가 없다. 민비가 들어오고 나면 왕궁이 하루도 편할 날 없을 거라고 귀엣말을 전하는 사람들이 그래서 많다.

어쨌든 생의 마지막 작업이 될『대동지지』다.

마지막까지 기록해야 할 것은 기록해야 한다. 민비의 기록이 그것이다. 고종께서 민씨 부인을 왕비로 맞아들인 사실까지 기록하고 나자『대동지지』는 더이상 빼고 보탤 것이 없다. 예전에 펴낸『동여도지』나『여도비지』에 비해 편목은 줄었다 해도, 내용을 보다 포괄적으로 보완했기 때문에 오히려 그 깊이와 넓이가 더 확장됐다 해도 좋을 터이다. 인용한 서책만 해도『사기』부터『명사明史』에 이르기까지 중국의 사서史書가 스물두 종이요, 김부식의『삼국사』부터 박지원의『연암외집』에 이르기까지 우리의 사서가 마흔세 종이나 된다. 하나같이 귀중한 사료들이다.

"형님, 우린 준비가 다 됐어요."

문밖에서 헛기침소리와 함께 바우가 말을 건넨다.

"나도 다 됐네……"

그는 마지막으로 『대동지지』를 내려다본다.

고종에 민비까지 기록했으니 『대동지지』가 제 앉을자리를 다져 비로소 완성된 느낌이다. 태조 이성계가 스스로 왕위에 올라 조선을 만천하에 반포한 것으로부터 셈하면 올해 병인년1866은 조선 반포 사백칠십사 년째다. 왕조의 역사는 당연히 백성의 꿈과 눈물로 이어진다. 돌아보면 그 자신의 지난 삶 또한 거기 오롯이 담겨 있다.

촛불이 바람 앞에 꺼질 듯 흔들린다.

그는 『대동지지』의 책장을 이윽고 덮는다. 꿈인 듯 여겨온 평생의 삶이 촛불처럼 흔들리는 걸 그는 본다. 아니다. 흔들리는 것은 다시 보니 왕조다. 오백여 년 왕조가 바람 속의 촛불같이 흔들리는 걸 보니, 덴바람이 가슴에 지나간다.

초는 거의 닳아서 곧 수명이 다할 듯하다.

그는 촛대 위의 촛불을 들어 짐짓 초벌로 쓰다 구겨 던진 한지들 사이로 내려놓는다. 마포나루까지 가기도 전에, 촛불은 제 속살을 살라먹고 결국은 한지로 옮겨붙을 터이다.

여한은 따로 없다.

헛간엔 통덕랑 김성일의 노비가 짊어져온 대동여지전도 목판을 비롯하여 그가 생애를 바쳐 그린 수많은 초벌지도들과 아까운 서책들, 그리고 다른 이들이 그린 군현도 전국도 등 귀한 자료들이 그의 성격대로 꼼꼼히 정리되어 있을 뿐 아니라, 판각재와 판각도구 들과 닥종이들이 빼곡히 쌓여 있다. 지도쟁이로서 그의 온 생애가 그곳에 들어차 있는 셈이다. 촛불에 닿아 이윽고 불이 붙으면 그 모든 것이 활활 타서 재가 될 터이다. 그러나 그는 행여 감상에 젖게 될까봐 그 모든 걸 세세히 둘러보지 않는다. 완성한 『대동지지』만을 미리 준비해둔 바랑에 집어넣고 나서 곧 자리를 박차고 일어난다.

헛간 문을 열고 나오자 새벽바람이 섬뜩하다.

"아버지⋯⋯"

기다리던 순실이가 토방에서 내려선다.

우포청 옥방에서 구사일생 풀려난 후 며칠 동안 조리를 했다 하지만 여전히 피딱지가 여기저기 앉은 파리한 얼굴이다. 짐을 싸며 내내 울었던 듯 눈가가 잔뜩 부어올라 있다. 믿고 의지해온 천주의 왕을 제 목숨 살리자고 스스로 부정했던 기억 또한 그애의 명치끝을 아직껏 틀어잡고 있음이 틀림없다. 생각하면 그의 하소연을 웅숭깊이 들어준 우포도청 종사관도 고맙고, 청지기를 포도청까지 보내 살펴준 위당의 뜻도 고맙다.

"이것을 따로 간직하게."

『대동지지』를 바우에게 건넨다.

"혜강 최한기의 묵동 집을 알 것이네. 내가 떠나고 나면 이 서책을 그분께 전하게나. 대동여지도에 따른 지지일세."

"예. 서둘러야 합니다, 형님."

"앞서게나……"

지게를 진 바우가 앞장서고 그가 뒤를 따른다.

사립문을 나서면서 설핏 뒤돌아보니, 삼십 년 넘게 살아온 누옥이 어둑새벽 속에서 웅크리고 누운 산짐승처럼 작게 보인다. 오래 전, 어린 순실이만을 놔두고 전라도로 길을 떠날 때, 순실이와 함께 문간에 옮겨 심었던 대추나무는 자랄 대로 자라 그 그늘이 마당 한켠을 다 덮고 있다. 이제 베어내 판목으로 다듬는다면 팔도를 다 새겨넣고도 남을 듯하다. 정수리에서 콧날까지 찌르르르, 화기 같은 것이 지나간다. 평생 떠돌며 살았다 할망정, 어둠 속에 짐승처럼 웅크리고 누운 이 누옥이 그나마 삶의 근거였단 말인가.

바우의 지겟작대기 소리가 암팡지게 울린다.

동쪽 하늘에 서기가 조금씩 뻗쳐나오기 시작하고 있다. 일출에 맞추어 떠나기로 된 지토선(地土船)을 하나 맞춰놨으니 배가 출발할 마포나루까지 대가려면 시간이 없다.

그는 곧 대추나무 그늘을 빠져나온다.

순실이가 절룩거리는 걸음으로 바우의 지게를 쫓아가며 자꾸 눈물바람을 한다. 여주댁이 끝내 처형된 것을 그애가 모르는 것이 그나마 다행이다. 약현을 떠나 한림동을 왼편으로 밀어내고 나면 이내 만리재다. 피나무를 무단으로 베었다고 해서 바우가 한성부로 끌려가게 됐던 연화봉이 만리재와 잇대어 남쪽으로 뻗어나고 있다.

"아버지!"

순실이가 울부짖으며 한순간 그의 팔을 잡는다.

어느새 앞서가던 바우까지 지게를 진 채로 몸을 돌려 약현 쪽을 보고 있다. 과연, 불이다. 마침내 바닥에 내려두고 온 촛불이 제 몸을 다 태운 뒤 헛간 전체로 불이 번진 것이다. 삼각산 정수리를 넘어온 바람이 백악을 물어뜯고 지나와 약현과 만리재를 흔들고 있다. 바람의 방향까지 안성맞춤이다. 헛간의 불은 본채 초가지붕으로 곧 옮겨붙을 게 틀림없다. 목판들이 타고 귀중한 서책들이 타고 수많은 초벌지도들이 탄다. 그의 전 생애가 불타고 있는 것과 같다. 불꽃은 예감대로 바람을 타고 순식간에 본채로 이어진다. 그는 어금니를 질끈 물고 본채까지 옮겨붙는 불의 미친 바람을 본다. 순실이의 울음소리가 바람의 길을 따라 흩어진다.

"시간이 없다. 어서 가자!"

그가 이윽고 순실이의 손을 모질게 잡는다.

온통 불덩어리가 된 헛간과 본채가 약현과 한림동 일대는 물론이고 소의문과 숭례문 꼭대기까지 붉은 물감을 들여놓고 있다. 화려하고 힘찬 불꽃이다. 그가 일부러 불이 나도록 하고 왔다는 걸 눈치챈 바우도 순실이를 따라 손등으로 눈물을 훔친다.

타서 재가 되는 것이 어디 저것뿐이랴.

순실이의 손을 잡아 모질게 끌어당기고 있지만 헛간의 불꽃이 그 자신의 가슴으로 옮겨붙는 느낌이다. 살이 타고 머리칼이 타고 뼈가 탄다. 헛간이 타고 있는 것이 아니라 그가 활활 타고 있다. 아울러 여명이라, 동쪽 하늘의 붉은 기색이 헛간 불과 짝맞춰 더욱 힘을 받아 솟는다. 소의문과 숭례문과 장안의 모든 전각들이 시시각각 그 윤곽들을 숨가쁘게 드러내고 있는 중이다. 그 자신의 몸이 심지가 되어 일으킨 불꽃이, 한양의 수많은 전각과 누마루를 불쏘시개 삼아 하늘로 옮겨붙는 듯한 착각 때문에 그만, 가슴속이 뻐근해진다.

만리재 고개를 넘는 바람 소리가 아득하다.

배는 돛대가 두 개인 지토선이다.

해가 떠오른다. 한강 수면에 다투어 황금색 물비늘이 매달리기 시작하고 사공이 힘있게 돛을 올린다. 김포를 거쳐 강화로 빠져나가는 사선私船인바, 강화에 닿고 나면 바닷길은 삽시간에 천지사방으로 열릴 것이다.

"어디로 가시려는 게요, 형님?"

"그야…… 바람이 알지, 나도 모르네."

바우가 뭍에서 묻고, 그가 뱃전에 서서 대답한다.

"토산현으로 가실라우?"

"그럴지도……"

"혹 남해도로 가실라우?"

"그럴지도……"

"간도나 우산도나 대마도엔 가지 마시우."

"헛, 그럴지도……"

마포나루의 새벽은 부산하기 이를 데 없다. 그는 바우의 말에 어물쩍, 고개를 끄덕거려주고 나루터의 사람들을 본다. 어부들은 그물을 올리고, 지게꾼들은 바삐쳐 고샅을 오고가고, 어물전 호객꾼은 박수를 치며 손님을 부른다. 새벽부터 어디론가 뛰어가는 포졸 놈도 있고, 사람 사이로 우차를 모느라 땀을 뻘뻘 흘리는 마부도 있고, 물 좋은 생선을 잔뜩 짊어진 행상들도 있다. 사람과 지게와 우차와 가마와 기마꾼이 뒤섞인 부둣가는 이제 막 해가 떴는데도 뒤죽박죽, 하나같이 모두 활달하고 생생하다.

물이 좋은 것은 생선만이 아니라 마포나루의 사람들이다.

"형님, 뭘 하고 살라우?"

배가 막 출발하는데 바우가 또 묻는다.

"그야…… 지도를 그리지."

그가 미소짓고 대답한다.

"아이구, 형님. 어찌 살려고 또 그놈의 지도를 그려요?"

"이제, 바람이…… 가는 길을 그리고, 시간이 흐르는 길을 내 몸 안에 지도로 새겨넣을까 하이. 오랜…… 옛산이 되고 나면 그 길이 보일걸세. 허헛, 내 처음부터 그리고 싶었던 지도가 사실은 그것이었네. 그 동안 자네 신세가 많았어."

"형님……"

마침내 배가 떠나고 바우만 부둣가에 남는다.

돛이 바람에 펄럭거리고 있다. 좋은 바람이다. 물 위의 길은 바람에 따라 생겨나고 바람 끝을 따라 또한 이내 지워진다. 그는 뱃전에 서서 삽시간에 멀어지는 마포나루를 본다.

햇빛이 투명하고 한없이 희다.

이후, 그를 보았다는 사람은 세상천지에 아무도 없다. 어떤 이는 조선의 명운이 다한 을사년¹⁹⁰⁵까지 무려 백 살이 넘게 살아서 그가 은애恩愛했던 사람들이 차례로 세상을 떠나는 걸 보았다고도 했고, 어떤 이는 그가 일찍이 남몰래 보아둔 옛산에 들어가 푸른 정기에 기대 살아 백 살이 넘고도 젊은이처럼 먹고, 일하고, 자주 환하게 웃었다고도 했으며, 또 어떤 이는 혜련 스님을 부처로 알고 지극히 모시기를 멈추지 않아 마침내 이승에서 사랑의 완성을 보았다고도 했지만, 다 뜬구름 같은 이야기일 뿐이다. 다만 나라가 망하고도 그가 믿었던 유장한 강과 우뚝한 산은 망하지 않고 살아남아 무궁한 것은, 훗날 그 강토에서 사는 사람들이 본 그대로다. ■

한국 지도의 고전, '대동여지도'

양보경(성신여자대학교 지리학과 교수)

전통적으로 동양에서는 하늘·땅·사람의 세 가지 요소三才를 우주의 근본으로 생각하였다. 그중에서 땅은 만물의 형성 기반이며, 활동의 근거지로서 중시되었다. 국가와 국민을 통치하는 데도 땅은 기본적인 물적 토대였다. 그러므로 땅에 대한 이치, 즉 지리는 고대부터 탐구하고 중요시되었다. 땅의 이치는 지도와 지리지라는 형태로 가시화, 체계화되었다.

조선 후기의 사회 변화와 함께 조선의 지도 제작도 18세기 영조·정조대에 크게 발전하였다. 그중 가장 중요한 변화가 대축척지도大縮尺地圖의 발달이었다. 축척이 큰 지도가 만들어짐에 따라 지도의 크기도 대형화되었으며, 지도에 표시되는 내용이 상세하고 정확해졌으며 풍부해졌다. 또한 조선 후기에는 국가적 차원뿐만이 아닌 개인들도 정확한 지도의 제작에 기여하였다.

그 가운데 대표적인 인물이 정상기鄭尙驥와 그 후손들, 그리고 고산자 김정호이다.

조선 후기의 지도 발달의 성과를 바탕으로 조선 지도학의 대미를 장식한 지도 제작자가 고산자 김정호이다. 한국의 현대 지도 제작의 중심지인 국토지리정보원 앞뜰에는 김정호의 동상이 서 있어 그가 한국 역사상 가장 위대한 지도 제작자이자 지리학자로 존경받고 있음을 보여준다. 그러나 김정호는 1804년에 태어나 1866년경에 사망한 것으로 추정되고 있을 뿐, 정확한 생존 시기나 신분이 밝혀지지 않은 신비의 인물이다. 단지 그가 남긴 방대한 지도와 지리지만이 그의 위대함을 입증하고 있다.

한국 고전 지도의 금자탑, '대동여지도'

대동여지도는 김정호가 제작한 마지막 지도로서 한국 고지도의 대명사이자 고전이다. 김정호는 1861년철종 12에 대동여지도 초간본辛酉本을, 부분적으로 내용을 수정해 1864년고종 원년에 재간본甲子本을 간행했다. 대동여지도는 한국 전체를 대상으로 그린 조선전도이다. 김정호가 만든 청구도, 동여도와 함께 현존하는 조선시대의 조선전도 중 가장 큰 지도로서 전체 크기 세로 6.7m 가로 4.2m의 대형 지도이다. 대동여지도의 목판은 국립

중앙박물관에 총 11장(지도 25면), 숭실대학교 기독교박물관에 1장(2면)만이 전한다. 목판지도는 현재 국내외에 30여 질이 전한다.

대동여지도는 조선에서 가장 큰 전국지도이면서도 분첩절첩식으로 만들어져 소장, 휴대, 열람하기에 편리한 형태의 지도이다. 대동여지도는 전국을 남북으로 120리 간격, 22층으로 구분하여 하나의 층을 1첩으로 만들고 22첩의 지도를 상하로 연결하여 전국지도가 되도록 하였다. 1층(첩)의 지도는 동서로 80리 간격으로 구분하여 1절折로 하고 1절을 병풍 또는 아코디언처럼 접고 펼 수 있는 분첩절첩식 지도를 만들었다. 22첩을 연결하면 전체가 되며, 하나의 첩帖은 다시 절첩식으로 접혀져 병풍처럼 접고 펼 수 있는 형태이다. 대동여지도를 펴면 가장 상단에 원고지같이 눈금이 그려져 있는데, 하나의 눈금 즉 10리가 2.5cm이고, 지도 한 면이 동서로 80리이므로 20cm, 세로로는 120리이므로 30cm가 된다. 지도상에서 축척은 일반적으로 거리를 가늠하는 데 사용된다. 대동여지도는 한 면이 120리×80리로서 쉽게 거리를 짐작할 수 있도록 고안된 축척지도인 것이다. 분첩절첩식 지도는 휴대, 보관, 열람에 매우 편리함은 물론, 일부분이 필요할 경우 부분만 뽑아서 휴대하며 참고할 수도 있다. 또한 부분으로 자세히 볼 수 있고, 서로 연결해서 볼 수 있어 분합分合이 자유롭다는 장점을 지닌다.

대동여지도가 많은 사람에게 애호될 수 있었던 가장 큰 이유는 목판본 지도 즉 인쇄본 지도이기 때문에 일반에게 널리 보급될 수 있었던 데에 있다. 대동여지도 이전에도 목판본 지도가 있었다. 또 내용이 상세하고 풍부한 지도도 있었으나, 이들은 대체로 필사본으로서 제작이 한정될 수밖에 없었으며, 일반 국민들에게는 접근이 어려운 관청이나 궁중에 소장되어 있었던 것이다. 그러므로 상세하고 내용이 풍부한 지도를 접하기 어려웠던 대다수의 국민들에게 대동여지도는 획기적인 지도였다.

대동여지도는 목판본 지도 중에서도 목판으로서의 아름다움과 선명함, 정교함과 품격을 갖춘 지도이다. 정밀한 도로와 하천, 정돈된 글씨와 기호 들, 살아 움직이는 듯한 힘찬 산줄기의 조화와 명료함은 다른 어느 지도도 따를 수 없는 판화로서의 아름다움을 지니고 있다. 이런 점에서 고산자 김정호는 위대한 지도학자이면서 훌륭한 전각가였다고 할 수 있다.

대동여지도는 한국의 고지도 중에서 가장 지도학적으로 우수한 지도라고 평가되고 있다. 그것은 오랫동안 내려온 동양 지도의 지지地誌, text적인 전통에서 벗어났다는 뜻이다. 대동여지도는 지도 내의 글자를 줄이고, 표현 내용을 기호화하는 방식을 확립해 현대 지도와 같은 세련된 형식을 보여주었다. 이를 위해 김정호는 현대 지도의 범례에 해당하는 '지도표地圖標'라는 방법을 고안했다. 지도 제1층에 수록된 '지도표'에는 14개 항목 22종의 내용을 기호로 표시했다. 대동여지도에는 총 11,760여 개의 지명이 수록되어 있는데, 글자의 수를 줄인 만큼 풍부한 내용을 담을 수 있었다. 그전까지 고현古縣, 고진보古鎭堡, 고산성古山城 등 이미 사라진 역사적인 흔적을 대동여지도처럼 상세히 기록한 지도는 없었다.

대동여지도의 내용과 표현상 가장 큰 특징은 산의 특징적인 표현과 분별성이다. 대동여지도를 보면 산이 가장 강하게 눈에 띈다. 그 이유는 산을 이어진 산줄기, 즉 산맥山脈으로 나타냈기 때문이다. 더욱이 산줄기의 굵기를 달리 표현함으로써 산의 크기와 높이를 알 수 있도록 했다. 사람의 삶의 터전으로서의 지형을 이해하는 데 가장 중요한 요소인 분수계分水界와 산줄기가 이를 통해 명료하게 드러난다.

대동여지도의 장점은 많지만 특히 주목되는 내용이 도로, 군현의 경계 표시, 봉수, 역원驛院, 1,100여 개에 달하는 섬, 목장, 그리고 앞서 언급한 역사지리적인 옛 지명들이다. 그 가운데에서도 도로 표현이 독특하여 많은 관심을 받아왔다. 대동여지도에서 도로道路는 직선으로 표시되었는데, 이는 이전의 지도에서 거의 볼 수 없는 방식이다. 또한 목판본 흑백지도에서는 도로와 하천의 구별이 어렵기 때문에 혼동을 피하고 명확히 구별하기 위해 도로에 10리마다 점을 찍었다. 길 위에 표시된 10리 간격의 점은 지도의 축척을 알려줌은 물론, 거리를 직접 알려주므로 이용자에게 매우 편리함을 제공한다.

대동여지도는 내용상으로는 15세기 이후 각 지방에서 편찬되었던 지지地志에 기초하여 풍부하고 상세한 정보를 수록함은 물론, 지도학적으로는 조선 후기에 지속적으로 이루어졌던 지도 발달의 성과를 종합한 지도였다. 김정호는 조선 후기에 발달했던 군현지도, 방안지도, 목판지도, 절첩식 지도, 휴대용 지도 등 관청과 민간에서 이루어진 지도 성과를 종합하고, 각각의 장점을 취하여 대동여지도를 만들었다. 대동여지도의 가장 뛰어난 점은 조선 후기에 발달했던 대축척지도의 두 계열, 즉 18세기 이후 민간에서 활발하게 제작되었던 전국지도, 도별지도와 국가와 관청이 중심이 되어 제작했던 상세한 군현지도를 결합하여, 상세한 내용을 겸비한 일목요연하며 가장 정확한 대축척 전국지도를 만든 점이다.

많은 사람들이 고산자 김정호를 대동여지도를 만든 지도학자로 부른다. 그러나 김정호는 청구도, 수선전도, 대동여지도와 같은 지도 외에 『동여도지東輿圖志』(22책), 『여도비지輿圖備志』(20책), 『대동지지大東地志』(15책) 등 전국 각 지역을 종합적으로 정리한 전국지리지를 3종이나 남겼다. 김정호는 지도와 지지를 상호보완적인 것으로 보았던 당시 사람들의 인식을 지리학의 양 분야인 지도와 지지의 제작으로 실천한 선각자였다. 이러한 지도와 지지 편찬작업에 최한기崔漢綺, 최성환崔瑆煥, 신헌申櫶과 같은 후원자들이 재정면에서, 또 자료와 정보 제공면에서 도움을 주었음도 밝혀져, 김정호의 지도와 지리지 제작이 김정호 개인의 능력과 재주 위에 국가적 수준의 국토정보가 결합되었음을 보여준다.

고종대에 총융사, 병조판서 등을 역임하고, 1876년고종 13 판중추부사로서 일본과 강화도조약을 체결할 때 우리측 대표였던 신헌은 그의 문집 『금당초고禁堂初稿』의 '대동방여도서大東方輿圖序'에서 자신이 지도에 깊은 관심을 가지고 있어 비변사나 규장각에 소장되어 있는 지도와 민간에 소장되어 있는 지도를 서로 대조하고 여러 지리지 등을 참고하여 완벽한 지도를 만들려고 노력하였으며, 이 일을 김정호에게 위촉하여 완성하였다고 하였다. 당시 대표적인 무관이었던 신헌의 도움이 있었다면, 그리고 신헌 자신이 정확한 지도를 만들기 위한 목적을 지니고 있었다면 김정호는 관청에 소장되어 있던 여러 지도를 두루 열람할 수 있었을 것이다. 김정호가 앞선 시대의 여러 사람의 노력과 그 작

품들을 면밀하게 살피고 대조하여 뛰어난 지도로 결집하였음을
알 수 있다. 그러므로 김정호가 아무런 바탕지도 없이 지도를 만
든 것은 아니었으며, 대동여지도를 빼앗기고 옥사하였다는 것도
이제는 여러 학자들의 연구에 의해 사실이 아님이 분명해지고
있다.

대동여지도는 전통적인 동양식 지도의 마지막 금자탑이다.
그것은 대동여지도가 조선시대 사람들의 국토관과 지역에 대한
인식을 가장 분명하게 담고 있고, 그것을 지도학적으로 명료하
게 표현한 지도이기 때문이다.

대동여지전도는 김정호의 대동여지도를 소축척으로 줄여서
만든 것으로 축척은 약 1:92만 정도이다. 이 지도는 제작자와
발간 연대가 밝혀져 있지 않으나 대동여지도의 내용을 축약한
소형 전도이다. 이 지도도 대동여지도와 같이 독특하게 산맥을
표현하고 있다. 산줄기를 연이은 톱니 모양으로 표현하였는데
굵기로써 산줄기의 대소를 구분하였다. 그리고 산맥과 하천을
별개로 보지 않고 통일적으로 파악하려는 전통적인 산수분합山水
分合의 원리가 지형 인식의 기초를 이루고 있음도 보여준다.

고산자 김정호 선생을 떠나보내며

나는 늘 궁금했다. 고산자 김정호는 누구일까.

그는 소문대로 백두산을 아홉 번 열 번 오르고, 너무도 상세히 지도를 그린 나머지 첩자로 몰려 끝내 옥사했다는 게 사실일까. 그에게도 처자식이 있었을까. 한 인간으로서 사랑을 혹시 해본 일은 있었을까. 지도에 미친 그는 무슨 일을 해서 돈을 벌고 어떻게 먹고살았을까. 그는 언제 어디에서 태어나고 언제 어디에서 어떤 모습으로 생을 마감했을까. 혹시 천주학쟁이로 핍박받거나 문둥병 환자는 아니었을까.

그는 도대체 왜, 대동여지도에 독도를 그려넣지 않아 오늘날 독도를 제 땅이라고 주장하는 일본인들의 말거리를 만들었을까.

중국과 아라사가 각각 제 것이라고 우기는 압록강 하구의 신도
나 두만강 하구의 녹둔도는 대동여지도에 당당히 그려넣었으면
서, 왜 간도 일대는 모두 빠뜨렸을까. 대마도는? 오키나와는?
대체 그는 어떻게 백수십 년 전에 그처럼 오차가 거의 없는 과학
적인 축척지도를 그렸을까. 대동여지도 목판은 지금 모두 어디
있을까.

그리고, 불과 백수십 년 전의 사람일 뿐만 아니라, 아울러 그
가 그려낸 '대동여지도'는 조선조에서 생산된 이른바 최고의
'베스트셀러'인 셈인데, 어찌하여 역사는 그것의 작가였던 그에
대해 고향은 물론, 출생과 죽음, 심지어 본관조차 기록해놓지 않
았을까. 무슨 연유로 그에 대해 완강하게 침묵해왔을까.

이 소설은 그런저런 오랜 궁금증에 대한 나만의 대답이다. 예
컨대 '독도'의 경우, 술에 취한 난고 김병연, 일명 김삿갓이 삿대
질을 하며 그를 다잡는 장면에서 역사의 끊어진 다리가 비로소
봉합된다. 기록이 빠뜨린 걸 작가적 상상력과 인문학적 통찰력
을 통합시켜 극복하고자 애쓴 결과물인 셈인데, 좋은 '물건'이
됐는지는 잘 모르겠다. 다만 이 소설을 쓰면서, 누구보다 세상을
사랑했고, 그래서 세상과 계속 불화할 수밖에 없었던 사람들이

뼈저리게 지켜온 강토에서, 나와 우리가 지금 계속 이어 살고 있다는 큰 위로와 자긍심을 새삼 확인할 수 있어 행복했었다는 사실은 밝혀두고 싶다. 고산자 김정호 선생은 누구보다 먼저 나를 깊어지도록 만들었다. 드높고高山子 외롭고孤山子 옛산에의 꿈을 잃지 않았던古山子 그에게 독자 여러분보다 앞서 감사드리는 걸 이해해주기 바란다.

지면을 제공하고 책을 만들어준 '문학동네' 식구들에게 감사드린다. 귀한 자료들을 아낌없이 제공해주었을 뿐 아니라, 심지어 쓰다 말고 다급해 예절 없이 전화로 묻는 질문에조차 성실히 답해주었던 성신여대 지리학과 양보경 선생에게 감사드린다.

나의 소설사랑은 나날이 깊어지고 있다. 이로써, 오랫동안 깨어 있을 때나 꿈에서나 나의 가장 깊은 중심에 눈물겹게 모셔져 있던 고산자 선생을 떠나보내고자 한다. 새로운 인물들이 어느새 내 속에 똬리를 틀고 앉아 자신의 이야기를 쓰지 않는다고, 벌써부터 나를 단근질하고 있기 때문이다.

2009년 초여름의 북악 앞에서

박범신

박범신

중앙일보 신춘문예에 단편 「여름의 잔해」가 당선되며 작품활동을 시작했다. 소설집 『토끼와 잠수함』 『흉기』 『흰 소가 끄는 수레』 『향기로운 우물 이야기』 『빈방』, 장편소설 『죽음보다 깊은 잠』 『풀잎처럼 눕다』 『불의 나라』 『더러운 책상』 『나마스테』 『촐라체』 『은교』 『외등』 『나의 손은 말굽으로 변하고』 『소금』 『소소한 풍경』 『주름』 『당신—꽃잎보다 붉던』 등 다수가 있다. 대한민국문학상, 김동리문학상, 만해문학상, 한무숙문학상, 대산문학상 등을 수상했다. 현재 상명대학교 석좌교수로 있다.

문학동네 장편소설

고산자

ⓒ 박범신 2009

1판 1쇄	2009년 6월 12일
1판 16쇄	2016년 9월 28일

지은이 박범신
펴낸이 염현숙
책임편집 조연주 최유미 박지영 | 디자인 이승욱 유현아
마케팅 정민호 박보람 이동엽 | 홍보 김희숙 김상만 이천희
제작 강신은 김동욱 임현식 | 제작처 영신사(인쇄) 경일제책사(제본)

펴낸곳 (주)문학동네
출판등록 1993년 10월 22일 제406-2003-000045호
주소 10881 경기도 파주시 회동길 210
전자우편 editor@munhak.com | 대표전화 031) 955-8888 | 팩스 031) 955-8855
문의전화 031) 955-3576(마케팅) 031) 955-8864(편집)
문학동네카페 http://cafe.naver.com/mhdn

ISBN 978-89-546-0827-5 03810

www.munhak.com